U0037245

Peter Ilych Tchaikovsky

悲愴交響曲

柴可夫斯基的人生四樂章

柴可夫斯基中年時期的肖像。

梅克夫人和她的女兒。

柴可夫斯基的全家福照片。此照片攝於1848年，
柴可夫斯基站在最左側。

柴可夫斯基的誕生地：烏拉
山西邊的小鎮佛根斯克。

（左）柴可夫斯基的父親伊爾加‧佩特羅維奇的肖像。
（右）柴可夫斯基的母親亞歷珊卓‧安德雷耶夫娜‧阿
　　　西爾的肖像。

（左）柴可夫斯基攝於1863年的相片，當時他剛辭去司法院
　　　的工作。
（右）妹妹薩莎的肖像。薩莎對待柴可夫斯基，猶如姊姊對
　　　弟弟般的照顧。

柴可夫斯基與安東尼娜的合影,攝於1877年。
兩人曾擁有短暫僅只九週的婚姻,這段婚姻對柴
可夫斯基而言,猶如惡夢一場。

女歌手黛絲麗送給柴可夫斯基帶有題
辭的照片。柴可夫斯基和她之間,曾
有過一段熾熱的戀情。

柴可夫斯基在柯林的住所。

梅克夫人的肖像。

柴可夫斯基的肖像畫，克茲尼左夫（Nikolai Kusnezoff）
於1893年所繪的油畫。

聖彼得堡音樂院的現貌。

1893年《悲愴交響曲》在聖彼得堡舉行首演的音樂廳內景，現在此處稱為蕭士塔高維契愛樂廳。

《天鵝湖》在波修瓦歌
劇院上演的劇照。

聖彼得堡的以撒大教堂。1950年，柴可夫斯基進入聖彼得堡的法律學校就讀，開始了他的音樂啟蒙，他志不在法律，多半的時間都從事音樂活動。

柴可夫斯基的肖像。

柴可夫斯基的死亡之謎可說眾說紛云，許多揣測與附會之說不絕於耳，但這一切都無損於他作品的偉大。

黛絲麗・阿爾多的倩影。她是柴可夫
斯基唯一一次與女性談戀愛的對象。

柴可夫斯基的肖像。

1915年《天鵝湖》在莫斯科波修瓦劇院上演時，果羅芬（Golovin）所設計的舞台布景。

梅克夫人與她的家人。
1877年，柴可夫斯基因
科泰克的推薦認識了梅
克夫人，並長期接受她
的資助。

柴可夫斯基的妹夫列夫・達維多夫一家的
合照。

1893年柴可夫斯基穿著劍橋大學博士服的照片。

《天鵝湖》劇中飾演娥蕾德公主的著名舞者莫·布莉謝利娃。

柴可夫斯基與雙胞胎兄弟及友人的合影，1875年攝於莫斯科。最右是柴可夫斯基，站立者最左為莫德斯特，另一為阿納托爾。

阿里阿克林基所繪的《柴可夫斯基與五人團》。最左拍手的是穆索爾斯基，緊鄰站立的是鮑羅定，再來是巴拉基列夫、柴可夫斯基，與柴可夫斯基握手的是林姆斯基-高沙可夫。

《天鵝湖》的一幕。《天鵝湖》幾乎無人不知、無人不曉,其音樂如夢似幻、如歌如詩,優美的旋律中,又帶有少許的憂鬱情調,充滿了柴可夫斯基的音樂特色。

柴可夫斯基的芭蕾舞劇《睡美人》上演時的一景。

《女巫》中的一景。

狄嘉：〈十四歲的舞女〉，雕塑作品。柴可夫斯基的
芭蕾舞曲，將舞蹈與音樂做了完美結合的藝術表現。

羅拉多爾（D.
Louradour）為柴
可夫斯基的芭蕾舞
劇《胡桃鉗》所設
計的舞台布景。

《胡桃鉗》於1956至1957年在米蘭史卡拉劇院藝術季演出時，由詹姆士‧拜蕾所繪的布景。

（左）1956至1957年《胡桃鉗》
　　　在米蘭史卡拉劇院藝術季
　　　演出的一個角色。

（右）俄羅斯民間刊物中的一
　　　頁。柴可夫斯基將俄羅斯
　　　的民族音樂注入他的作品
　　　之中。

狄嘉〈在台上彩排芭蕾舞〉。在柴可夫斯基淒美、溫婉的音樂中,舞蹈、劇情都能極其自然地融入旋律的脈動中,使人們欣賞到完美的藝術成品。

十八世紀和十九世紀時,俄羅斯的民間刊物,當時的文學作品中,往往表現出俄國農奴間,本土文化的深沈美感。

柴可夫斯基歌劇《尤蘭塔》出版的扉頁,1892年由姚金森出版。于爾根遜是柴可夫斯基作品的重要出版者。

柴可夫斯基《第六號交響曲》，全曲為標準交響曲四樂章，依序為慢板－不很快的快板、溫雅的快板、甚活潑的快板及哀傷的慢版。

柴可夫斯基《第四號交響曲》的封面。這首交響曲不僅反映了柴可夫斯基與梅克夫人之間珍貴的友誼，更奠定了柴可夫斯基的國際樂壇聲譽。

柴可夫斯基將音樂的天賦，灌注於芭蕾給予他的清新印象中，創作出支支精緻動人的芭蕾舞曲。

柴可夫斯基的歌劇《黑桃皇后》
的封面。

柴可夫斯基的芭蕾舞劇《睡美人》
在莫斯科公演時的海報，為世上
最受歡迎的芭蕾舞碼之一。

在俄國音樂界的偉大人物之中，柴可夫斯基是第一位真正被西方瞭解的俄國音樂家，而他的作品
在國際樂壇中，象徵著充滿異國情調的珍奇與瑰麗。

目　錄

關於本書

　　一如《梅菲斯特》（Mephisto），《悲愴交響曲‧柴科夫斯基自傳》是本關於重要藝術家以及其出身背景的小說。克勞斯‧曼（Klaus Mann）從資料文獻中擷取素材，他並未扭曲史實或犧牲傳記的精確度，在本書中呈現出一位飽受磨難的音樂天才——彼得‧伊里奇‧柴科夫斯基（Peter Ilych Tchaikovsky）——及其深刻感人的故事。

　　本書於1948年首度出版，當時《紐約時報》稱讚其「情慾的描寫與歐洲音樂圈的娛樂（有幾頁提及布拉姆斯、華格納、葛利格、魯賓斯坦、穆索爾斯基），以富有浪漫情調的莎翁式場景表現出柴可夫斯基光彩奪目、言溢於表的感情主義最終樂章」。

　　提供本小說豐富交響樂元素的是與柴可夫斯基一生脫不了關係的人們：梅克夫人（Madame von Meck），他從未見過面的神祕的贊助者兼「心愛摯友」；法國歌手黛絲麗‧阿爾多（Désirée Artêt），正處於痛苦中的年輕作曲家相信自己瘋狂的愛上了她；安東尼娜‧米露可娃（Antonia Miliukov），柴可夫斯基短暫極具悲劇性的婚姻生活中可悲的另一半；外甥弗拉基米爾‧達維多夫（Vladimir Davidov），其青春與魅力牢牢抓住了老柴可夫斯基的心。

　　柴可夫斯基的磨難與勝利，冒險與詭異衝動，社會不適與神經質激發了

克勞斯‧曼的景仰與同情。兩人皆四處漂泊，待在海外的時間多過於本國；兩人也在家鄉遭到同代人的懷疑和嫉妒。根據克勞斯‧曼的說法，柴可夫斯基是標準的無家無國之人。在俄國，柴可夫斯基的作品被批評太過西方；德國人則為他扣上「不成熟的亞洲樂風」的帽子；巴黎人認為他太過德國。基於對柴可夫斯基的認同，克勞斯‧曼寫下他的故事作為辯護。他在《轉捩點》（*Turning Point*）一書中寫到：「我能描述出其中的一切，沒有什麼是我不熟悉的。」

伊塞伍德（Christopher Isherwood）談論過他的好朋友克勞斯‧曼：「從他早年開始，他就生活在傑出與有名人士的圈子裡。他在最好的時刻經歷成功與喜悅，並樂在其中。他不斷的周遊四方，以至於劇變中的遷徙（從納粹德國到荷蘭，然後再到美國）對他來說，似乎不過是日常生活中的某種延續。在他生命最後的十六年之中，克勞斯創作出令人印象深刻的作品——小說、非小說還有無以數記的文章——這情景可能會讓大部分的作家瞠目結舌。」

第一樂章

Allegro non troppo

1 針鋒相對

房間裡一片昏暗，只有從門那兒照進來一道細細的光。這時，光帶消失了，是侍者輕輕地把門關上了。

「我該把托盤放在哪兒？」侍者問道。

幾秒鐘過去了，黑暗中沒有一絲聲音。侍者在離開幾步遠的地方站住了，等待著回答。他清了清嗓子，謹慎，可也帶著幾分嚴厲。終於那位一動也不動地躺在床上，只把頭露在被子外面的先生答話了：「請放到床邊這兒來，放在這張小桌子上，我親愛的……」

他的聲音很柔和，所說的德語帶著一種拖長的唱歌般的腔調。侍者的臉上露出了微笑。為外國人服務總是使他感到愉快。看到他們為一種對他來說那麼熟悉的語言大傷腦筋，他便有一種十分愜意的優越感。

「請吧，先生。」他說。他的聲音聽起來有點父親般的感覺。他走到床邊，拉過一張小圓桌，把托盤放到上面。「我可以把窗簾拉開嗎，先生？」他問道，每一個詞都說得清清楚楚。他面對的只是一個外國人，一個聲音柔和的上了年紀的先生，對他最好寬容而且充滿敬意。那樣就會得到小費。

「謝謝。」那位先生說道，他仍然躺在羽絨被下，一動也不動。「您能

不能只拉開一半？我受不了刺眼的光。」那位先生補充說，聲音裡帶著一絲悲哀。這時他終於轉過頭去看侍者了。侍者也像在病房裡一樣，用輕柔的動作拉開了擋在窗前的厚重的天鵝絨窗簾。陽光射進了房間，床上的那位先生不禁眨了眨眼睛。他邊眨眼睛邊審視這個亂七八糟的陌生的旅館房間。「我昨晚到的時候一定是醉得不輕。」那位先生想。「啊，是旅途中的那瓶白蘭地……」他厭惡地閉上了眼睛。

「今天天氣真不錯，」侍者在窗邊說道，身體站得筆直而謙卑。「一個非常晴朗的冬日。」他又說了一句，企圖使那個外國人高興起來，因為他又沉默不語了。

「先生想現在就付帳嗎？」他問道，微微地欠了欠身。

陌生人半坐起來，迅速打開床頭櫃的抽屜，銀幣就放在裡面的一堆紙中間。「哦，請——」他說，「請——當然了——多少？」

看到這個鬍鬚灰白的人笨拙地、忙不迭地從那些信封、筆記本和樂譜之間往外掏硬幣，侍者覺得自己幾乎被感動了。但與此同時，他清醒的理智告訴他，他的社會地位不容許他有這樣的感動，至少不能在一個可笑的外國人面前這樣。「早餐送入房間：三馬克。」他簡短地說，一雙明亮的眼睛裡閃著放肆的光：他要了他應該上交的三倍價錢——如果有什麼不愉快的話，人總是可以推託說那是一場誤會。

「哦，請——當然了。」那位先生急忙動手在抽屜裡掏摸起來。侍者注視著他，帶著真誠的好感和些許的同情。這個陌生人頭上稀稀落落的頭髮就像羽毛一樣鬆軟，而且幾乎是白色的了；一臉剪成圓形的短短的絡腮鬍和飄

垂著的髭鬚也是淺灰色的；髭鬚下，兩片嘴唇又厚又軟，而且非常紅。當他從床上直起身時，臉已經漲紅了，他喘息了一會兒。

他遞給侍者的兩枚硬幣：一個塔勒（taler，十八世紀還通用的德國銀幣）和一個一馬克硬幣——這就在那個厚顏無恥的價格上又加了一馬克小費。「這可真貴啊。」那位先生說道，臉上露出一絲疲倦但狡黠的微笑。

「是的，先生。」侍者說道，同時感到自己的臉有些紅了，這不禁令他自己也感到驚訝。他猶豫不決地站在那裡，手裡拿著錢。奇怪的是，他竟有幾秒鐘的時間十分認真地考慮了一下，是否該退給這位先生一點錢。

「您是柏林人嗎？」那位先生問道。侍者又感到那懇切的、藍色的、悲哀的目光在注視自己。

「不，我是漢堡人，先生。」他回答，隨即突然充滿敬意地併攏腳跟。

「啊，漢堡人。」那位先生說。他又靜靜地仰面躺在那裡，側著頭，為的是能看著這個年輕人。「不久我也得去漢堡，那是一座美麗的城市。」

「不知我可否問一下，先生您是哪國人？」侍者說道，並且為自己如此高雅地說出了這句話而感到驕傲。

「我是俄國人。」那位先生說著，轉過頭去。他看也沒看侍者就做了一個手勢，暗示他可以走了。侍者退出去，把門輕輕地關上。

床上的那個人始終沒有動，眼睛緊閉著。「天啊，我為什麼在這裡？」他想，「我為什麼在這裡，我到這裡來幹什麼？我為什麼不在我應該待的地方——不可思議的上帝，我為什麼不在家裡？這兒我一個人也不認識，而且幾乎沒人認識我。人們想取笑我，這是他們策劃的陰謀，要對付我這個可憐

的人。啊，這次巡迴演出就是愚蠢的……」這念頭強烈得讓人渾身癱瘓。

　　然而他還是動了。他坐起來，倒了一杯茶。但杯子還沒往嘴邊送，他就先打開了晨報——1887年12月29日的《沃斯報》（*Vossische Zeitung*）。在第三頁發現了這條消息：

　　　　今天，12月29日，著名俄國作曲家柴可夫斯基抵達柏林。無數朋友和崇拜者打算上午10點半在「路特與維格納飯店」舉辦酒會，以示對他的敬意。

　　彼得・伊里奇・柴可夫斯基（Peter Ilych Tchaikovsky）把報紙揉成一團，扔到地上。他直著坐在床上，憤怒地呻吟著，臉漲成了紫紅色。

　　「真是前所未聞！」他衝著房間裡喊道。「史無前例！惡棍行徑！人們要取笑我！想讓我出醜——這就是他們的目的！噢，這個流氓經紀人！噢，這個諾伊格鮑爾！這個該死的齊格弗里德・諾伊格鮑爾（Siegfried Neugebauer）！」

　　經紀人的名字使他的怒氣愈發高漲，這個咆哮著的人再也躺不下去了。他坐在床沿上，用腳趾去撬拖鞋，他猜想拖鞋就在床下，結果沒找到。光著腳他在窗戶和門之間來回疾走，打著手勢，哀訴著，長長的絲綢睡衣飄動著。他那急急向前奔走的樣子看起來既沉重笨拙，又敏捷如飛，一雙赤腳、飄垂的鬍鬚、翻捲著的白衣，都使他看上去就像一個心中充滿巨大怒火的隱士。這個「隱士」在小屋裡疾步走著，就像被困在籠子裡一樣，哀訴著這個

世界可恥的罪惡。

「『無數的朋友和崇拜者！』」這個憤怒的人嘲弄般地叫道，在屋中間停了下來，振臂揮拳。「無數的朋友和崇拜者——這是嘲弄！人們把這個寫到這個該死的報紙上，完全就是為了取笑我！這裡連隻認識我的貓都沒有，連隻貓都沒有，根本就沒人知道我。他們怎麼知道我今天到柏林的？我只是路過這裡，今天應該是休息的日子，我可是想藏起來的。這個諾伊格鮑爾一定在莫斯科和聖彼得堡都有密探。他探聽出來我哪天到這兒了。這個諾伊格鮑爾！噢！」他再次吼叫起來，在揉皺的報紙上來回亂踩起來。

就在他亂踩的時候，目光落在了鏡子裡的自己身上。他看見了那個穿著白色衣服且憤怒的頭髮花白的人，那個暴怒的、額頭漲得發紫的隱士，他看見了一個又跳又踏的可笑老光棍，他感到羞恥了。「我必須安靜下來，」他咕噥著，「這麼激動毫無意義。我得喝纈草滴劑（valerian，從纈草根莖採製的鎮定劑）。」

他坐到床上，在床頭櫃上翻找著藥，此時他的腳已經在下面找到拖鞋了。他一邊把藥滴到小玻璃杯裡，一邊還咕噥著，話裡的火氣已經漸漸平息：「朋友和崇拜者！真是聞所未聞！」

在嚥下那小朴樂水時，他臉上露出了狡黠的、快意的微笑。「我要跟他們開個玩笑！」他想。這個念頭一下子就神奇地使他的情緒好起來了。「我要跟他開個玩笑，跟這位諾伊格鮑爾先生！他會大吃一驚的。對他來說，我乾脆找不到，就讓他自己去歡迎酒會吧。我走了，很遺憾我根本就不在。他肯定不知道我住在哪家旅館——他總不會什麼都探聽得到。明天一早我就坐

車去萊比錫，等我必須回到這裡開音樂會的時候，我再到柏林愛樂樂團的先生們那兒去。今天我要溜掉，他們到哪兒也找不到我！但願那些朋友和崇拜者在路特與維格納飯店玩得高興。我要去散步了。現在到底幾點了？」

他那只美麗的錶就在床頭櫃上，在纈草滴劑和兩張家人的照片之間。這是一件珍貴的白金製品，兩面都鑲嵌著金子做的小人，裝飾得非常可愛。柴可夫斯基每次拿起它都要深情地注視一番：它是他的護身符，他最美好的東西，是一個神秘、善良而有威力的女友送給他的禮物。他讓錶蓋彈了起來。現在差十分十點。「現在我要慢慢換衣服了。」他決定，「當那群興高采烈的人聚集在路特與維格納飯店時，我已經在散步的路上了。」

他用冷水洗了洗臉和上身。在找散放在桌椅上的衣服時，他哼起了一段甜蜜的小曲子——其實只是他想到的一段較長的旋律的一小部分，一個片段。當他彎腰去拿襪子時，他突然想到：「莫札特……多迷人啊！多讓人愉快啊！彷彿一切都突然被平息，被施了魔法，被可愛地歸於秩序。能有這樣的樂曲，人該抱有怎樣的感激啊……也許他們今天晚上會在歌劇院裡演出莫札特的一些東西——我真想聽《費加洛》（*Figaro*），但是節目單上很可能只有《羅恩格林》（*Lohengrin*）。

他現在看見了：外面是一個美好的冬日。窗戶上是美麗的冰花。「真迷人啊！」柴可夫斯基想。他點燃一支香煙。一生氣他竟然連抽煙都忘了，平日裡他一醒來首先要找的就是香煙。

剛才讓他看到一個又蹦又跳的隱士的鏡子，現在讓他看到了一個身穿裝飾著絲帶的黑色禮服、相當禮貌的先生。正當他繫領帶的時候有人敲門。柴

可夫斯基想：「大概是那位侍者，他要來拿他的早餐托盤。那些東西我一點兒也沒吃，這份討厭的報紙讓我太生氣了。這個年輕的惡棍，一杯茶要了那麼驚人的價錢——不過他還是一個非常可愛的小伙子，一個極其可愛的小伙子。」

「請進！」柴可夫斯基說道，仍然面對著鏡子。

門開了。柴可夫斯基站在鏡子旁邊，等著聽餐具的碰撞聲和侍者那大膽而謙卑的聲音；是的，他不得不承認，他期待聽到這個聲音——那是一個年輕人的聲音。或許他之所以背對著外面站著不動，就是為了巧妙地延長這期待的樂趣。

終於那個猶豫地站在門口的人說話了，聲音一點兒也不年輕，帶著鼻音，極其禮貌地拘謹，又有些令人討厭：「柴可夫斯基先生，如果我沒認錯的話。」

柴可夫斯基一下子轉過身。他的臉先是因驚嚇而發白，繼而又因憤怒而漲紅。「請問尊姓大名？」

「我是齊格弗里德·諾伊格鮑爾，您的經紀人，柴可夫斯基先生。」門口的那個人用柔和的聲音說道，臉上現出了諂媚的笑容。

柴可夫斯基站在那裡，足足有好幾秒鐘一句話也說不出來，就像嚇呆了一樣。終於他輕輕地說：「太過分了。」他死死地盯著諾伊格鮑爾，就像盯著一個惡毒的幽靈。

「大師，非常高興認識您。」經紀人說道，朝柴可夫斯基走近了幾步。

諾伊格鮑爾看起來很怪。他微微泛紅的頭髮稀稀落落的，只有幾絡精心

梳理過的餘髮散蓋在微長的腦袋上。他的鬍子比頭髮顯得紅些，也很稀疏。他總是現出諂媚而又委屈的微笑。上唇下露出長得十分難看的牙齒，這牙齒和那個愛好奇地嗅聞的、長長的、驕傲地隆起的粉紅色鼻子兜在一起，使這張臉具有一種奇怪的、動物般的神情，它讓人同時想到了兔子和山羊。

「這是個魔鬼般的人。」柴可夫斯基想。儘管他非常厭惡這位客人，還是頗感興趣地觀察著他。諾伊格鮑爾寬容地微笑著，忍受著對方的目光。他彷彿漫不經心並令人奇怪地遲鈍，根本沒發覺有人在打量自己。

在他圓睜的、沒有睫毛的、明亮的眼睛上掛著一層霧。正是這層霧使他整個人堅不可摧。你可以衝著他喊叫，他卻只會諂媚地、幾乎像是奉承一樣地微笑，用他的長鼻子好奇地嗅聞，眼裡幾乎不會流露出驚訝，而且肯定不會有怒氣。柴可夫斯基在還沒有衝著他吼叫之前便明白：這是毫無意義的。他根本就不會理解我。他是我所見過的人中最沒有尊嚴的一個。然而他的舉止還是有種莊重優美的風度，真令人感到驚訝。這風度不僅源於他高高的立領、長長的用深棕色大格子布料做成的、像小禮服一樣的夾克，而且因為他有著高聳的、寬寬的、墊得厚厚的肩膀和讓人吃驚的纖細的腰。是的，這個怪異的、長著一個愛時時亂嗅的矮人國王的頭的人其實體形非常漂亮！還有他那被遮擋住的眼睛裡閃動著的高貴的、漫不經心的目光——可怕的眼睛，我的經紀人的眼睛既謙卑又殘酷。

「您從哪兒知道我住在這個旅館的？」柴可夫斯基問道，聲音沙啞而克制。他已經打定主意，不大聲喊叫，避免高聲說話。「您究竟從哪兒知道我在這裡的？」

「爲了能接您，我必須知道這個，大師。」經紀人回答說，同時謎一樣地微笑著。

「接我，爲什麼？」柴可夫斯基臉上又現出令人不安的紅暈。

「去路特與維格納飯店的酒會。」諾伊格鮑爾柔和地說，露出了他的牙齒。他眼裡閃著朦朦朧朧的光，愜意地嗅著，鼻子微微皺著，似乎在準備接受一切，等待著將要發生的事。

柴可夫斯基握起拳頭，朝經紀人走近兩步。在他心裡，要打這個人的慾望非常強烈。然而他感覺到，諾伊格鮑爾同樣會皺著鼻子對他的拳頭報以諂媚且生氣的微笑。於是他克制住了自己，只是有些氣喘地說：「眞不可思議。您竟敢對我提起這個荒誕的上午酒會。」

「大師！」諾伊格鮑爾的聲音裡夾著一絲溫柔的譴責。「我幾週前不就寫信告訴您，我想舉辦一個上午酒會了嗎？」

「但我幾週前就回信說，我是不會參加這樣的活動的！」柴可夫斯基突然發怒了：「我給您回信說，我恨陌生人，我膽怯而且靦腆——是的，我還禁止您組織跟我個人有關係的上午酒會或者隨便別的什麼這類鬧劇。我是不是明確禁止了這個，啊？！」

諾伊格鮑爾嗅聞著，像受到了奉承似的微笑著。「噢，這我可沒有當眞。」他說道，帶著一種令人毛骨悚然的賣弄風情的口吻。

柴可夫斯基意識到：我必須盡快結束這次談話。唉，我根本就不該外出旅行。我眞是瘋了，竟然出來旅行，而且還是一個人，當然就會碰到這樣的事情，就會和這個討厭的世界發生這樣的衝突。「不管您是否認眞對待我的

話，先生，」他用極低的聲音說道，「反正我是不會去您的上午酒會的。」

諾伊格鮑爾撫摸了一下他稀疏的鬍子。「很快就到了十點半了。」他柔和地說，「先生們在路特與維格納飯店等著我們呢。」柴可夫斯基馬上背過身去。「在我們這個城市裡，您的朋友比您想像的要多。」諾伊格鮑爾寬容地勸說道。

「朋友和崇拜者！」柴可夫斯基噓道，「朋友和崇拜者——我知道！」

「是的。」諾伊格鮑爾柔和地回答，他的聲音聽起來合情合理，甚至有些令人信服。「我也是您的一個朋友和崇拜者。」

柴可夫斯基朝他轉過身。經紀人站在那裡，一副假虔誠的怪樣子，頭略微傾斜，雙手交叉放在腹部前。看到柴可夫斯基驚異的、不知所措的目光，他帶著尤為明顯的鼻音，緩慢地、用一種喃喃低語般的莊嚴態度說道：「是的，先生，我愛您所有的作品。」

柴可夫斯基震驚地感到，他不得不相信他。這個頑強的、可怕的人或許真的喜歡他的全部作品，或許還熟悉地每個晚上在鋼琴上演奏它們。這時他內心裡有什麼被觸動了，這多可怕，多讓人感動啊！柴可夫斯基很同情這個人，他所感覺到的同情幾乎和他剛才的怒氣和噁心一樣強烈；在他的靈魂中，同情偶爾會迅速而令人驚異地消除怒氣。

「也許您真的懂些我的音樂，」他急急地說道，「但是您不能以己度人。我在這裡完全是陌生的。」

「多難聽啊！」諾伊格鮑爾憂傷地說，雙手仍交叉著。「您這麼說多麼難聽啊！人們認識您。在樂團指揮比爾澤（Bilse）受人歡迎的音樂會節目單

上，常常有您的四重奏中受人喜愛的行板。」

「受人喜愛的行板，這我知道。」柴可夫斯基嘴邊露出厭惡的表情。「我大概會取消整個巡迴演出。」他突然說道。此言一出，他不禁感到極為輕鬆。「參與這種事是我的一個錯誤。我根本應付不了。另外，我不是指揮。」他喉中一陣哽咽。

「您太緊張了，大師。」諾伊格鮑爾責備地說道。

「我不緊張！」柴可夫斯基衝他喊道。「我很清楚我說的是什麼。我缺少做指揮應該具備的所有體力與心理條件。當我走到觀眾面前，我就害羞得想鑽到地底下去。我幾乎抬不起手臂，動作也是軟弱而笨拙的。如果我自己指揮的話，會壞了自己的東西的——我本想對它們有些益處，才忍受了這種折磨，但事實正好相反，我只會破壞它們，我把它們徹底毀了，我的動作那麼可怕地笨拙。您知道我是因為一個多麼愚蠢的偶然事件成為指揮的嗎？」

諾伊格鮑爾沉默著，但他的沉默中帶著一絲好奇。這好奇似乎在堅韌而強烈地引誘著對方的故事，對方的坦白。

「那是我那些莫斯科朋友的過錯。是我莫斯科的朋友們勸我去做的。事情是這樣開始的，樂團指揮阿爾塔尼（Altani）在我的歌劇《女鞋》（*The Woman's Shoe*）排練期間生病了，您知道我的歌劇《女鞋》嗎？」柴可夫斯基一邊問，一邊陰鬱地側頭看著，「一部可惡的拙劣之作。」

「有人想給我找個人代替阿爾塔尼。」他接著快速地說。他講述這段來歷更多是為自己，而不是為經紀人。他似乎在藉此為自己陷入這一處境尋求諒解。「但是那個指揮水平平庸，而我的作品一定要得到很好的演出，這一

點我必須加以重視——是的，即便是一部不夠好的作品也是這樣。也許正是這樣的作品才更需要好的指揮，人總是可能會出醜。一句話：我拒絕了他。這時領導層中的幾個人想到了一個餿主意：我該自己擔任指揮。我當然不同意——沒有人比我更不適合出現在觀眾面前了。於是首次演出被推遲。當下一個演出季節開始時，我的朋友阿爾塔尼又變得極其健康了，他簡直一點兒毛病都沒有了。可是這時最離譜的事來了：歌劇院經理執意要我指揮演出。我不知道等待我的是什麼，也許是輕鬆愉快的效果，也許是一個可笑的局面。人們催促著我，一點兒也不放鬆，阿爾塔尼本人也極爲誠懇地勸說我，我該怎麼辦呢，最後我終於讓步了。我不記得首演的那天晚上是怎麼過去的，觀眾大概是出於禮貌才克制住了嘲笑。我們的觀眾所受的教育比西方人想像的要好。」

「您怎麼能這麼貶低您自己的天賦呢？」諾伊格鮑爾憂傷地說道，「這非常不好。每個人都知道，您已出色地證明自己是個指揮家，不僅是在歌劇中，而且也在音樂廳裡。您今年3月24日在聖彼得堡愛樂協會開的大型音樂會就是您的一個成功，大師。」

「您還記得這些日期？」柴可夫斯基咕噥著。他帶著充滿同情的驚訝想：這個人真的是我的一個崇拜者！「不過，那絕不是一個成功。我已經對您說了，我們的觀眾受過良好的教育。當我以所有的笨拙和貧乏出現在指揮台上時，他們大概想爲我以前所獲得的成績表示感謝，儘管這些成績也是值得懷疑的。」

「您是世界上最偉大的作曲家。」諾伊格鮑爾柔和地說，同時帶著一種

無恥的順從，透過一雙被霧遮住的眼睛看著大師。柴可夫斯基似乎沒聽見他的話。

「當然了，」他若有所思地說道，「當大量邀請從外國湧來時，我的確感到很得意。他們到底要我幹什麼？這自然是我的第一個念頭。這個世界到底要我幹什麼？人們大概想取笑我。但是我的第二個念頭是：這是一個機會，可以大大地提高我的榮譽，同時也會提高我祖國的榮譽。是的，如果我能為自己的榮譽做點什麼的話，也會擴大俄國的榮譽。迄今為止，只有少數幾個俄國音樂家有機會出現在外國觀眾面前，葛令卡（Glinka）在巴黎開過音樂會，還有安東·魯賓斯坦（Anton Rubinstein）。」

「我為什麼對這個討厭的陌生人講這些？」他突然想到，「他使我說個不停，我覺得自己像個多話的老頭。」

他坐在床上，不說話了，頭低著。當他繼續慢慢說下去時，他似乎忘記了經紀人的存在。「人們為自己所做的事，如果僅僅是為自己做的，那肯定總是要失敗的。」他若有所思地說，雙眼看著前方，看著落滿塵土的床前小地毯，那塊假白熊皮。「這也就是說，」他糾正說，並突然抬起頭，惡意地微笑著，「也許人從根本上來說總是只為自己做事，因為別人離得那麼遙遠，無論用什麼榮譽、什麼舉動，別人都無法靠近他們。無所謂，無所謂。」他站起來，在房間裡笨重地走了幾步，「我在巴黎舉行的那場大型俄羅斯音樂會由我自己承擔風險，您明白嗎，諾伊格鮑爾先生？它對我來說是很重要的。在這場音樂會上，我不想演出任何自己的作品，哪怕是極短的一段。我要向歐洲人介紹一下我們的音樂家，偉大的葛令卡和達格米什斯基

（Dargomizhsky）——人們一點也不了解他們，我要讓他們認識一下當今我們最好的幾個音樂家。人們肯定會說，這些先生當然不是為我而建立功勳的。而我這樣做也不是為了這些先生，而是為了俄國。或許莫斯科和聖彼得堡的報紙又會對這場音樂會保持沉默，因為他們不願看見外國有人關心我，他們不願承認，我能為俄國做出貢獻。在他們眼裡，我只是個『西方人』，不是俄羅斯藝術的合法代表。儘管如此，我仍要向法國人展示一下，俄羅斯多麼會歌唱。對我來說，這場音樂會才是重要的。我要向人證明，我之所以外出旅行不僅僅是出於虛榮，也不僅僅是想讓人知道我自己的東西！」

「可是，」經紀人說，臉上露出了柔和而苦惱的微笑，「偏偏就是這場演出不會舉行。」

柴可夫斯基驚呆了：「為什麼？」

諾伊格鮑爾懷疑地聳起了講究墊起的雙肩。「因為它會失敗。」他友好地說，「費用太高了，您承擔不起。另外，巴黎沒人對達格米什斯基感興趣，他的名字沒人說得出來。」他的聲音裡帶著一絲令人氣憤的同情口吻。

「請您不要說了！」柴可夫斯基嚴厲地斥責說：「感謝上帝，我在巴黎的事情跟您沒有任何關係。我把巡迴演出中這麼大一部分工作委託給您，這已經夠糟糕了，我要把這部分工作收回來。您怎麼知道我能在巴黎辦成什麼？我在那名氣很大，還有相當多的朋友。您怎麼知道我能在巴黎做到什麼程度？我肯定要在那兒舉辦大型俄羅斯音樂會。」

「不會辦成的。這是個錢的問題。」他又用那種詩意的、喃喃低語式的口吻補充說；剛才，當他說起柴可夫斯基的作品時，用的也是這種口氣。

「如果我把這件事委託給您的話，當然就辦不成了。」柴可夫斯基高傲地說，「如果我根本就沒有委託您，那我就很走運了。您是個糟糕的經紀人。」

「您敗壞了我的一切。」柴可夫斯基斷言，「您只會製造陰謀和混亂。您就像經銷商那樣同時向各個地方兜售我。您激怒、欺騙了所有人。您以您那睿智的方式將維也納和巴黎的音樂會定在同一天晚上，於是我不得不放棄維也納，而維也納的觀眾卻正是我想征服的。德勒斯登您搞砸了，哥本哈根您也給我搞砸了，您把我搞垮了！」柴可夫斯基衝著他叫道，同時在房間裡疾走起來。

「每個人都會有一次小小的疏忽。」經紀人用一種模模糊糊的莊嚴語調道出一句引人深思的話。

「在這裡我也不想演出《1812序曲》（*1812 Overture*）。」柴可夫斯基繼續怒氣沖沖地說。「我已經給您寫過十次信說，我想演《里米尼的弗蘭切斯卡》（*Francesca da Rimini*）。《1812序曲》糟透了，我受不了它。那是受人之託寫的，為一次愛國主義的宗教活動所寫，它簡直一無是處，我絕不想帶著它在柏林登台演出。」

「但是觀眾想聽這個！」諾伊格鮑爾高貴地、漫不經心地插了一句，自負地聳了聳肩。

「我不在乎觀眾！」柴可夫斯基叫道。「我不想帶著我最平庸的作品出現在外國。在莫斯科舉辦救世主教堂落成典禮時，這支曲子效果非常好，尤其是當最後俄羅斯頌以禮炮聲和鐘聲戰勝《馬賽曲》（*Marseillaise*）時。在

音樂廳裡怎麼能讓人放炮、敲鐘呢？我給您寫過十次信了，說我不想再和《1812序曲》有什麼關聯，可是現在它卻出現在節目單上！」

「所有人都贊成《1812序曲》。」諾伊格鮑爾像是感到無聊似的隨便說道，彷彿這個話題幾乎不值一談。「愛樂協會的主席施奈德（Schneider）先生贊成《1812序曲》，連畢羅先生也贊成。」

「我尊敬漢斯・馮・畢羅（Hans von Bülow）先生，他是一位偉大的音樂家，我非常感激他。」柴可夫斯基飛快地說道，並明確地強調著，因為他害怕這個發瘋的諾伊格鮑爾在他們之間挑撥離間。「但是對我自己的作品，我肯定比他懂得多些。」

「沒錯。」諾伊格鮑爾說，他的眼睛顯得很朦朧。「但您也應該照顧到我們的愛國情緒。如果《馬賽曲》被任何一個別的國歌戰勝，不管那是哪個國家的，我們當然都愛聽了。」

「我真讓德國國歌戰勝《馬賽曲》！」柴可夫斯基十分惱怒。「那樣我或許就有幸在我的音樂會上向俾斯麥侯爵致意了。但我堅持演《里米尼的弗蘭切斯卡》。」

「我們大家都一致認為，大師，」諾伊格鮑爾說，鼻子緊皺著，帶著一種突如其來的極其無恥的親密，「《里米尼的弗蘭切斯卡》相當無聊。」

柴可夫斯基的臉倏地紅了。「我受夠了！」他低聲恨恨地說。

「非常正確，我們沒有時間再聊下去了！」諾伊格鮑爾精神一振，立刻充滿了活力：「時間很緊迫了。我們得去路特與維格納飯店了。」

面對這種無聊行徑，柴可夫斯基感到不知所措。他一句話也說不出來，

只是呆呆地看著經紀人。

「我已經為大師邀請了參加上午酒會的人，此外，今天還有很多事要做，」他接著親切地說，「我替您接受了各種各樣的約會——和愛樂協會的先生們，以及幾個記者……」

「您這是要和所有人一起把我撕碎，您和他們為我確定約會而不顧我的反對。」柴可夫斯基說道，沒有去看經紀人。「我誰也不見，也不接待任何人。旅行已經使我筋疲力盡了。今天是我休息的日子，我不想見人。」

「您現在沒興趣和我一起去參加上午酒會嗎？」諾伊格鮑爾說這話時的樣子，就像在做一個全新的提議。他困倦的、長著長鼻子的粉紅色的臉上毫無表情。

「那咱們走吧！」柴可夫斯基生硬地說。

外面晴朗而寒冷。柴可夫斯基大口大口地呼吸著新鮮空氣。一輛出租馬車正從這裡經過，他向車夫招了招手，馬車停了下來。

諾伊格鮑爾正想一起上車，柴可夫斯基卻一把關上了車門。他從裡面把窗簾拉開一道縫。「祝您在酒會上玩得愉快！」他喊道，突然大笑起來——這惡作劇式的快樂笑容後的臉變得年輕了。「我坐車去兜風了！」

諾伊格鮑爾在馬車旁邊跟著跑了幾步。柴可夫斯基向車夫做了一個手勢，讓他快走。絕望的經紀人雙臂插腰，苦惱不已。隨後也就站住了。柴可夫斯基看到諾伊格鮑爾臉上又慢慢浮現出詭異而堅韌的微笑。

「世界就是這樣的。」柴可夫斯基想。天很冷，他把花格子旅行毛毯蓋在膝蓋上。「我應該不要再和他打交道，每次和他相遇都既疲憊又感到羞

Peter Hych Tchaikowsky

恥。他糾纏不休，這個世界阿諛奉承卻又放鬆狂妄，他殘酷卻又逆來順受：惡毒、傷感，一點也不精明，因為它只會製造混亂。至於成就嘛，那是我們的事。他把我們所有的不良本能都挑起來，他激怒我們、迷惑我們、羞辱我們，他使我們傲慢、粗俗、無助。我完完全全應付不了他。這個諾伊格鮑爾在每件事上都讓我難過。其實他也許是個非常正派的人，如果我好好想一想的話，他的目光讓人感動；如果人們願意對他態度和善些的話，他可能會心存感激的。」

「請您拉我去動物園！」他向車夫喊道。他的聲音裡有種溫柔的、幾乎是討好般的語氣，對小人物說話時他總是這樣。

柴可夫斯基每次到柏林首先要去的就是動物園。那裡是這個首都城市中他最喜歡或者說最不討厭的一個地方。在這個巨大的帝國首都裡，只有這兒才會使他稍有如同在家一般的感覺；柏林其他地方對他來說始終是陌生的，儘管他常常來這裡。

馬車從弗里德利希大街拐進了寬闊而繁華的菩提樹大街。街上有一層薄薄的凍結了的雪。雪上跳動著耀眼的陽光，天氣非常晴朗。身披節日盛裝的街道彷彿在滿懷喜悅地展示它富麗堂皇的美。在這輝煌的全景盡頭便是雄偉的布蘭登堡門。造這座門是別有用意的，那就是讓獲勝的部隊在驚天動地的鼓號聲中從它下面穿過。

這冰冷的、富有侵略性的美使出租馬車上的外國人——來自莫斯科的柴可夫斯基不安起來，他感到它含有許多威脅意味。「啊，這些德國人！」他再次想到，「他們非常好，請我到他們這兒來指揮，值得承認的是，他們這

麼強烈地喜歡音樂。但他們看上去都是什麼樣子啊！」

他透過車窗向外看去，目光中既有悲哀，又有一絲恐懼。「他們每個人都是一個小俾斯麥！」莫斯科的柴可夫斯基心想。他打量著這些男人令人生畏的表情，心中充滿了恐懼，而不是嘲諷：豎起的髭鬚、濃密的眉毛，表情中咄咄逼人的堅定無疑讓人對他們平添了許多畏懼。他們其中相當一部分的人都穿著軍服，給人一種隨時都會拔出佩劍的感覺。他們向女士投去富有活力的無憂無慮的目光，而她們則昂首挺胸地走著，儼然一個個都是日耳曼女人，對她們不可侵犯的尊嚴有著十足的認識。卓有成就的商務顧問們坐著閃亮的豪華馬車從這裡經過。商務顧問和軍官似乎完全占據了這條繁華的街道。在他們中間偶爾會走來一位雖然匆匆忙忙、漫不經心，卻不無自信的教授，頭戴寬邊軟呢帽，一臉蓬亂的絡腮鬍，一條寬大的、粗糙的披肩，倔強地低垂著的額頭裡似乎正考慮著什麼壞事。

出租馬車中的外國人看到了這一切：一目了然，簡單清楚，就像幽默雜誌上幽靈般的人物。他為自己惡毒的目光感到害羞。但他又不得不想：「啊，這些德國人！今年他們不是差一點又向法國人發動戰爭了嗎？我對這些事懂得不多，但是我能感覺到，這一切讓人多麼不安。他們不是又擴軍了嗎？又有一個新的不設防區被他們衝破了。」

出租馬車駛過寬闊並閃閃發光的巴黎廣場，穿過巍然洞開的布蘭登堡門。到了那邊，馬車繼續在乾爽的冰層上勻速前進。動物園到了。

「我親愛的科泰克（Kotek）就死在這個城市裡。」柴可夫斯基心想，「他在這座城裡度過了生命中的最後幾年。唉，他不該離開達沃斯，更不該

來這個讓人極其疲憊的帝國首都！我懇求他放棄這個想法，誰都看得出來，他是受不了的。為什麼他非得死呢？他那麼年輕，那麼有天賦、有能力。我很喜歡他，有一段時間他曾對我非常重要。為什麼不能是我死，而他活著呢？那樣的話我現在就不在這裡了，不在這個該死的出租馬車裡，而他則會站在某個房間裡，側著若有所思的年輕的臉，演奏迷人的小提琴曲。是的，他是一個出色的小提琴手，所以我也獻給了他一首詼諧圓舞曲，寫給小提琴和鋼琴的，是一支非常優美的曲子。他的話有些多，這是真的，有時我都有些受不了他。他講他剛剛想到的事，有時甚至是前言不搭後語，就像杜斯妥也夫斯基（Dostoevsky）的某些人物那樣喋喋不休。但是他的聲音讓人愉快，他說話時若有所思的、總有點心不在焉的表情也很可愛。我喜歡他。上帝啊，在我最後一次去達沃斯看他時，我們都在一起聊了些什麼啊！我在那兒待了整整一個星期，我們有無數的東西要談，我們一定笑得很多——那段日子真美好，儘管可憐的科泰克病得那麼重。我親愛的科泰克，你現在在哪兒？我親愛的，你在那兒還能做音樂嗎？我親愛的……」

　　一陣可怕的叫聲將柴可夫斯基從溫柔而悲傷的思緒中拉了回來，一隻大狗衝著馬車叫。一個警察看著馬車、車夫和那位外國乘客，一對濃眉下的目光帶著威脅：這位嚴守秩序的警察似乎馬上就要決定立即逮捕這個目光傷感的外國人了。一群孩子唱著歌走過去，他們像軍人一樣排列整齊，唱著有關德國榮譽的歌，還說德國很快又要打法國了。在狂吠的狗、唱歌的孩子和危險的警察上方，一位全副武裝的先生帶著勝利的表情伸出了他的劍。這位先生是用白色石頭雕成的一座雕像，他以挑釁的姿勢裝飾著一口結了冰的水

井。所有這些柴可夫斯基都看見了，他一陣害怕。他感到了畏懼和仇恨。在他眼裡，周圍的一切都充滿了敵意。他覺得自己孤立無援，受到了來自四面八方的攻擊。連那閃亮的天空都在威脅著他。

他恨這座石雕像，他恨這條街，這個落滿雪的動物園，以及這整座豪華的帝王之城。他異常迫切地希望自己在別的什麼地方，只要不在這裡──只要不在這裡就好。

他熟悉這種感情的爆發，這種令人窒息的、極其強烈地想要馬上、迅速而且徹底地換個地方的願望。這種既使人癱瘓，又給人激勵的痛苦，它比肉體上的疼痛更折磨人。無論在哪裡，它都會抓住他，在家裡也一樣──如果他還有「家」的話。但柴可夫斯基總是把他的仇恨和厭惡極為認真地延伸到他所在的地方。「我不想在這裡兜風了，」他痛苦地想，「我一點兒也不想在這個陌生的討厭的城市裡兜風了，我的科泰克曾在這裡受盡痛苦。我要是不在這裡多好啊！雪面上刺眼的陽光讓我心煩意亂，我受不了它。我要是在別的地方就好了。」

「現在如果是秋天就好了，那樣我就會坐在邁達諾沃村裡，我可愛的寧靜的邁達諾沃！不，我不坐在那裡，我要在空曠的田野上奔跑，去放風箏，要嘛我就在森林裡散步，彎腰去採蘑菇是那麼讓人平靜。邁達諾沃的森林很美，雖然遭到無情地砍伐，但還是那麼茂密。也許我親愛的弟弟莫德斯特（Modest）跟我在一起，或者我妹妹薩莎（Sasha）的兒子，或者老拉羅什（Laroche）這個懶漢。我身邊必須有一個人，一個我很久以前非常熟悉的人，我愛的人，共同的回憶將我和他聯繫在一起。我一個人待著很不好。我

一點也不想在這多待了。」

「請您調頭！請您把我送回旅館！」車夫掉過頭來看著客人。他蒼老的、長滿鬍鬚的臉上現出了父親般的驚異表情。這位先前說話那麼柔和的先生現在聲音竟然這麼生硬。

柴可夫斯基怒氣沖沖地邁著沉重的腳步穿過旅館大廳。當他快步穿過走廊時，他又為自己的腳步悄無聲息感到惱火了：他真希望它們能隆隆作響。他用一隻微微顫抖的手去開房間的門。在他進門之前，他又環顧了一下四周：他感覺到，一個模糊卻又糾纏不休的目光落到了他的後背上。

在他旁邊是走廊的一個轉角，轉角後面正露出一個長長的、粉紅色的、好奇地嗅聞著的東西。這是齊格弗里德・諾伊格鮑爾的鼻子，隨後他本人也出現了。

「讓我安靜點吧！」（原文為法語。）柴可夫斯基向他叫道。他繼續用法語說，也許是為了傷害諾伊格鮑爾，也可能是他一時激動，竟用起了他更為熟悉的語言。「我不想再和您有什麼聯繫了，我解除我們的合約。您等著我的消息吧。」

「這多麼不公平啊！」經紀人哀怨地喊道，臉上卻是一副得意的表情。

柴可夫斯基甩手把門關上，從裡面鎖好。他聽見諾伊格鮑爾還弄了一會兒門把手，又按又壓，也隱約聽見他在外面用哀怨的語調喃喃低語，就像一隻被關在門外的、糾纏不休卻無危險的動物在哀訴。

柴可夫斯基站在屋子中間，一動也不動，雙眼緊閉，足足有好幾秒鐘。「我要讓房間裡暗下來。」他想，「對，我把窗簾拉上。我要坐到這把扶手

椅裡，安安靜靜地待著。我閉上眼睛，我要想——想我還擁有幾個人。這一天一定會過去的。明天我去萊比錫，那兒至少是另一個地方。雖然人們把我引誘到那裡去，是為了在那裡嘲笑我，但是那不會像這樣糟。噢，上帝啊！多可怕，多可怕啊！噢，偉大、威嚴、高高在上的上帝，我相信祢，但祢把這一切安排得多麼可怕啊！我為什麼要忍受這一切？只是為了把它變成旋律嗎？但是那不會是一支動聽的旋律……我要徹底保持沉默……事情會過去的……。」

2 初遇德國大師

　　「他好像沒在這趟車上！」站在月台上的四位先生中的一位說。最後一批乘客已經下車，而他們要接的柴可夫斯基卻不在裡面。

　　「這是不可能的。」四位先生中最年輕的一位說道。他叫亞歷山大·司羅迪（Alexander Siloti），身穿一件深色緊身雙排扣大衣，健壯挺拔，相較之下另外三位穿皮大衣的就顯得十分臃腫了。突然司羅迪大聲喊了起來——他把臉略微仰起，雙手圍成喇叭狀放在嘴邊：「彼得·伊里奇，彼得·伊里奇！您在哪裡？」聲音裡奇怪地帶著一絲金屬般的、大膽而誘惑的口吻。

　　柴可夫斯基似乎就在等著這聲呼喚。片刻後，他那高大、寬闊、有點駝背的身影就出現在一個頭等車廂的門口，皮大衣的領子高高地立著，一頂圓帽低低地壓在發紅的額頭上，嘴裡叼著一根香煙。他一手拿著一本打開的書，另一手拎著一個手提包，不安而痛苦地四下望著。

　　「彼得·伊里奇！您快下來啊！」年輕的司羅迪用動聽的金屬般的聲音喊道。正驚惶失措地盲目四顧的柴可夫斯基終於發現了他。「噢，是您啊，司羅迪！」他邊說邊向司羅迪揮了揮手，臉上露出了微笑。「啊，我正不知道拿我的箱子怎麼辦呢——我帶的箱子多得不得了。」

司羅迪朝他跑過去，他的步伐也像他的聲音一樣輕快而有力。「我親愛的司羅迪！」柴可夫斯基迎了上來，喉中不禁一陣哽咽。「您來了，多好啊！」他們的手緊緊地握在一起。「我可真是夠無能的。」柴可夫斯基笑著道歉說：「現在，我一旅行就得有人幫忙，一個人根本不行。以前我總是帶著我的好阿列克賽（Alexey）。」他邊說邊挽住司羅迪的手臂。他們肩並肩地走進車廂。這時，另三位先生中的一位也叫來了行李搬運工。

　　此後便是隆重的歡迎儀式。柴可夫斯基擁抱了他的老朋友，小提琴家布洛德斯基（Brodsky），並不厭其煩地握了鋼琴家阿圖爾・弗里德海姆（Arthur Friedheim）的兩隻手。第四個人是一個矮小而敏捷的人，留著一撮山羊鬍，一副夾鼻眼鏡總是不斷地向前滑到粗糙的鼻尖上。「我叫克勞瑟。」他熱切地說，「馬丁・克勞瑟（Martin Krause），《萊比錫日報》（*Leipziger Tageblatt*）的樂評家，您的音樂的崇拜者。歡迎您來到萊比錫！」他突然用莊重的聲音喊道，那姿態就好像他身後跟著一個官方委派的帶著銅管樂隊和彩旗的代表團似的。他得意地微微一躬身，像個魔術師，只是他沒有像魔術師那樣從耳朵裡拽出一隻鴿子或者一瓶紅葡萄酒，讓所有人震驚，而是拿出了一大束玫瑰花——這肯定是他一直細心藏在背後的。

　　「噢，玫瑰，多美啊！」柴可夫斯基感動地說道，「而且是在大冬天裡！」

　　「歡迎您來到萊比錫！」這時布洛德斯基用他那低沉的聲音說道。這話說得可是有點遲了。阿圖爾・弗里德海姆真誠地笑著。

　　「你們都在這兒，多好啊！」柴可夫斯基用手臂一邊一個摟住司羅迪和

布洛德斯基的肩膀。「我剛才都不敢下車。真的，我已經決定繼續坐車往前走了，然後從哪個陌生的小城發一封電報，就說我有事來不了萊比錫了。」

布洛德斯基哈哈笑了起來，大廳裡立刻響起了轟轟的回音。「你怎麼會有這種想法啊！」他笑得差點兒喘不上氣來，「你真的還是那個傻老頭！」每個人都哈哈笑了起來，只有司羅迪那張漂亮、純潔而年輕的臉上掛著嚴肅的微笑。「我很高興是我呼喚了您！」他輕聲說，而布洛德斯基正用手擦著笑出了眼淚的眼睛。

「那真是一種錯覺。」柴可夫斯基邊說邊注視著司羅迪。「我當時想：你根本就不能下車。月台上可能一個人也沒有，那可是非常可怕的，你根本就不知道該怎麼辦；不然就是一些陌生的討厭的人，這更是讓人難以忍受。好在現在我得救了！」

他用雙臂把兩個朋友的肩膀摟得更緊了。三個人在眾目睽睽下穿過車站大廳，走向出口；弗里德海姆、克勞瑟和行李搬運工緊隨其後。柴可夫斯基緊緊地靠在布洛德斯基和司羅迪身上，就像他們架著他一樣：一個深受景仰卻疲憊不堪的老人吊在兩個人中間，腳步稍微有些踉蹌。

「我再也不想坐火車了。」他說，「這種旅行總是讓我生病，讓我崩潰，為了忘記自己是在坐火車，我常常帶上滿滿一瓶香檳酒，到旅行結束的時候，酒瓶突然就空了。事實上，柏林到萊比錫這段路並不長，但我就是受不了。我完了，我是個極其衰弱的人，這一點你看出來了——我再也不能作曲了。」

「哈哈哈！」布洛德斯基大聲笑了起來，司羅迪卻不認同地搖了搖頭，

微笑著對此表示異議。

「我是怎麼了？」柴可夫斯基喊道，「我就這麼不停地說啊，說啊，根本不給你們說話的機會！現在，說說你們怎麼樣吧，我親愛的朋友們！不過我知道，老布洛德斯基現在是萊比錫音樂學院地位崇高的教授。」

「一位地位崇高的小提琴教授。」老朋友布洛德斯基用低沉的聲音風趣地證實道。

「我的小司羅迪呢？」柴可夫斯基轉過臉認真地看著他。「我的小司羅迪走到哪裡都是一片喝采聲。整個世界都在談論他，真是太棒了。我的上帝，我還記得以前的事呢！」柴可夫斯基邊說邊在大廳中央停住了腳步。「那時候我還在莫斯科音樂學院給你上過作曲課呢！那可是好多年以前的事了。後來你就開始學習那些偉大的作曲家魯賓斯坦、李斯特（Liszt）。當時，在莫斯科，你還是個小男孩呢，一個出色的男孩。不過現在你還是如此。」

年輕的司羅迪一聽此話，白皙的臉上頓時掠過一絲紅暈。

「你成名多快啊！」柴可夫斯基說道，兩眼依然注視著他。

「最近您見過安東・魯賓斯坦嗎？」司羅迪問道。

「我很少見到他。」柴可夫斯基邊說邊邁開腳步。此時他終於把目光從司羅迪身上移開了。「他在我面前一直相當嚴厲而拘謹。我對他總是又敬又怕的。」聽到這話布洛德斯基笑了，但年輕的司羅迪還是一臉嚴肅。

「任何東西都無法補償失去他弟弟給我帶來的損失。」柴可夫斯基說道，目光茫然地向前看著。「我非常想念善良的尼古拉（Nikolay）。唉，布

洛德斯基，」他突然對著這個老朋友說道，「很多人都走了。」布洛德斯基點點頭，態度略顯嚴肅。此時他們已經站在空曠的站前廣場上。

雪在夕陽中泛著慘淡的微光。天很冷。在白雪覆蓋的房屋上面是澄清透明的天空。

樂評家克勞瑟已經趕上走在前面的三個俄國人。他十分滑稽地對著周圍的樓房、出租馬車、雪橇、行人和整個廣場鞠了一躬，說道：「大師，請允許我來為您介紹一下我們的萊比錫，德意志帝國的音樂中心！」這個道地的薩克森人把「Leipzig」（萊比錫）這個詞中的字母P念得非常輕柔，而且在說出他故鄉的名字時還愉快地拖長了音調，這是任何人都很難模仿的。所有人都笑了。「自從孟德爾頌—巴托爾迪（Mendelssohn-Bartholdy）來到這裡，它就是帝國的音樂之都了。」這個小個子男人一邊扶一下滑到粗糙的鼻尖上的夾鼻眼鏡，一邊莊重地補充說道。

他們招手叫來一輛雪橇。「這雪橇樣子真可笑啊。」在他們往上坐的時候，柴可夫斯基說。

「它的樣子一點兒也不可笑。」布洛德斯基解釋說。「只是和我們家裡的雪橇不太一樣。」

雪橇是敞篷的，他們都把被子裹到身上。柴可夫斯基和布洛德斯基及司羅迪坐在後座，弗里德海姆和克勞瑟在他們對面坐了下來。克勞瑟提議說：「我們最好先把大師的行李放到旅館，然後直奔布洛德斯基家，好讓大家吃點熱乎乎的東西。」

柴可夫斯基開心地看著他，目光中充滿了讚許。「這些德國人都是組織

家！」他斷定。「吃點熱的東西——這個主意太妙了！」

凜冽的寒風吹紅了他們每個人的臉頰和鼻子，只有司羅迪的臉還是那樣蒼白：在暗淡的夕陽中，他的臉似乎在閃閃發光，就好像是用別的材料而不是用血和肉做成的。柴可夫斯基十分興奮多話。「你們不知道你們的運氣有多好，從火車上下來的只有我一個。」他笑著說道，「本來我的朋友齊格弗里德·諾伊格鮑爾想陪我來萊比錫的。要不是我想出了一個又一個妙計，我還甩不掉他呢！」

齊格弗里德·諾伊格鮑爾這個名字一下子就使這幾個人興奮起來：他們每個人都認識他，便不約而同地笑了起來，邊笑還邊你一言我一語地罵起來。「噢，這個諾伊格鮑爾！」他們叫道。「這個魔鬼，這個傻瓜！」柴可夫斯基開心地說，在這些人當中他笑得最大聲。「真的，他是個魔鬼！」他饒有興味地重複著人們在說起諾伊格鮑爾時所用的每一個侮辱性字眼。

「但是，我向你們保證：這個人的確有種魔鬼般的力量。沒有什麼能夠傷害他，他就像生命本身一樣堅韌。你們以為我能甩掉他嗎？那是根本不可能的！上午我正式把他趕了出去，晚上諾伊格鮑爾先生就陪我去音樂會了，儘管我一點也不想出門，更別說跟他一起出去了。我不得不和諾伊格鮑爾先生一起聽白遼士（Berlioz）的《安魂曲》（*Requiem*），沙文卡（Scharwenka）先生指揮的。有句話只在我們之間說說：即使身邊沒有諾伊格鮑爾先生，那也夠折磨人的了。沙文卡在我面前表現出一副生氣的態度，因為諾伊格鮑爾先生和他一起給我定好了早晨和下午的約會，儘管他知道我是不會赴約的。所以我不僅要忍受無聊，還要看人家的臉色。啊，這個齊格弗里德！在我的

想像中，理查‧華格納（Richard Wagner）的森林男孩就像他這樣的！我甚至都不敢到飯店門房那兒去詢問我的郵件，那裡肯定至少有兩封他的電報。」柴可夫斯基說個不停。

整個旅途中他們都在說經紀人諾伊格鮑爾：每個人都和他有過可怕的經歷，每個人都知道他的一段荒唐軼事。弗里德海姆聲稱，他曾在指揮台上當著所有觀眾的面給了諾伊格鮑爾一個耳光，因為諾伊格鮑爾在音樂會結束時想吻他，還想擁抱他。

布洛德斯基住在城郊一條安靜整潔的別墅街上。這裡的房子看起來都像舒適的騎士小城堡，有很多的小尖塔、陽台和瓶狀玻璃的窗戶。「就像劇院裡名歌手（譯註：華格納歌劇《名歌手》〔*Die Meistersinger*〕的舞台布景。」柴可夫斯基笑著說：「不過，住在這兒肯定很舒服，看起來舒適、整潔。」

布洛德斯基的家在一座舒適的薩克森騎士小城堡的二樓。正當他們往樓上走的時候，上面出現了兩位女士，揮手向他們喊著。原來是布洛德斯基的妻子和她的妹妹——兩個人體形都很豐滿，長得也很像。她們的頭髮梳得高高的，胖胖的臉上掛著友好的微笑，柔軟的唇間都叼著一根長長的香煙。布洛德斯基夫人穿著一件日本和服——黑色絲綢，上面繡著大朵的黃花；她妹妹穿的是一件白色亞麻布做的高領俄羅斯上衣，繡著紅色圖案的領子僵硬得就像制服領。布洛德斯基擁抱了妻子，她立刻抱怨說他不該坐敞篷雪橇。

「可是，我的女士們！這個夜晚多美好啊！」柴可夫斯基大聲說。他在莫斯科就認識布洛德斯基夫人了，人們又為他介紹了她的妹妹。他向二人深深鞠躬，隨後把克勞瑟先前送給他的那束玫瑰花獻給了布洛德斯基夫人。

房間裡散發著杉樹、蜂蜜蛋糕和俄國茶的味道。在屋子正中的圓桌上立著一棵聖誕樹，一棵非常出色的聖誕樹，枝葉伸展、樹幹挺直、比例和諧，上面綴滿了彩球、蘋果、鍍銀的冷杉球果、各種圓形糕點、蠟製天使和象徵物。蠟燭燃燒著，給這個房間增添了一縷香氣、一片柔和的跳動的光。

「彼得‧伊里奇，為了向您表示敬意，我特意用新蠟燭裝飾了我們的小樹。」布洛德斯基夫人說道。

柴可夫斯基立刻興奮起來。「噢，一棵聖誕樹，一棵真正的聖誕樹！」他一次又一次地喊道，「太美了！現在我終於感到自己真的到了德國！我的老布洛德斯基，你成了一位真正的德國教授和一家之主！不過，你依然還是一個真正的優秀的俄羅斯人。因為我在這兒看到了俄國茶和茶杯、櫻桃醬和長嘴香煙，還有伏特加和可愛的小點心！」他隨手拿起一塊軟軟的淺棕色甜點。他從這間屋子跑到那間屋子。「啊，那兒，書櫃裡，那兒都有什麼：普希金（Pushkin）、果戈理（Gogol）和《戰爭與和平》（*War and Peace*）。我真高興我在這裡！我就在俄國的國土上！真好！」他輕聲說著，喉嚨裡一陣哽咽。「而且我還有聖誕樹和貝多芬面具。你們家的確有兩個國家最好的東西。」

「但您得喝茶了，彼得‧伊里奇。」布洛德斯基夫人喊道，「您可以不停地說話，不過您首先得喝茶，我為您做了真正的俄式餡餅。」

「這兒不美嗎？」柴可夫斯基對站在聖誕樹前的司羅迪說。

司羅迪完美的臉孔面向燭光。「非常美。」他嚴肅地說。

「不，不，我沒有走進『敵人的陣營』，也沒有被誘進『陷阱』。」柴可

夫斯基大聲說，一邊將目光從司羅迪身上移到別人那裡。「這完全是我自己想像出來的——我本來非常害怕，但現在我很快樂。」

「您得喝茶了！」布洛德斯基夫人愉快地重複道，那位穿著俄羅斯上衣的妹妹也像回音似地大聲說道：「現在您必須喝茶，彼得・伊里奇！」

人們為柴可夫斯基端上茶。他一邊吃著美味的莫斯科和萊比錫食品，一邊對布洛德斯基說：「你就像接待一位侯爵那樣接待我！你們這兒可真美！如果沒有你們的熱情招待，我今天晚上肯定就死在這兒了。本來你已經挽救了我的小提琴協奏曲，現在你又挽救了我的生命，我不知道還有什麼功勞比這更大。我永遠都要感激我們的老布洛德斯基。」他轉頭看著克勞瑟。此時克勞瑟正全神貫注地聆聽，並扯著自己的小山羊鬍子。「在任何人對我的小提琴協奏曲置之不理的時候，我們可愛的老布洛德斯基接受了它。這是我為我朋友奧爾（Auer）寫的，我的朋友奧爾說，他感到十分榮幸，也非常高興。為了表達他的巨大喜悅，他表示永遠都不演奏它，因為它是不可演奏的，我的朋友奧爾這樣認為——因為它太難了。你們可以想像，這位權威的論斷對我可憐的協奏曲並沒有什麼好處。它就一直那麼放著，沒人敢演奏它，直到我們勇敢的布洛德斯基到來。他一點兒也不怕麻煩，終於在維也納演出了我那可憐的老協奏曲。是的，現在它已經很老了。而他又得到什麼了呢？多瑙河畔最有影響的評論家漢斯利克（Hanslick）先生，寫了下面這樣一段話。」

柴可夫斯基非常愜意地把身子靠到椅背上，開始詳細地把漢斯利克的評論說給大家聽，每個詞都刻意地說得很重：「『我們知道，當代文學中湧現

出越來越多這樣的作品，它們的作者非常喜歡再現那些最讓人感到噁心的心理現象，其中亦不乏令人作嘔的謠言。』」柴可夫斯基說得十分認真，還豎起了食指。「『這樣的文學我們可以叫它發臭的文學，而柴可夫斯基先生的協奏曲則向我們表明：還有發臭的音樂。』」

「不可思議！簡直不可思議！」克勞瑟先生嚷道，憤怒得連夾鼻眼鏡都從鼻子上掉下來了——它只是用一根黑色的帶子固定著。弗里德海姆也很生氣。「就為這個評論，漢斯利克先生應該自行了斷！」他尖刻地說，還怒氣沖沖地聳了聳肩。布洛德斯基則用低沉的聲音責怪道：「你怎麼把這篇胡言亂語給背下來了！難道它傷害到了你嗎？」

「它之所以傷害我完全是因為你，老布洛德斯基！」柴可夫斯基的聲音裡有種近乎深情的溫柔。「至於我，我已經習慣這個了。我在俄國已經讀到了很多類似的東西。但你費了那麼多力氣……」

「現在，」布洛德斯基說道，「你的小提琴協奏曲已經征服了整個歐洲，而且我也不再是唯一演奏過它的人了。」

「但你是第一個。」柴可夫斯基親切地對他微笑著。

「那真是一部極美的協奏曲。」司羅迪金屬般的聲音打破了短暫的沉默。柴科夫斯基看了他一下，隨即又把目光從他身上移開，轉而對樂評家克勞瑟笑著說：「現在我非常想知道，萊比錫的批評家們是否會把我的管弦樂組曲說成是『發臭』的音樂。」

此言一出，克勞瑟立刻激動起來。「我說，大師！」他怒氣沖沖地喊道，「這可差不多是個侮辱了！您完全可以相信，我們這兒的人對音樂的理

Peter Ilych Tchaikovsky

解可比維也納的人要嚴肅些，而且，」他急切地說，「推出您作品的是萊比錫布商大廈音樂廳，這樣從一開始您就已經獲得了人們的普遍尊重。」

「我知道，這是一個巨大的光榮。」柴可夫斯基客氣地說，「我的表現肯定不配獲得它，我肯定會徹底失敗了⋯⋯」

「我們先別去談這是否是個巨大的光榮。」克勞瑟的語氣裡明顯流露出一絲嚴厲，「不管怎樣，這是一件十分罕見的事。一般來說，萊比錫布商大廈音樂廳是非常保守的，人們總是更喜歡古典曲目：海頓、莫札特、貝多芬、舒曼、孟德爾頌。只是偶爾有人冒險演奏一次華格納、白遼士或者李斯特，這就已經是人們對現代派音樂的謹慎的承認了。除此以外，人們就把這一領域留給李斯特協會了，我敢擔保，他們總是能推出有趣的節目。而現在，您居然進了萊比錫布商大廈音樂廳！這簡直是件令人震驚的事！畢竟您在這裡是被視為極端方向的代表。」

「是的，彼得，」布洛德斯基證實說，「在這兒的人眼裡，你是一個最無拘無束的人。」

柴可夫斯基一聽這話立刻開心地笑了起來。「聖彼得堡的那幾個傢伙可真該聽聽這些！」他微笑著搓著手，「這些人都把我算到早就該被趕下去的那一代人裡面去了，說我是個極其保守的老爺爺。」

「這些說法沒有一個是對的。」弗里德海姆發表意見說。「事實上，您是介於這兩種極端的中間。」

柴可夫斯基站了起來。「這是怎麼搞的？」他問道，在房間裡走了幾步。「我們一直在談論我和我的那些瑣碎小事。這不僅讓我在在座的各位面

前，而且在那些大師面前都感到尷尬。」他在壁爐台邊停住腳步，那兒掛著幾位偉大音樂家的畫像，有葛令卡和華格納、舒曼（Schumann）和白遼士、李斯特和布拉姆斯（Brahms）。「李斯特的頭多漂亮啊。」柴可夫斯基出神地說，「穿著教士長袍的山鷹……」

他們突然轉而談論起李斯特。弗里德海姆和司羅迪都曾經是他的學生。「沒有人能像他這樣出色地掌握這種樂器。」弗里德海姆一邊說，一邊用他瘦削且訓練有素的手指敲打著闔上的鋼琴蓋。「就連魯賓斯坦也比不上他。」他好鬥地說。

「是的，安東·魯賓斯坦也不行。」年輕的司羅迪用金屬般的聲音證實道。

「也許對他來說，鋼琴和所有的音樂只不過是供他利用的一種方法而已。」弗里德海姆沉思著說。

「李斯特或者說技巧派都追逐女人。」克勞瑟笑著插嘴說，「這都是受了德國一位詩人哲學家的影響。」

「奇怪，」柴可夫斯基說，「他死了才不到一年就成了傳奇人物，他活著的時候就已經把自己弄成了一個傳奇人物，一個穿著教士長袍的大騙子，一個不可戰勝的鋼琴與愛情高手……但我從來沒拜訪過他。」他放慢速度接著說道，「找他的人總是很多，而他大概也希望身邊總是有自己的崇拜者。有人告訴我，他不太喜歡我的作品……」

他們繼續談論著李斯特，談他著名的愛情故事，他的旅行，他在羅馬、巴黎、威瑪和布達佩斯度過的王侯一般豐富多彩的生活；談他令人興奮的既

Peter Ilych Tchaikowsky

奢華又虔誠的雙重生活，而這種雙重性正是他的性格；談他不知疲倦的教育活動，他對人的幫助、發現、促進和鼓勵。「是的，他是個了不起的樂曲改編者。」最後柴可夫斯基總結道，「一個了不起的魔術師，而且他還像帕格尼尼（Paganini）一樣重要。不知他是不是受了什麼人的密傳？就是這位，這是布拉姆斯。」他邊說邊對著另一幅畫像鞠躬。

「是的，這是約翰內斯‧布拉姆斯。」布洛德斯基莊嚴地重複道。

房間內沉寂了片刻。柴可夫斯基背對著別人站在壁爐台邊。「你也是他的崇拜者？」終於他問道，隨即轉過身來看著布洛德斯基。

「我們大家都崇拜他。」布洛德斯基依然用莊嚴的語調回答說。

柴可夫斯基緊咬著嘴唇。「我知道，我知道。」他說道，「這兒的人對他有一種宗教式的崇拜。一下子離一個你並不像別人那樣崇拜的偶像這麼近，真讓人有些尷尬。」

「您對我們的大師布拉姆斯到底有什麼不滿？」克勞瑟連忙走到他身邊，那神態好像馬上就要掏出一個小筆記本，記下俄國客人的話似的。

「我對他有什麼不滿？」柴可夫斯基問道，緊張之餘竟然停頓了一下。「他對我來說完全就是不可理解的，我不得不承認這一點。我懂得重視他的質量，他是嚴肅深刻的，甚至十分高貴。他純正高雅，永遠都不會像其他同代人那樣，譬如我，採用粗俗的外在效果。但我無法愛他，這我做不到，儘管我已經很努力了。非常抱歉，我不得不這麼說貴國最受喜愛的大師。」他向樂評家克勞瑟微微一欠身。

「噢，我非常希望您能繼續說下去！」這位《萊比錫日報》的一員興奮

地請求道，「這的確極其有趣。」

「那好吧，如果您想聽，」柴可夫斯基繼續說，「我在你們大師的音樂中發現了某種乏味、冰冷、模糊而又讓人討厭的東西。他寫的所有作品都傾向於深不可測，這讓我很討厭——請您原諒我用了這麼粗俗的詞。當我聽這種音樂的時候，我的心不會變得溫暖，剛好相反，我感到一陣寒風向我吹來，是的，我覺得很冷。您理解這種感覺嗎？我覺得缺少點什麼，我覺得要有美的東西，要有旋律。在他的作品裡，任何一個樂思都沒有表達完整。一段旋律剛剛露出端倪，和聲的轉調就展開了，豐富而神秘，一下子就把它淹沒了。這讓人感到，這位作曲家給自己的任務是，讓自己的作品深刻而不可理解，不惜任何代價地追求深刻，即便是讓人聽起來感到無聊。我常常問自己：這位德國大師真的這麼深刻——在每一個瞬間，每一個樂句裡都這麼深刻嗎？他之所以這樣賣弄深沉，是不是為了掩飾他驚人的貧乏與乏味的想像力？這自然是個讓人難以作答的問題。不過，不管他的深刻和高貴是真的還是假的，它無論如何都打動不了我。是的，它打動不了我，不會讓我的心受到絲毫觸動。」

「如果你帶著更虔誠的心沉浸到他的音樂裡去的話，你對他的看法就不是這樣了。他的音樂裡有那麼多奇蹟。」布洛德斯基責怪他說，「以後你一定會理解他的偉大的。」

「也許吧……」柴可夫斯基說道，隨後坐到了桌邊。「德國的音樂分裂為兩大陣營：這邊是華格納，那邊是布拉姆斯。現在，如果讓我在這二者之間挑選的話，我就選——莫札特。」

Peter Ilych Tchaikowsky

眾人哈哈大笑起來，剛才籠罩著的緊張氣氛頓時煙消雲散。

　　「不管怎樣，我還是希望你能親自認識一下布拉姆斯。」布洛德斯基說道，「或許見到他本人以後，你對他作品的態度就會有所改變了。明天晚上他到我們這兒來演奏。如果你能到場，我會很高興的。」

　　「如果我能認識這麼著名而且有爭議的人，那真是我的榮幸。」柴可夫斯基趕緊說，「多謝。我當然很高興來。」

　　他讓布洛德斯基夫人給他倒了第二杯伏特加酒。弗里德海姆詢問著俄國各個熟人的情況；此外他們還講了很多關於林姆斯基—高沙可夫（Rimsky-Korsakov）和凱薩・居伊（César）以及演奏高手、樂評人和歌手的軼事。柴可夫斯基不斷地笑著，還一次又一次地讓人給他倒伏特加。

　　四個俄國人幾乎沒有發覺他們已經用自己的母語說了很長一段時間。克勞瑟完全被排斥在外，最初他的表情有些氣惱，後來他還是和兩位女士去談萊比錫歌劇院的情況了。這兩夥人，無論是說俄語的，還是說德語的，都不時開懷大笑。

　　當有人提醒說，已經快到午夜時，他們都感到驚訝不已。眾人在狹窄的衣帽間裡相互幫對方穿上皮大衣，柴可夫斯基趁機邀請司羅迪第二天到他那兒去吃午飯。告別時，他吻了吻老朋友布洛德斯基的雙頰，然後對著兩位臉喝得紅紅的女士說了些誇張的客氣話。

＊　　＊　　＊

「等等，您先別走！」柴可夫斯基對年輕的司羅迪請求說。一小時前他們剛剛吃過午飯，現在司羅迪想告辭了。「您再待一會兒！我現在非常害怕一個人待著……」

他們在飯店大廳裡喝著咖啡，仿製大理石、鍍金的石膏花飾和各式各樣生動的裝飾都使整個大廳熠熠生輝。在他們就座的小桌子後面立著一根粗粗的柱子，包著黃黑兩色相同的大理石面，柱頭上冒出了一個高大的白色石膏天使，一頭茂密的捲髮，額頭很低，半球形的臉蛋兒鼓鼓的，兩隻粗大的手正把一件巨大的管樂器放到嘴邊，一半像超大型的長笛，一半像戰士的號角，它就像個危險的武器似地懸在兩位音樂家頭上。

「這兒真讓人討厭。」柴可夫斯基說，同時膽怯地瞥了一眼那個危險的天使。「不知您能不能到我的房間裡陪我一會兒……」

年輕的司羅迪穩重而親切地微笑著，平靜而完美的臉向下點了一下。剛剛吃了那麼多東西，柴可夫斯基的臉現在有點紅。飯店的午間套餐似乎沒完沒了，有那麼多的菜和飲料；司羅迪的額頭和臉頰仍是象牙白色，在白皙皮膚的襯托下，兩道又長又黑的眉毛就像是用墨畫上去的。

「您必須原諒我，我親愛的，我讓您陪了我這麼長時間。」柴可夫斯基的話音有些急促。「但我現在這種精神狀態，一個人待著簡直就是痛苦。也許我還是太高估自己了。就要在萊比錫布商大廈音樂廳舉辦的這場音樂會讓我緊張極了。這還是我第一次在外國擔任指揮。我會失敗的，我非常清楚地感覺到了……」

「我很高興可以和您待在一起。」年輕的司羅迪用他那帶著回音的、清

清楚楚卻有點兒缺少熱情的聲音說道。

「他離我多遠啊！」柴可夫斯基想道，這一認識竟使他震驚得足足有幾秒鐘時間都沒有動。「他離我不知有多遙遠。他到底在想什麼？只想他自己和他的榮譽嗎？一個人如果從來都無法想像另一個人在想什麼，那該多可怕啊。可是這個陌生的微笑著的、說著陌生話語的人我已經認識很長時間了，他還是我的學生呢，他挨著我坐在鋼琴旁邊時那張全神貫注的幼稚臉龐還在我眼前晃動……」

「有了名氣是不是非常好呢？」柴可夫斯基問道，一雙溫和地冥想著的深藍色眼睛注視著面前這個曾經是自己學生的年輕人。「它給你帶來了很多樂趣嗎？」

「您應該知道榮譽是怎麼回事。」年輕的司羅迪說道。他沒有迴避老師那深思且悲哀的目光，但他完美無暇的臉上沒有流露出任何表情。「對此您比我更了解，彼得·伊里奇。我畢竟才剛剛開始，而且不過是個小小的鋼琴演奏家，一個微不足道的介紹者……至於榮譽意味著什麼，那種真正的榮譽，那得由您來跟我說。」

柴可夫斯基做了個疲憊的手勢。「啊，我……」他低垂著額頭慢慢地說。「我也不太明白。這種所謂的榮譽我覺得它很累人。另外，對我來說，它來得也太晚了。我完了，我已經掏空了，什麼都想不出來了。所有人都發現我在重複。我是個老人了，這不是什麼有趣的事。但你還年輕，你是很有抱負的，這多讓人羨慕啊！我想，世界上的榮譽根本就不像你所要求、所期待的那麼多。」

「我當然很追求榮譽。」年輕的司羅迪筆直地坐在那裡。「但您不夠誠實，」他接著說，身體微微前傾，微笑地看著他的老師。「其實您並不認為自己完了，而且榮譽對您來說從來都不是無所謂的。我們大家都需要它。」司羅迪突然用一種近乎得意的語調非常響亮地說，彷彿想讓那個臉蛋紅潤的吹著管樂器的天使也聽到。

柴可夫斯基低頭坐在這兩個音樂之神中間，一個是用石膏做的，不夠完美，而且鄙俗；另一個是用血肉做成的，完美而高貴。他頭也沒抬地說：「也許我們大家都需要它。是的，我大概不夠誠實。我們大家都需要它，但為什麼呢？作為什麼東西的替代品？它替代的到底是什麼東西呢，司羅迪？」

「它所替代的正是我們為它所犧牲的。」學生說，年輕的面孔凝固成了一個閃著寒光的微笑。

在樓上，他的房間裡，柴可夫斯基請求司羅迪允許他躺一下。「我已經筋疲力盡了。」他抱怨說，「我幾乎整夜都沒睡。」他拿來了小蘇打和纈草滴劑，隨後給司羅迪搬來一把沙發椅，接著自己就躺在旁邊的沙發椅上。

年輕的鋼琴家在柴可夫斯基這裡度過整個下午。他們的談話常常中斷很長時間。柴可夫斯基大概閉了一刻鐘眼睛。司羅迪不知道他睡了沒有，一直保持著安靜。然後他們又開始說話了，不管他們談的是音樂界裡的流言蜚語，是對尼古拉・魯賓斯坦的一段感人的回憶，還是對他們兩人都認識的某個人的回憶，他們的語調都是那麼平和而友好。柴可夫斯基一次又一次地詢問年輕的司羅迪的計畫。他愛聽這個謹慎的因雄心勃勃而隱隱發顫的聲音，

Peter Ilych Tchaikowsky

司羅迪就用這種聲音講著他的巡迴演出，他的音樂會節目，他想通過這些演出進一步擴大自己的名聲。

當房間裡已經變得昏暗時——他們忘了點燈——司羅迪說他得走了，他得回去換衣服，好參加布洛德斯基家的音樂晚會。

「一小時後請您來接我。」柴可夫斯基請求道，「我們一起去布洛德斯基家。我很怕一個人出現在那麼多人面前，尤其是今天晚上。我真的害怕認識大師布拉姆斯。他肯定已經知道了我在談起他時沒有足夠的敬意。」

一小時後他們肩並肩地走在大雪覆蓋的街道上。天氣比前一天晚上還冷。儘管如此，柴可夫斯基還是堅持步行全程。「人總得活動活動！」他大聲說，「否則人就僵了。我已經夠老，夠麻木的了。」

離布洛德斯基家越來越近了，這時柴可夫斯基說：「儘管我害怕這個晚上——您等著瞧，這肯定是個讓人尷尬的夜晚，但我還是喜歡去布洛德斯基家。那兒那麼溫暖，可能還會有潘趣酒（punch）呢。」他激動地說，彷彿已經用柔軟而感性的嘴品嚐起了那香味濃郁的熱呼呼的液體了。

「幾乎可以肯定會有潘趣酒的。」司羅迪預言，他邊走邊愉快地用右腳踢著剛飄下的柔軟的雪。「今天可是除夕夜啊！」

柴可夫斯基在大雪覆蓋的街道中間站住了。「今天是除夕？」他說。「我從來沒想過，這兒的人用的是另一套日曆……對，對，非常正確，今天是除夕。又是一個新年。多可怕啊，亞歷山大！又一個新年！」

他絕望地睜大眼睛凝視著星光燦爛的夜空。在看過了寂寞荒涼、寒星閃爍的冬日天空後，他那似乎因恐懼而變得茫然的目光又落到了年輕的同行者

身上。「又一個新年……」柴可夫斯基再次咕噥了一遍，邊說邊把手慢慢向司羅迪伸去，彷彿要靠在他身上。接著他又把手放下了，依然像他剛才抬起手時那樣慢，根本沒去碰他旁邊的年輕人的肩膀。

「又一個新年，」司羅迪用友好而平靜的聲音說道，「這有什麼可怕的？這只意味著又有一個新的機會，可以做些什麼了。」

「對，對。」柴可夫斯基搖搖頭。他有些佝僂著站在那裡，看起來就像一個非常老的人。「每個新年都讓我感到恐懼。我不知道為什麼……每次它都讓我感到恐懼……」

在布洛德斯基的家裡，首先迎接他們的是兩位女士，布洛德斯基夫人和她的妹妹。「熱烈歡迎！」雍容華貴的布洛德斯基夫人大聲說。她穿著一件異常華麗、裝飾極其繁複的紫紅色天鵝絨晚禮服，妹妹則穿著一件樣式相仿的用綠色塔夫綢做的新衣服，看上去容光煥發。

「熱烈歡迎，親愛的彼得·伊里奇，新年快樂！」他們握了握手，兩位女士並沒有把嘴裡長長的香煙拿下來。柴可夫斯基不得不去擁抱布洛德斯基的夫人；她的胸膛劇烈地起伏著，渾身散發出一種濃烈的東方麝香香水味。

這時布洛德斯基教授走了過來。他穿著一件莊重的小禮服，雙頰熱得通紅，似乎非常激動。「大師布拉姆斯馬上就要到了。」他預言說。「你們快進來吧，我親愛的！別的朋友等著你們呢。」

房間裡一片混亂的說話聲。聖誕樹上柔和地跳動著的燭光晃得柴可夫斯基根本無法看清楚一張張面孔。他和很多人握了手。這位異常熱情地問候他的老先生叫卡爾·萊納克（Carl Reinecke），他是萊比錫布商大廈管弦樂團的

指揮，年高德劭。「我們大家都很高興您能來！」萊納克說。柴可夫斯基感謝地鞠了一躬。這時，另一位先生過來了，看上去成熟老練。他也有一雙聰明而和善的眼睛：這是姚阿幸（Joachim），一位了不起的小提琴演奏家，也是人們正在等待的大師的老朋友。

　　柴可夫斯基很想和這兩位令人尊敬、經驗豐富的音樂家聊一聊，卻無法擺脫正湊過來的一位又瘦又高的女士。她穿著一身運動式的灰色服裝，一種緊身獵裝，和這裡的氣氛很不相配，這兒的人都是一身中產階級的嚴肅打扮。她用一條短短的皮帶牽著一隻脊背細長、目光凶惡的獵犬。「您是柴可夫斯基先生？」她挑釁地問道。從她說出的第一個德語詞就可以聽出，她是個英國人：「非常有意思！我雖然沒聽過您的音樂，但有人向我說起過您。我是布朗夫人，您的一位同行——是的，我也寫音樂。」

　　「很高興認識您。」柴可夫斯基囁嚅道。

　　「您到這兒也是想認識大師布拉姆斯吧。」布朗夫人說道，「您是第一次見他嗎？我真羨慕您！他就像神一樣！這話我也就跟您說說。」她把渾圓的手放到多話的嘴邊，彷彿她洩露了一個秘密似的。柴可夫斯真想轉過身不理她，但出於禮貌他克制自己不要這樣做，而她卻還在誇誇其談：「我們所有人都該為與他生活在同一個時代而感到驕傲。」他好像隔著一層霧在聽她那破鑼一樣的聲音。他惱火地不去看她又長又黃、就像皺巴巴的羊皮一樣滿是皺褶的老處女的臉。忽然他發現布洛德斯基正朝他走來，一個柔弱的、有些瘦小的年輕人邁著小碎步跟在布洛德斯基旁邊。

　　小個子年輕人在柴可夫斯基身邊站住了。他有一頭波浪般的金色鬈髮，

只是有些稀疏。從近處看，他明亮、純淨而無邪的眼睛周圍布滿了細小的皺紋。布洛德斯基把手搭在柴可夫斯基的肩膀上。「愛德華·葛利格（Edvard Grieg）想認識你！」他說。

「愛德華·葛利格！」柴可夫斯基高興地叫了起來。「可是，老布洛德斯基，你怎麼沒告訴我，愛德華·葛利格會來呢。如果你告訴我的話，那我這一整天就有的盼了。」

他們握了握手。葛利格站立的姿勢有些拘謹，一邊肩膀緊張地略微聳起。「很高興認識您。」他用一種清純的、調子很高的聲音說。他說的德語帶著非常吸引人的挪威口音。

「很久以來我就希望認識您了！」柴可夫斯基說道，語氣極其真誠，聲音也比平時響亮得多。不知怎麼地，他一看到這個靦腆的幾乎還像個少年的人，心就莫名其妙地顫動了。他熟悉、也熱愛葛利格那些著名的旋律，那是充滿了恬淡的清新與嫵媚的瑰寶。「您看起來多年輕啊！請您務必原諒我剛一見面就說這個，我總覺得我比您大不了多少。我曾想，葛利格和我是同代人，但現在我卻看到了一個小伙子！」

「您看起來也還相當年輕，親愛的柴可夫斯基。」葛利格詼諧而彬彬有禮地說。

「啊，我的朋友，您別嘲笑一個老人了！」柴可夫斯基開玩笑地用雙手捂住疲憊不堪的臉。

「妮娜！」葛利格急切地喊道。「妮娜你快點過來！彼得·伊里奇·柴可夫斯基在這裡。」

一個與他聲音很像的純淨的高音在房間的一個角落裡響起來：「好的，愛德華，我就來了！」妮娜‧葛利格走過來了，她也像她丈夫一樣邁著小碎步，個頭也像她丈夫一樣矮，相貌也和他很像，只是她的頭髮已經灰白了。

　　「這位是妮娜‧哈格魯普—葛利格（Nina Hagerup-Grieg）。」丈夫說，「我的妻子，也是我的表妹。」他們手拉手地站在柴可夫斯基面前，就像兩個乖巧的孩子。

　　「你們二位在這兒真是太好了！」柴可夫斯基一邊吻著妮娜夫人的手一邊說。他完全忘記了周圍所有的人。如果不是他們突然停止了大聲的說笑，他還意識不到他們的存在呢。也就在那麼一瞬間，房間裡一下子充滿了虔誠的寂靜——約翰內斯‧布拉姆斯走進來了。

　　其實，他那臃腫的身影在門口一出現時，柴可夫斯基就發現了，只是他一直裝作沒看見。當房間裡突然安靜下來時，他大聲對妮娜夫人說：「您根本想像不出我多麼愛您丈夫的音樂，尊敬的夫人！」柴可夫斯基拿出了一副漫不經心的善於交際的態度。這時布拉姆斯已經朝他走過來了。

　　「我們的俄國客人在這裡。」這位德國大師說道，與此同時他把頭稍稍向後仰起，微微瞇著灰色的眼睛打量著柴可夫斯基。

　　「新年愉快，布拉姆斯先生！」柴可夫斯基說道；令他非常生氣的是，他在說這話時，臉有些紅了。

　　「可是舊的一年還沒過完呢！」布拉姆斯的笑聲短促、沙啞，開始與結束都是那麼突然。圍在兩位作曲家——柴可夫斯基和布拉姆斯——周圍的人對大師風趣的話報以一陣恭順的笑聲。其中笑得最響的是樂評家克勞瑟，聽

到這笑聲，柴可夫斯基才發現他在客人當中。

布拉姆斯雙腿又開地站在那裡，兩條手臂都離身體有一小段距離，使他的舉止顯得有些不便和笨拙。

「他看上去就像呼吸有困難似的，」柴可夫斯基想著，「儘管他的呼吸平靜均勻。」

「您喜歡萊比錫嗎？」布拉姆斯問道，一邊慢慢地抬起右手，把一支長長的黑色雪茄放到嘴邊。

「承蒙您關心，不勝感謝。」柴可夫斯基又續了一根香煙。「我的朋友們非常熱情地接待了我，我幾乎覺得就像在家裡一樣。」

「聽您這麼說，我很高興。」布拉姆斯說道，一邊把雪茄拿開，此時他依然雙腿張開，頭向後仰，嘴微張著。「的確，在布洛德斯基這兒總是很舒服。」他接著說，還衝著布洛德斯基所在的方向微笑了一下。「這裡有萊比錫最好的咖啡。」話音一落，布洛德斯基夫人就發出了短促而清脆的笑聲。

布拉姆斯說話時帶著濃厚的北德口音，一頓一頓地，每個詞的第一個音都唸得很重。「維也納對他沒產生一點兒影響，」柴可夫斯基心想，「無論是對他這個人，還是對他的音樂都是如此。另外，他臉上渾圓柔和的線條和這種敏銳的說話方式一點兒也不相配。他的臉幾乎讓我想起了教區牧師的臉，還有夾雜些灰白鬍鬚的大鬍子和又細又長的灰色頭髮——他的頭髮挺漂亮，但是已經很稀疏了。他又長又厚的禮服看上去也有些像牧師的長袍，我以前一定見過一個長得和他很像的牧師。為什麼他的褲子這麼短呢？這和他的長禮服不相配，他穿的靴子也這麼笨重……」

「稍後我們要來點音樂。」這位德國大師說道。有人給他端來一杯咖啡。柴可夫斯基突然想起有人告訴他，布拉姆斯整天都喝濃咖啡：他一定有個極其強而有力的心臟。「希望您不會感到無聊，柴可夫斯基先生。」

「能夠聆聽您新創作的三重奏我感到很驕傲。」柴可夫斯基微微點了點頭。

「可是，它可能不完全符合您的品味。」布拉姆斯依然雙腿又開著站在這個外國人面前。一手端著咖啡，一手拿著雪茄。他已經聽說柴可夫斯基不欣賞他的音樂了。「沒什麼味道濃厚的出色的東西。」他友好卻又嘲弄地看著柴可夫斯基。

「我堅信它是美的。」柴可夫斯基說道，同時又為自己如此笨拙的回答感到惱火。房間裡所有的人都緊張地等著聽他如何回答這個巨人相當直接而且毫無遮攔的進攻，然而現在他們一定都失望了。

「誰都知道，」布拉姆斯說，兩眼友好卻帶著一絲惡意地看著對方，「除了您自己國家的音樂，您最喜歡的是當代的法國音樂：古諾（Gound）、馬斯奈（Massenet）、聖桑（Saint-Saëns）。」他在讀這些法語名字的重音時很吃力，而且都唸錯了，或許是因為憎惡而故意唸錯的。

「您提到的作曲家都是值得重視的。」柴可夫斯基說道，高高的額頭一下子紅起來。「不過，在巴黎，人們都說我受德國的影響太重了。」

「在巴黎，」這位德國安魂曲大師說道，接著再次發出了沙啞的笑聲，「人們懷疑到處都受了德國的影響。您的母親大人是法國人吧？」他突然問道，眼睛微微瞇了起來。

「我的母親出身於一個法國家庭。」柴可夫斯基覺得這場談話讓人難以忍受；再過幾分鐘他就會令人難堪地爆發了，其結果是永遠都無法彌補的。布拉姆斯一定也有了相似的感受，因為他就像一位侯爵結束接見似地結束了他們的談話。

「無論如何，我希望您在我們國家過得愉快。」說完他就轉身走了。

柴可夫斯基尋找著葛利格，此時他已經和他的妮娜退到了一個角落裡，正坐在一張長沙發上。柴可夫斯基吁出一口氣，坐到兩個小個子中間。「我們一起聽聽這首三重奏！」他說。

* * *

這一夜柴可夫斯基過得很糟糕，這使他次日整天都疲憊不堪，渾身每個關節都疼。他推掉了所有約會，一直在床上躺著。他恐懼地想，可能所有這些不適都是因為心臟。他覺得自己深受心臟病的折磨，對此他有種種模糊卻恐怖的想像；儘管醫生們——那些狡猾的傻瓜——怎麼也查不出來，他卻認定正因為如此，這個病終有一天會更有把握、更痛苦地殺死他。「我的心臟徹底完了。它幾乎都不工作了。」他常常陰鬱地說。儘管如此，他還整天抽煙，即便在今天他想休息的時候也是這樣。他旁邊的煙灰缸裡已經有一堆煙蒂了。

柴可夫斯基仰面躺著，極力回憶著自己在這個可怕的夜裡做過的夢，這些夢讓他不安了好一段時間，他卻怎麼也想不起來了。他只記得母親在夢裡

出現過。她對他的態度不是太好——人怎麼能夢到這麼討厭的東西呢？對，當時他站在一張桌子上或者是一個櫃子上，母親想把他推下去。他害怕的樣子讓她很開心。怎麼能做這樣的夢呢？

　　侍者把午餐送到他房裡，但他一口也沒動。快到七點的時候他叫了一瓶香檳。他喝著酒，抽著煙，時間逐漸流逝。柴可夫斯基害怕地看到天黑了。「七點鐘了，」他告訴自己，「我必須起床，穿衣服。我今天晚上必須去音樂廳，去聽布拉姆斯的音樂會。這是大型的新年慶祝活動，整個萊比錫的音樂界人士都會到場。如果我不去，會被看做是示威。」

　　晚上，布洛德斯基和司羅迪來接他。他們坐著一輛出租馬車來到布商大廈音樂廳。在音樂廳大樓的休息廳裡，前一晚到布洛德斯基家裡參加音樂晚會的人差不多都聚齊了。柴可夫斯基聽到布朗夫人正在宣告：「我告訴你們，我的朋友們，他是真正的大師。我感到他是真正的那個大師！我景仰偉大的三B（譯註：三位音樂家名字的首寫字母都是B）：巴哈（Bach），貝多芬（Beethoven），布拉姆斯（Brahms）。但前兩個只是對第三個最偉大的音樂家的準備——是的，就連貝多芬也沒有達到這個水平，更不用說現在的華格納，這個醜陋的騙子，他連個準備都算不上，只是亂七八糟地擾人耳目。所以迄今為止最偉大的還是布拉姆斯！」

　　人們沒有笑她，她雖然古怪，卻是嚴肅的。由於大師本人都友好地任她放肆地大聲表達自己的敬意，人們便認定她是被挑選出來的密友了。人們已經習慣在每一場音樂會、每一項音樂活動上都遇到她了。如果她沒到，大家就知道她回英國打獵去了。畢竟除了布拉姆斯以外，她還有兩個嗜好：打獵

和狗。

「現在您就要見到我們的新音樂廳了。」樂評家克勞瑟高興地對柴可夫斯基說。「您的新領地！您一定會驚嘆不已的，最尊敬的先生！」

柴可夫斯基對大廳十分讚賞，他向所有希望聽到譽美之詞的人保證說，這是他見過的最華麗的音樂廳。在他們聽到「正曲」──新的布拉姆斯《小提琴和大提琴二重協奏曲》之前，萊比錫托馬斯教堂合唱隊的男孩子們唱了一首巴哈的讚美詩。孩子們嚴肅的、略嫌平淡的、像天使一樣純淨的嗓音一下子攫住了柴可夫斯基的心。他們幼稚的臉上流露出全神貫注的表情，而且因為努力還帶著些憂慮。他們的額頭有些皺，一張張嘴都圓張著，這情景深深地打動了他；精神煥發的男孩子們都平端著歌譜，彷彿人們都有些遠視。這個小小的集體簡直就像一群正在演奏的瘦削的天使，一群獲准給上帝獻上優美曲調的天使，正賣力的合唱著讚美詩。

「他們比我們的童聲合唱團唱得還好。」柴可夫斯基悄悄對司羅迪說。「我的上帝，他們唱得多美啊！」

當布拉姆斯登上指揮台時，迎接他的掌聲與其說是狂熱，倒不如說是充滿敬意。但當他一示意開始，矮胖笨拙的身體往那兒一站，指揮棒一舉，大廳裡立刻就鴉雀無聲了，靜得就像一次宗教活動開始了一樣。演奏小提琴部分的是大師姚阿幸，大提琴手是柏林來的豪斯曼。柴可夫斯基凝神傾聽著弦樂演奏家們拉出第一個純淨有力的音。「這是我所聽過的最好的管弦樂團。」他敬佩地想。「我們俄國大概沒有哪支樂團能與它相比。」他用完全客觀的態度緊張地觀察著指揮兼作曲者的動作──他那有些沉重、幾乎可以說笨拙

的、充滿力量和感情的手勢；他用僵硬地伸直的手臂幾乎是怒氣沖沖地示意鋼琴停止，隨後，他的姿勢突然變得柔和起來，高高抬起的一隻手臂優美地彎成一道弧線，充滿了懇求和企望，像弓弦一樣微微地顫動著；向後仰起的長有一副大鬍子的神采奕奕的臉上流露出內心的激動。

柴可夫斯基難以集中精力聽音樂。他非常緊張，心裡直想著自己明天要在這同一個大廳裡做的樂團排練。

＊　＊　＊

第二天上午，樂團指揮萊納克向布商大廈管弦樂團的成員介紹了一位俄國作曲家，他面色蒼白，悵然若失，有時為一點點小事他的臉也會變成暗紅色；他的嘴被灰白色的髭鬚遮擋著，嘴唇顯得太過柔軟，總是在顫抖。

「你們都知道偉大的作曲家柴可夫斯基，」和善的老萊納克說，「先生們，現在我就向你們介紹柴可夫斯基本人，我們的指揮。」

偉大的作曲家、擔任指揮的柴可夫斯基登上了指揮台，由於膽怯和靦腆，他的身體有些佝僂著。小提琴手、中提琴手和大提琴手都輕輕地用弓敲打著自己的樂器，這是他們的鼓掌方式；他們不是太喜歡和這位以古怪著稱的外國作曲家合作。

柴可夫斯基用怯生生的目光看了一下這些冷漠且不動聲色的面孔。「現在我該講話了。」他想，他感到自己的臉一下子變成了暗紅色。「他們一定會嘲笑我的，他們一定會大聲嘲笑我的。」

他開始用沙啞的聲音講話：「先生們，我的德語說得不好，但我很驕傲能夠在這麼……這麼……我該怎麼說呢？我很驕傲……我不能……」坐在柴可夫斯基旁邊的第一小提琴極力忍住了笑。突然間，柴可夫斯基挺直了身體，用指揮棒敲一敲指揮台。「我們開始吧，先生們！」他用突然變得響亮、自由而鎮定的聲音喊道。於是他們就開始練習《第一號管弦樂組曲》了。

柴可夫斯基以極大的熱情工作著。他常常拍擊叫停，讓人重來，但從來不會不耐煩或者被激怒；他對樂團的態度極其可親，似乎是在竭力獲取他們的歡心。「先生們，親愛的先生們！」他用輕柔如唱歌般的德語大聲說道，同時滑稽地懇求似地抬起雙臂。「我請求你們再來一次——更溫柔、更飄、更輕些——非常輕！」

第一樂章「引子與賦格」尤其讓管樂演奏者費盡了氣力。剛一開始，兩個巴松管就要一齊奏出引子主題，但他們的高音怎麼也不夠純潔，柴可夫斯基不得不一次又一次地讓他們重來。在他們排練第二樂章嬉遊曲時，半明半暗的大廳裡出現了一個矮胖的身影。那是布拉姆斯。他小心翼翼地坐到了正廳前排座位中的最後一排。其實他一進來，柴可夫斯基就知道了。

「多好啊，我們現在剛好到了嬉遊曲。」柴可夫斯基心想。「這段寫得很成功，一定會給他留下深刻印象，這可是挺新穎的東西，是的，我把我們的民族音樂——我們悲哀的、深受喜愛的旋律，和德國的圓舞曲節奏結合在一起，這不是很新穎嗎？人們聽到的就不止是『三步圓舞曲』了，而是悲傷的圓舞曲。那是優雅和哀訴，一支非常優雅的哀歌。您明白這是什麼意思

嗎，布拉姆斯先生？優雅哀訴⋯⋯我很高興我把這段加進來了⋯⋯」

音樂家們的興致都很高。這位異鄉作曲家做出的巨大努力刺激著他們的虛榮心，他那努力討人喜歡的可親可愛的模樣使他們情緒都很好。在嬉遊曲之後，他們又排練了間奏曲，而且即使每隔幾分鐘就要停下來，他們的表情也都很友好。

當他們排練到第三樂章小進行曲時，柴可夫斯基變得不安起來。他知道，坐在後面昏暗的大廳裡的布拉姆斯臉上一定會露出蔑視的表情。「我真該把小進行曲去掉。」他請樂團演奏得輕而再輕。「這一段聽起來要像音樂盒！」他懇求音樂家們，「我知道這個小小的玩笑有些糟，所以我註明是可省去的。但任何一個指揮都不會想到把它們去掉，因為觀眾喜歡這樣的詼諧。我為什麼要放棄一種有把握的效果呢？」

「另外，它也非常好聽。」他在思想中和那個坐在昏暗中的人對抗著。此時樂團裡只有一小部分人在演奏：除了短笛以外，還有兩支長笛，兩個單簧管，兩個雙簧管，分成四組的小提琴，一個三角鐵和排鐘。「聽起來真不錯。」柴可夫斯基想。他的表情越來越像跳舞似的，越來越陶醉，與此同時他還一次次地喊著：「要輕，親愛的！非常，非常輕！音樂盒，我親愛的！」就在這時，他聽到布拉姆斯表示異議地清了清嗓子。

排練結束之後，柴可夫斯基對樂團成員說了幾句表示衷心感謝的話。「這樣就行了。」他筋疲力盡地說，一邊抹去額頭上的汗水。「但是請大家把『小進行曲』演奏得更輕些。這段應該一點重量也沒有！」

老萊納克和他握了握手，說了幾句客氣話，表示了幾點異議。布拉姆斯

矮胖的剪影終於擺脫了黑暗的背景。他朝兩個人走來，帶著恰如其分的友好態度向柴可夫斯基打了招呼。至於管弦樂組曲，他隻字未提，就好像他根本沒聽似的。問候過後，他馬上就開始和萊納克談起另一場音樂會，是繼柴可夫斯基音樂會之後也要在音樂廳舉行的。

排練之後，柴可夫斯基可以對自己說，現在已經沒什麼東西會讓他感覺到令人窒息和癱瘓的恐懼了：他已經和樂團成員建立了良好且愉快的關係，他們已經彼此熟悉了，看起來絕對不會有什麼徹底的失敗。

儘管如此，當他第二天上午進行公開彩排時，他仍是悵然若失地彎著身子出現在眾人面前。他整夜都在想像著，布拉姆斯或他的崇拜者會在萊比錫煽動眾人反對他，或許還會讓好鬧事的人，拚命吹哨子或亂扔發臭的東西。

然而早晨的排練進行得非常順利。整個大音樂廳裡都坐滿了人，也許他們發了贈票。柴可夫斯基還看到了一大群俄國大學生。他知道，觀眾的掌聲之所以如此熱烈，完全是因為有他們在裡面。在小進行曲之後，觀眾的情緒極度高漲，就像狂歡一樣喧鬧。在隨後開始的第四樂章詼諧曲中，他們又稍稍平靜下來。等到終曲，一支加沃特舞曲結束時，他們再次狂熱地喧鬧起來。年輕的俄國人對他們的同鄉大喊著衷心祝福和歡欣鼓舞的話；他感謝著，向他們揮手，他感到自己又流下了淚，那是感動的、驕傲的、思鄉的和疲憊的淚。當他終於一個人坐上出租馬車回旅館時，內心裡充滿了喜悅。

門房遞給他一張紙條，那是誰剛剛留下的？柴可夫斯基讀著：「太棒了！非常感謝！您的朋友和欽佩者愛德華·葛利格。」他微笑了，大滴大滴的淚水順著臉頰流下來，這使他在那個飯店職員面前感到很不好意思。

他把紙條放到胸前的衣袋裡，當他第二天晚上坐車去音樂廳時，他仍把它帶在身邊，就像帶著護身符似的。

人們事先就對他說，德國觀眾非常嚴肅，他們不喜歡誇張地過早鼓掌。儘管如此，當他登上指揮台，發現竟沒有一個人鼓掌時，他還是感到不知所措。大廳裡鴉雀無聲。今天晚上觀眾中沒有俄國大學生。柴可夫斯基笨拙地鞠了一躬。這些矜持的觀眾還是可以贏得的：每結束一個樂章，掌聲都熱烈幾分，最後他們已經非常熱情了，柴可夫斯基不得不再次出來謝幕。人們向他保證說，這在萊比錫已經有些不尋常了。

「現在我可以回家了。」柴可夫斯基想。「現在我可以在我的房間裡一頭倒在床上，閉上眼睛。然後我想什麼呢？但願我的腦袋很快就會安靜下來，不要讓那些沒完沒了的思緒再來折磨我……」

「司羅迪到底為什麼不在這兒？整個晚上我都沒看見司羅迪。他到底在哪兒？他沒來聽音樂會嗎？奇怪，應該到的人常常都不到。這可真奇怪，這個人幾乎總是缺席……」

第二天，柴可夫斯基一早就被叫醒了；時間還不到七點，他聽到有人在大聲地敲他的門。飯店裡負責接待客人的經理走進來氣喘吁吁地說：「您必須馬上起床，柴可夫斯基先生！軍樂隊來給您獻節目了！」

「在哪兒？」柴可夫斯基不知所措地問道。「在這個房間裡嗎？」

「當然不是！」激動的接待經理說。「在飯店下面的院子裡。這是個巨大的光榮。您必須站在窗邊聽。這是一個巨大的光榮，柴可夫斯基先生！這是節目單。」

他一躬身把節目單遞給柴可夫斯基。曲目是用粗粗的墨筆寫在一塊硬紙板上的，看上去就像一個精緻的菜單，大標題是用毛筆寫的：「清晨音樂會——獻給俄國作曲家柴可夫斯基。」下面是精心做了漂亮安排的一組節目，一共是八支曲子，在這八個曲名周圍還環繞著一道玫瑰花環。

還沒等柴可夫斯基弄明白怎麼回事，下面的軍樂隊就已經奏響俄國國歌了。飯店經理把一件長長的法蘭絨睡袍遞給了柴可夫斯基。柴可夫斯基穿上它，走到窗邊。

「我得打開窗戶嗎？」他問。

「當然了。」經理急切地點點頭。

「但是我會感冒的。」柴可夫斯基咕噥著說。

他打開窗戶，早晨清新的空氣立刻湧了進來。下面，在大雪覆蓋的院子裡，軍樂隊正用全身氣力吹奏著。指揮向柴可夫斯基敬了一個禮，他也禮貌地回敬了這一問候。他感到空氣非常冷，他呼出的氣就像一團飄逝的雲一樣融進了清純冰冷的空氣中。他把棕色的睡袍緊緊抿在胸前。

當俄國國歌在響亮的吹奏與敲打聲中結束時，飯店的每一扇窗前都出現了被驚醒的客人，因為這家飯店就是圍著這個院子四周建起來的。這些人都在自己的睡衣或者襯衣外面披上一件皮衣或者羊毛圍巾。他們大概還沒完全弄明白上面出了什麼事，但他們都為早晨的純淨與清爽感到高興，而且還有軍樂可聽。人們熱情地為樂隊鼓掌。侍者、清潔女工、廚房裡的幫工和戴著白帽子的廚師都從底層來到了院子裡，想湊到前面去看看熱鬧。

奏完俄國國歌之後，這支穿著軍服的管樂隊接著演奏了歌劇《阿依達》

（*Aida*）中的一支詠嘆調；其後是一支維也納圓舞曲和華格納音樂集錦，短小卻富於變化；就這樣他們準確而富有尊嚴地演奏了一支又一支風格各異的曲子，給聽眾留下了極其深刻的印象。

最後一個節目是柴可夫斯基的D大調《莊嚴進行曲》（*Marche Solennelle*）。這支曲子的主題和《守衛在萊茵河邊》（*Wacht am Rhein*）有些相似，飯店的客人和工作人員都認為這是經過改編的本國歌曲，所以立刻都興奮地鼓起掌來。幾個侍者甚至還大張著嘴，雙手直直地抵在褲縫上，高唱起了這支愛國歌曲：「親愛的祖國，但願你和平安寧！」雖然這段副歌與音樂不完全相配，但沒人覺得有什麼妨礙。柴可夫斯基邊向人們致意、表示感謝，邊退回到房間裡，儘管院子裡或窗戶裡的聽眾似乎並沒有認出他來。

二分鐘後，剛剛還像個木偶似的嚴肅地指揮軍樂隊的隊長來到了柴可夫斯基面前。他那長著一副灰白鬍鬚的、生硬而和善的臉讓人一下子就想到了一隻老狗的臉。他的軍裝上配著又大又亮的肩章，就像將軍的那樣氣派；在他胸前還有幾只勳章在閃閃發光。

「請您允許我做個自我介紹。」這位老音樂家兼老兵像放槍一樣地說，「我叫薩羅（Saro）。」他邊說邊併攏了腳跟。

「我感謝您，親愛的薩羅，為我舉行了這次美妙的清晨音樂會。我真的很感動。」柴可夫斯基向他伸出了雙手。

「我很高興做這件事。這是我們送給您這位著名的客人的一份小小的禮物⋯⋯」軍樂隊長薩羅結結巴巴地說，臉不由得紅了。「我是一個熱烈的崇拜者⋯⋯您的音樂，柴可夫斯基先生⋯⋯有很多傑作⋯⋯我不是庸俗之輩⋯

…」這個好人尷尬地出汗了。「對俄羅斯音樂我一點偏見也沒有……」他清了清嗓子，卻越發尷尬了。「正好相反，我非常欣賞……音樂和政治沒有關係。」他突然結束了自己的話，用一雙有些渾濁卻很乖巧的眼睛注視著柴可夫斯基。

「我衷心地感謝您。」柴可夫斯基再次說。

他剛走，接待經理就來了。門還沒關上，他就先給柴可夫斯基鞠了一躬。「這是榮譽，柴可夫斯基先生。」他輕輕地說，一張蒼白的沒有睡醒的臉表情十分嚴肅。

柴可夫斯基獨自站在屋中間，突然哈哈大笑起來。刺耳的笑聲像痙攣一樣使他渾身顫抖。「哈哈哈！」他邊笑邊跌坐到沙發裡，笑得前俯後仰，同時還用手拍打膝蓋。「這是榮譽，哈哈哈！」

他的頭向後仰著，嘴大張著，就像在大聲地悲鳴。

Peter Ilych Tchaikovsky

3 故人相遇

　　柴可夫斯基在萊比錫又待了幾天。每天早晨，當他在旅館的房間裡醒來，仔細觀察壁架上的小擺設時——其中有一個是塞京根（Säckingen，德國城市）的小號吹奏者，帽子上有一根輕佻的羽毛，他尤其討厭這頂帽子——他痛苦地想起那個熟得不能再熟，卻又一次次令他震驚、令他陷入癱瘓的問題：「你爲什麼在這裡？你在這兒，這有多可笑，多錯誤，多可怕啊！」想過這個問題之後，他的小筆記本又會告訴他，今天已經排滿了約會；要想不耽擱第一個約會，他就必須起床了。他知道這又將是一個喧鬧累人的日子，而且它大多是以一封電報開始——幾乎每天侍者都要端著銀盤子給他送來一封諾伊格鮑爾打來的電報，囉囉嗦嗦得讓人摸不著頭腦，既充滿逼迫，又謙恭順從，並以音樂結束。

　　這天上午的第一個拜訪者是布洛德斯基，他手臂下夾著一包報紙就來了。「祝賀你，老彼得・伊里奇。」他大聲說道，清爽的晨風吹得他滿面紅光，不僅如此，剛從清新的空氣中走來的他似乎還帶來了一些新鮮空氣呢。「你的消息不錯啊！」

　　「沒有漢斯利克嗎？」

他們不由大笑起來。「沒有，他們都很尊敬你。」布洛德斯基把報紙在早餐桌上攤開。「這篇是最重要的。」他邊說邊遞給柴可夫斯基一張報紙。「這是貝恩斯多夫（Bernsdorf）在《音樂世界的信號》（*Signale für die Musikalische Welt*）中發表的。」

「這個是最重要的嗎？」柴可夫斯基問道。他讀到：

> 對於柴可夫斯基這位屬於狂飆運動新（或者年輕的）俄羅斯派的作曲家，我們迄今為止所了解的只是大約兩、三部作品。坦白說不是缺少天分和才能，而是因為我們不願接受他運用自己的天才的方式。同樣我們也坦白地承認，在看到上面提到的那份節目單上的組曲時，我們還是有些害怕的，因為擔心又會被迫聽那些怪異的、扭曲的、桀驁不馴的音樂。但事情並不是這樣：在這部作品中，我們感到柴可夫斯基變得很節制、很澄淨了，而且他也不再主要在多變、誇張與把巴洛克當新穎中碰運氣，也不再假裝喜歡那些東西了。我們要說的是：不再主要是這樣，因為在這部作品裡，還是有若干細節沒有完全擺脫以前的風格，大有奇思怪想甚至是怪異的味道……

柴可夫斯基笑了，「『在把巴洛克當新穎中碰運氣』，當然，我們的確無論如何都不該這樣做。」他說，「可以理解，若是接近有這種喜好的人的確會『有些害怕』的！」

《音樂世界的信號》中的評論最後寫道：「他大概會帶走這樣一個印象，即音樂之城萊比錫不會永遠患有俄羅斯恐懼症。」

「那個戴大肩章的軍樂隊長薩羅已經向我說過這樣的話了。」柴可夫斯基開心地說，「最讓這些人感到自豪的就是他們不讓俾斯麥來規定自己的音樂欣賞趣味。」

中午，幾個朋友聚集在萊納克家。柴可夫斯基旁邊坐著一個年輕人，他叫費魯齊奧·布索尼（Ferruccio Busoni），他的臉就像天使一樣純潔，像苦行僧一樣清瘦，一種精神上的嚴峻使他的表情既痛苦又陶醉。這張臉深深地吸引著柴可夫斯基，同時也讓他感到膽怯和迷惑。他們倆沒有像平常那樣隨便聊聊，但地點和場合又都不允許他們進行更嚴肅、更深入的談話，所以他們的交談就顯得簡單卻意味深長。

晚上他們在歌劇院裡定了一個包廂，看的是華格納的《名歌手》。在序曲結束後，柴可夫斯基對萊納克說：「你們這位年輕的指揮真是棒極了，我完全被他吸引住了。他好像對樂團有種神奇的魔力。我的上帝，他幾乎什麼都沒做！像我這樣老的新手，那可是操碎了心，手腳忙個不停，還又跳又舞的；而他卻不做任何多餘的手勢，始終非常平靜——激動地平靜，與此同時他卻迫使樂團一會兒像成百上千支耶利哥（Jericho，死海以北的一座古城）的小號那樣發出雷鳴般的轟響，一會兒溫柔地細語起來，像什麼呢？對，像隻小鴿子。然後聲音慢慢減弱消失，帶著一絲甜蜜……這簡直讓人忘情得快要窒息了！你們知不知道他對你們意味著什麼？」

「我們當然知道阿圖爾·尼基許（Artur Nikissch）對我們意味著什麼！」

所有坐在經理包廂裡的先生們都興奮起來。「阿圖爾‧尼基許是我們的驕傲，我們的希望。」天真的老萊納克表示。隨後馬丁‧克勞瑟宣稱：「在華格納後期作品的闡釋者中，沒有一個能夠和這位年輕的大師相比，絕對沒有，就是畢羅也不行！」他大聲說道，眼裡露出一絲挑釁，「畢羅是譁眾取寵，而阿圖爾‧尼基許則有著令人景仰的從容。」

中場休息時，柴可夫斯基讓人帶他去見尼基許。尼基許還不到30歲，長得清瘦柔弱。兩隻眼睛在蒼白的臉上熠熠閃光。

「我感到慚愧。」柴可夫斯基對年輕的指揮說，「我感到非常慚愧，親愛的朋友。像我這樣的人竟敢在觀眾面前亮相，好像自己是個指揮家似的，而您可真是一位指揮家！」

年輕的指揮尼基許——他深色的頭髮和鬍鬚柔和地圍著一張蒼白的面孔——向柴可夫斯基深深地鞠了一躬。然後他一邊慢慢直起身，一邊說：「能夠面對面地看到《尤金‧奧涅金》（Eugen Onegin）和《第四號交響曲》的作者，我感到很榮幸。」

柴可夫斯基的臉有些紅了。「您知道我的作品，」他急促地說，「我很高興您提到的是《第四號交響曲》，這個作品不是徹底失敗的，對，不是徹底……」他輕聲地，幾乎是神秘地補充說，彷彿這個論斷只有年輕的指揮可以聽，別人都不可以：「另外，它不是我的最後一部作品，絕對不是。它不會成為我的最後一部作品。」

當他和尼基許告別時，柴可夫斯基感覺到，他正在和一個朋友握手；這個人不是那種在你匆匆地表達了自己的喜愛之情後便會獲得或失去的朋友，

事實上，這種喜愛之情總是突然產生，又會突然消失的；是一個真正的朋友
——他的作品的朋友。柴可夫斯基的作品構成了他的本性中的一個有著穩定
結構的、不存在任何意外的絕對明確的部分。

* * *

　　第二天晚上，李斯特協會在老音樂廳裡舉辦了一場柴可夫斯基音樂會。
這個地方是專門給培養萊比錫的現代音樂用的，看起來並不氣派。為大膽而
富有創新的、還沒有成為經典的音樂作品提供支持是李斯特協會的特別任務
和成就。老音樂廳空間很小，也不舒服，幾乎可以說很髒。不管怎樣，當柴
可夫斯基在藝術家休息室裡脫下皮大衣時，樂評家克勞瑟還是驕傲地對他
說：「孟德爾頌和舒曼都在這裡住過。大師，您看。」他還沾沾自喜地用手
捋著小鬍子接著說，「我們的李斯特協會才成立三年就已經擁有一批固定的
忠實觀眾了。整個大廳都座無虛席。」克勞瑟和阿圖爾・尼基許以及亞歷山
大・司羅迪都是協會的特別贊助者。
　　在這場柴可夫斯基音樂會中，演奏小提琴的無疑應該是威瑪的哈里爾
（Halir），他已經成為演奏柴可夫斯基的《D大調小提琴協奏曲》（就是當初奧
爾拒絕演奏，最終由布洛德斯基推出的那部協奏曲）的專家。老音樂廳裡的
觀眾——他們大多數都是年輕人——興奮地等待著被漢斯利克說成是「發臭
的」音樂作品；柴可夫斯基坐在指揮台上，旁邊就是樂團。第一樂章一奏
完，雷鳴般的掌聲就響起來了。柴可夫斯基低聲向坐在他旁邊的人說了一遍

那篇人盡皆知的可恨的評論文章，而坐在他旁邊的是葛利格。

在恢宏華麗的華彩樂段過後，小提琴手哈里爾的成功已經是無可非議的了。這段高潮是第一樂章的中間部分，是大膽孤行的獨奏樂器在與樂團整體的充滿激情的鬥爭中獲得輝煌的勝利。在第一樂章取得輝煌成功之後，這部協奏曲的勝利已經是毋庸置疑了。觀眾們站起身，興奮地伸長了手臂熱烈鼓掌。一名工作人員拖來一個巨大的花環，柴可夫斯基不知該拿它怎麼辦──在一條巨大的紅色綢帶上寫著幾個金色大字：「獻給俄國大師。」是的，這些苛刻的德國年輕人並沒有覺得那些遊戲般輕鬆的快板，那些傷感抒情的舒緩旋律庸俗而不夠嚴肅；他們並不討厭長笛像鳥兒一樣鳴唱，也不討厭第二樂章中的豎笛和終曲舞蹈般的激情放縱。在這個演奏莊嚴肅穆的音樂的城市裡，人們還是能夠，也願意接受這樣的音樂的──這種雖半是傷感多愁，卻仍流動著全新的輕快旋律的一個正在慢慢康復的人的音樂。

是的，當柴可夫斯基寫這部協奏曲時，他正在慢慢康復。啊，當他拘謹地向一群狂熱地呼喚著他名字的、陌生的、著迷的年輕人鞠躬表示感謝時，一顆載滿回憶的心裡湧起了多少往事啊！在他寫作這部協奏曲之前，他經歷了多少事啊！別想了！現在千萬不要去想那段短暫的婚姻帶來的可怕災難，它只是一個序曲，真正的痛苦在它之後，隨後到來的便是這部作品。別去想那些必須轉化為音樂的痛苦，只要想想那幾個星期就行了，在那段時間裡，這一轉化工作就是他輕鬆而嚴肅的、美好而給人帶來解脫的義務。

那是3月的幾個星期，在日內瓦湖畔（當時是1878年），是他從巨大的、令人不寒而慄的難堪中逃脫出來後的幾個星期。噢，涼爽的春天的和煦陽光

啊；噢，殘雪間令人感動的鮮花啊。從旅館的房間裡就可以看見湖水，他一邊寫東西，一邊看著水和在陽光下閃亮的群山；那痛苦的讓人羞愧難當的災難已經很遙遠了。這是怎樣的仁慈啊：他可以把個人的恥辱和荒唐的失敗轉化為旋律，從而彌補並抵消、清除、忘卻這一切。幾週的工作之後是和親愛的科泰克漫長的磋商和排練；對第一樂章進行修改，和科泰克一起想到一段新的行板。那之後親愛的科泰克再也沒演奏過這部小提琴協奏曲，他覺得它很難，也許他病弱的身體根本無法勝任。「但我知道，」柴可夫斯基想，「他很喜歡它。現在哈里爾正站在指揮台上鞠躬呢，一切都在繼續……」

音樂會還在繼續。人們開始演奏《a小調鋼琴三重奏》了，這支曲子還有一句獻詞：「為了紀念一位偉大的藝術家」（原文為法語）。當大提琴奏響這支哀歌的悲音時，柴可夫斯基又有時間和理由審視載滿回憶的內心了。因為這位「偉大的藝術家」就是尼古拉·魯賓斯坦，那個不可替代的人。是的，那個完全不可替代的人，儘管他有很多讓人心煩的特徵：粗魯，喜歡大叫大嚷，總是迂腐地自以為是。但很多事都多虧他幫忙，所以人們不得不原諒他的一切。

第一樂章充滿悲哀的主題，宛如一顆心在哀訴，柴可夫斯基側耳傾聽著，全身一動也不動。他坐在指揮台上，兩邊是妮娜和愛德華，台下一個個深受震撼的觀眾好奇而冒失地盯著他看：一個正在變老的人，一個比他的實際年齡還老的人。他就那麼坐在那裡：頭低垂著，就像頂著無形的重負。的確，當年他創作這部作品時，曾有那麼多痛苦要轉化為音符，唉，也許這種轉化並不總是那麼成功，在這神聖且棘手的轉化過程中，他摻進了些許不純

的東西，他做過妥協，尋找過效果，最後作爲懲罰，他心中仍是留下了一份苦痛，一段沒有得到解脫的、沒有經過昇華的生活——它就在他的舌尖上，那麼苦，就像一片苦澀的草藥。

本以爲已經忘卻的圖像和面孔在第二樂章及其漂亮的變奏中浮現出來。經過他真摯而聰明的冥想與設計，那些苦澀的回憶變成了如此之多的美麗樂句。這個躬身坐在指揮台上聆聽的人應該感到驕傲了；事實上他心裡也真的充滿了驕傲，儘管他仍很悲哀。「我的好尼古拉應該對他的紀念碑感到滿意了。」傾聽者心想，「不知他是不是又會罵人，又會挑剔了，也許他又像當初拒絕我的鋼琴協奏曲那樣拒絕這個獻詞？那次我可真的不得不生他的氣了。不會的，不會的，這次他會同意的，也許他現在正在哪兒聽著呢，而且還會滿意地微微一笑，他可是個內行。他們演奏得多好啊，爲了紀念一位偉大的藝術家。其實這已經不是室內樂了，而是三件樂器的交響曲，氣勢很大——這次你可不能嘀嘀咕咕了，老尼古拉，也不能再傷害我了：這個紀念碑夠體面的，你就承認了吧！」

他們一起進行著精采的表演：坐在鋼琴旁的年輕的司羅迪、哈里爾和大提琴手施羅德（Schröder），柴可夫斯基在莫斯科就已經很熟悉他了。司羅迪完美無暇的面孔十分嚴肅，專注的表情是那麼虔誠而冷峻。「他坐在那裡，讓我轉化成音符的回憶響起來。」柴可夫斯基激動地想。「此刻，他不是離我很近嗎？但是等演奏一結束，他就又變成那個美麗的陌生人了。使他激動的不是我的回憶，而是我用這些回憶編織出來的形式，只是我藉以負載它們的表達形式。」

柴可夫斯基請葛利格和他的夫人妮娜第二天到他的旅館裡共進早餐。

「你們來了，我的孩子們！」早晨他一進大廳就向兩位可愛而友好的人打招呼，此時還不到吃飯時間。

「我們爲什麼是您的孩子，柴可夫斯基老父親？」葛利格詢問道，一雙明亮的眼睛周圍泛起了一團快活的小皺紋。

「啊，你們還不知道嗎？」柴可夫斯基笑了起來：「昨天在音樂會中場休息時布洛德斯基就對我說了。在指揮台上，我們那麼和諧地並排坐在一起，觀眾都看在眼裡。布洛德斯基就聽到萊比錫的一位女士對她的女兒說：『你看，露易絲，』那位女士指著我們說，『坐在那裡的是柴可夫斯基和他的兩個孩子。』而那兩個孩子就是你們！」三人開心地大笑起來。「其實這眞讓人難過死了。」柴可夫斯基說道，一邊讓妮娜挽住了他的手臂。「我只比愛德華大幾歲，我也還不到50歲呢，而別人就把我當成了他的父親。有時候當我照鏡子時，我自己都感到可怕。人變得那麼快，一天一天地，自己卻毫無察覺，這可眞恐怖，眞殘忍。幾年前我的樣子和現在完全不一樣，當我看自己那時候的照片時，我就會想：這是一個陌生的年輕人。」他說著，讓接待經理把他們領到了餐廳裡靠邊的一張餐桌旁，「如果我有個像您這樣的妻子，親愛的妮娜夫人，跟我一輩子，那我今天就不是這個樣子了，我會保養得好些。有個這樣的妻子，那一定是非常美的。」此刻他講話的樣子非常嚴肅，憂鬱就像一片流雲從他深藍色的眼睛上掠過。「我羨慕您，葛利格。」

「再也找不到比她更好的妻子了！」柴可夫斯基很喜歡葛利格說話時的

那種跳動的像唱歌一樣的語調。「沒有她，我這一生將一事無成，我的生命也只會短暫而乏味。」

妮娜夫人的臉一下子變得通紅。「你說什麼呢，愛德華！」她大聲說，一邊搖頭表示反對：「你娶我的時候，你的事業已經發展到頂峰了。你已經是個了不起的人了，而我只是個能唱幾首你的歌的土里土氣的小表妹。」

她說話的語調和口音都和他很像。「他們多像啊！」柴可夫斯基想。

葛利格溫柔地制止了妮娜的話：「妮娜從來都不僅僅是我的小表妹。當你第一次給我唱歌的時候，我的孩子，你就已經是個了不起的藝術家了。我可是疾病纏身、心情憂鬱的。沒有你我當時就完了。」

「哦，愛德華！」小個子女人揮手不讓他說下去了，灰白的頭髮下一張孩子似的臉漲紅著。

柴可夫斯基覺得他們溫柔的爭吵聽起來就像鳥鳴，彷彿是兩隻鳥兒在他們的巢裡或者在兩棵樹上交談。「如果人能這樣彼此相屬，那可真美啊。」他輕聲說：「你們屬於同一個家族，心裡充滿了對同一種美的相同的愛，而且還是夫妻，人與人之間大概不會有比這更近的關係了。」

早餐是精心配好的。柴可夫斯基很喜歡做主人：他總是不惜花費時間和精力去挑選葡萄酒和菜餚。

「您對我們太好了。」妮娜夫人說。愛德華幾乎用同樣的聲音和完全相同的語調接著說了些什麼。

「你們喜歡萊比錫嗎？」柴可夫斯基問道。

葛利格說：「我在這兒幾乎就像在家一樣。我年輕時在這兒住過很長一

Peter Ilych Tchaikowsky

段時間。」

「對！」柴可夫斯基回憶著，「您在這兒上的大學。」

「但現在我再也不想長時間地離開北方了。」葛利格用明亮的眼睛看了一下柴可夫斯基，隨即就朝牆上看過去，好像要在那兒尋找什麼似的，或許一幅曾經熱愛的畫會突然從那些石膏花飾後面顯現出來。「您一定要到我們那裡去一次，大北方，親愛的柴可夫斯基。」他說。

「對，您一定要來一次！」妮娜大聲說，就像一個喁啾的回音。

柴可夫斯基問道：「你們的家在大北方，離山很近嗎？」

「我們那兒叫特勞德豪根。」葛利格說。「特勞爾丘，特勞爾（德文意思為妖魔）是什麼，您是知道的吧？我們的家很簡單，不過那兒可真美啊！」

「是的，那兒可真美啊！」喁啾的回音又響起來了。

「在萊比錫我有許多美好的回憶。」葛利格眼望著遠方說，深思的眼睛周圍布滿了細小而可愛的皺紋。「當我來這裡的時候，我還那麼年輕，一點經驗都沒有。給我留下深刻印象的東西太多了！以前我只見過小地方。北方的城市的確很可愛，但對一個想開始生活，真正地開始生活的年輕人來說，您能理解我嗎？對這樣一個人來說，我們那兒很快就讓人感到壓抑了。在我們那些可愛的城市裡可說是派系紛雜，每個人都無所不知，此外還有詭計、仇恨、嫉妒和卑鄙的自私自利。不，不，在那樣的環境裡一個想開始生活的年輕人只會墮落。而在這裡，我卻被這最美的共同的動力激勵著。在這我找到了一個真正的音樂圈，找到了伙伴式的批評和了不起的老師。」

妮娜夫人熱切地傾聽著丈夫的話，好像什麼都是頭一次聽到似的。

　　葛利格講起了他上大學時的萊比錫，講到了那些大型音樂會，他所見到的人，以及孟德爾頌高超的技藝和舒曼的旋律對他亟待發展的天賦所產生的影響。「是奧勒·布爾（Ole Bull）鼓勵我到這裡來的。」他說，「奧勒·布爾——我們的小提琴之王。」在說到這個名字時，他的聲音裡充滿了力量與神秘，就像在說一個北方的神話，妮娜夫人不由得笑了，低低的笑聲像銀鈴一樣清脆而快樂。

　　柴可夫斯基說：「我從來沒見過他。他肯定是個不錯的人。」

　　「他當然是個不錯的人了！」葛利格似乎一想到這位具有傳奇色彩的大師就興致勃勃，而且語氣中還充滿了敬畏。「他當然是個地位很高、和他偉大的老師帕格尼尼地位一樣高的人物。在我幾乎還是個孩子的時候，我有幸在他面前演奏過。我現在還能感覺到我激動得手上都是汗，手指都僵硬了。那個聲威赫赫的布爾對我相當粗魯。但最近他用低沉的聲音對我說：『你不大對勁，孩子！』然後他對我父母說，我得去萊比錫上大學，沒人會反駁奧勒·布爾。」

　　葛利格接著講述挪威這位偉大的音樂家的事，妮娜夫人在一旁證實著他的話。他講了奧勒·布爾的一段軼事，說他在巴黎曾經絕望地跳進塞納河，因為有人偷了他昂貴的小提琴，但後來出現了一位富有的夫人，她送給他一把更貴的小提琴。他一生都為它擔心，它是他的聖物，但它似乎也為他招來了不幸：在美國，這把小提琴被偷了，奧勒·布爾瘋狂地追趕小偷。

　　「在屋頂上，」葛利格用一種嚴肅的誇大其辭的語氣講道，這可能和他

的祖先圍著篝火講英雄傳說時的口氣一樣。「在整個紐約的屋頂上，奧勒‧布爾在小偷後面緊追不捨，最後他抓到了他，又奪回了它，他的小提琴，後來他還在太平洋上經歷了一次海難，當時他也帶著他的小提琴，就是那把使他迷倒了整個世界的魔琴。當輪船著火，巨浪已經打上甲板時，他夾著小提琴跳進大海。也許他當時給激動的波浪演奏了些，竟使它們平靜了下來——不管怎樣，他和他的琴都倖存下來了。」

「他可真是個不錯的傢伙！」葛利格突然大聲說道，而他的妮娜則在一旁對此表示肯定。「在我認識他的時候，我就像看半神一樣地盯著他看。他是個會說大話的半神，當然他是在吹牛，但他吹得極其好。他是個有民族意識的大人物。」愛德華總結地說，「他有著宏偉的民族抱負。當他在大山裡建立『國家劇院』，那是怎樣的興奮場面，怎樣的喧鬧和幸福啊！挪威國家劇院——我們所有的人都以為，我們巨大的渴望終於得到了滿足。但也許我們高興得太早了，在一連串的糾紛、陰謀和災難之後，錢足夠了，報紙也寫了些蠢話，最後奧勒‧布爾就像一個被擊敗的戰士那樣憤怒地咆哮著逃走了。」

葛利格沉默了，妮娜點著頭，柴可夫斯基感動地看著兩個人。「但我們的民族音樂，」愛德華說，「沒有人會把它從我們手裡奪走，任何陰謀詭計都不能使它的旋律沉默。當我們還非常年輕的時候，我們發現了它，北方的旋律！」他轉過臉看著柴可夫斯基，興奮在他臉上塗上了一層明亮的紅暈。「您完全理解這個，我親愛的柴可夫斯基！」他大聲說，「您一定完完全全地理解這個。因為我和其他幾個人有幸為我們挪威做的，也許也是年輕的德

弗札克（Dvořák）現在有幸在布拉格爲捷克人做的，您已經爲您的俄羅斯做完了：您使俄羅斯有了自己的民族音樂。」

柴可夫斯基好像害羞似地低下了頭。「您別提我！」他想到了他在莫斯科和聖彼得堡所讀到、聽到的所有譴責和侮辱：他的音樂不純潔，不眞實，沒有俄羅斯特點；它沒有個性，脫不出常規，西化，不可救藥地受到了國際猶太人安東・魯賓斯坦的影響，它根本不是俄羅斯音樂；而純正的、眞正的俄羅斯音樂是演唱民間歌曲著名的五個革新者（即五人團），他們什麼都沒學過，而且他們當中最純的便是穆索斯基（Mussorgsky），那個充滿激情的壯漢天才，一個酒鬼、充滿野心，扎根大眾的人，柴可夫斯基叫他「聒噪的外行」。

「您別提我！」柴可夫斯基請求道。但葛利格已經又說回到挪威去了。

「也許我們不是一個『偉大的民族』，」他說，「但我們有偉大的民族人物。這我們還可以說說！」這話聽起來就像一支嘹亮的號角在吹響，一個個細小的皺紋在他眼睛周圍非常有趣地波動著。

他說起了理查・諾德拉克（Rikard Nordaak）：「一個非常出色的年輕人，我們的國歌就是他寫的，其實正是他使我張開眼睛或者說打開耳朵聽到了我們的北方旋律。突然間我聽到了它。當我們相識時，我們倆都20歲。我當時在哥本哈根工作，就是在提沃利見面的。當時諾德拉克說：『我們兩個大人物終於有幸相遇了！』是的，當年我們就是那麼年輕滑稽，情緒高昂！不過我們當時也的確有了一些成績。就我來說，成績雖然不太多，但還是有些的。我們倆都已經小有名氣了。是的，那時是在提沃利……三年後諾德拉

克就死了。」

「他寫了你們的國歌。」柴可夫斯基說，彷彿這一事實和理查・諾德拉克的早亡具有一種高度感人的特別意義。

葛利格又說起了易卜生（Henrik Ibsen）和比昂松（Björnstjerne Björnson）：「我們國家有很多有影響的人物，而這兩個人則代表了我們本性的兩極。易卜生也許是我所見過的最叫人害怕的人。在我第一次拜訪他時，他看我的那副眼神現在還清晰地浮現在我眼前——那冰冷、深邃、極其聰明、極其悲哀的目光；當時是在羅馬。那已經是很久前的事了，不止十年了……人是很難和亨利克・易卜生交朋友的。」葛利格憂愁地搖了搖柔弱的頭，此時妮娜夫人彷彿也被易卜生的偉大和冷漠弄得膽怯而難過了，因為她的愛德華在羅馬拜訪過他，並曾被他用那麼可怕的目光注視過。

柴可夫斯基看著這個挪威人說：「儘管如此，您的名字將永遠和易卜生的名字連在一起，《皮爾金》（Peer Gynt）把它們連在了一起。」

「對此我感到很驕傲，但比昂松，」葛利格大聲說，他的眼睛閃閃發光，「我們的比昂松您一定要認識！他是我們拿得出的最出色的一個——這一點我們可以肯定。你說呢，我親愛的？」他突然爽朗地笑著，扭頭去看妮娜。妮娜點點頭，也和他一起笑起來。而葛利格卻繼續說起了比昂松，「挪威的無冕之王。」他興奮地描述著他偉大的朋友的形象，使比昂松彷彿就活生生地站在那裡：這個巨人的聲音輕而溫柔，不過當他對不公的事感到憤怒並進行嚴厲批判時，當他為美和善仗義執言時，他的聲音也會像雷聲一樣轟響；他是一個富有創造力和鬥爭性的人，一個從不知妥協的人，一個感情奔

放、性格暴躁、心地善良的人。「我們應該為擁有他而感到驕傲，」葛利格說，「他是我們國家善良的精神，諾德拉克——他是比昂松的一個親戚——為我們創作了國歌，而我們所有熱愛挪威的人都該每天為比昂松唱一支感謝的頌歌。」

他一時還難以結束對這個偉大而感人的對象的講述。他講了他是如何認識這位詩人，他們的友誼是如何美好的開始，以及和比昂松在一起工作有多麼愉快。「如果沒有他，我的生活肯定沒有這麼豐富多彩，可以這麼說！」最後他說，高亢純淨的聲音輕輕地跳動著，使他莊嚴的話語聽起來很感人。

「我們一直在說挪威和我的生活，」葛利格說，「現在我非常想聽您說說俄羅斯，神秘莫測的偉大的俄羅斯。」

「我很高興聽您說。」柴可夫斯基說。他心想，了解一下葛利格的生活和各種使它發生變化、使它充實豐富的東西會讓人感到神清氣爽，就像看葛利格那雙澄淨的、夢幻般平靜的眼睛那樣。

半小時以後，當布洛德斯基教授來喝咖啡的時候，兩個人正在談論普希金（Pushkin）和果戈理、托爾斯泰（Tolstoy）和杜斯妥也夫斯基。對他們的作品這位挪威人都很了解，也很欣賞。當葛利格聽到柴可夫斯基不僅認識偉大的托爾斯泰本人，而且和他進行幾次詳談，甚至還為了向他表示敬意而舉辦了一場音樂會時，他不由得異常激動起來。

「當我第一次遇見他的時候，我心裡害怕得不得了。」柴可夫斯基對虔誠傾聽著的夫妻倆說，「我想這個人一定很危險，他只要看你一下，就會知道你的全部，他一眼就能看出你的所有本性和你的每一個缺點。但這個偉大

且危險的人卻那麼有魅力，那麼質樸可親。」聽到這話葛利格夫妻都很高興，微笑地點著頭。

當柴可夫斯基講到他對《戰爭與和平》的作者抱有異議時，他們臉上都現出了若有所思的表情。「當初，在我們那次難忘的會面後，我非常喜歡他，現在我已經不再那樣喜歡他了。他心裡的某些東西已經僵化變硬。他的仁愛也已經變得有些教條，儘管他處處強調善，他身上還是有些專橫和自負的東西，一些自以為是、頭腦狹隘，甚至幾乎是陰險的東西。這讓我感到害怕。我感到他正以一種非基督教的方式俯視著身邊所有的人，因為他們不像他那樣信仰基督。」葛利格夫婦聽到這兒都憂愁地搖了搖頭，然後他們就說起其他的俄國作家了。

現在他們談到了屠格涅夫（Turgeniev），他們的聲音裡也因而有了一種特別的溫暖和柔情。他們紛紛讚美他作品裡的人性和純潔，爭著選用更為強烈的表達方式。他們講述著他生活中的細節和他私生活中一個又一個的感人故事。

「有人也譴責他，說他不夠『俄羅斯』，說他『西化』，這你們知道嗎？」當布洛德斯基來到桌邊時，柴可夫斯基剛好問道。

葛利格臉有點紅，妮娜夫人也害羞地微笑著，彷彿一個美妙卻有些不合體統的計畫提前敗露了：「我把我們的朋友布洛德斯基請來了。我想給您，和他一起，演奏我的一部新作品——如果它不會讓您感到無聊的話，親愛的柴可夫斯基，是一部小提琴奏鳴曲，前不久剛完成的，我是根據德國畫家弗朗茨・馮・倫巴赫（Franz von Lenbach）的畫發展出這部作品的……」他不

知所措地飛快地說著，彷彿他想演奏他的新奏鳴曲要得到別人的諒解似的。

「這可太好了！」柴可夫斯基大聲喊道。

演奏在柴可夫斯基小小的會客室裡開始了。他的臥室和會客室之間只隔著一道門。「這架貝希斯坦鋼琴還是很像樣的。」柴可夫斯基說，「雖然我在這架鋼琴旁邊還什麼都沒想出來，但這完全怪我自己。」他和妮娜夫人坐到沙發上。在他們頭上有一盞燈，燈上長長的真絲花邊給這間居室增添了一分親切。

葛利格試著在鋼琴上彈出第一個和弦，一張孩子般柔和而膽怯的臉上流露出一絲嚴肅的、極其專注的、近乎威脅的表情。隨即小提琴聲就響起來了，節奏強烈得有些瘋狂，透著絲絲痛苦的執拗。柴可夫斯基認真地聽著，頭向後仰起，靠在鍍金的、刻著無數花紋的沙發靠背上，嘴微微張開，一條腿搭在另一條腿上，在整個演奏過程中，他都保持著這一姿勢。

樂曲的開頭突然而瘋狂，就像一聲驚叫。「這個蒼白瘦削的人哪來的力量？這股力量是從哪兒來的呢？」柴可夫斯基想著，一雙溫和的冥想著的眼睛緊盯著葛利格，這時驚叫已經變成了稍微安定些的哀訴。可是在第三樂章連續發出重擊、踏步向前行進的主題中隱藏著怎樣的執拗，又隱藏著多少近於憤怒的爆發啊！隨著這一主題的發展，鋼琴旁的小個子男人彷彿在長大。他筆直地坐在那裡，臉上露出堅毅的表情，這是平日在他身上從未見過的。企圖蓋住這一好鬥的踏步向前的主題的降a小調哀訴被擊敗了；現在這個引誘也被戰勝了，叫人喜歡的執拗勝利了，這一英雄般的借助形式來解脫和化解痛苦的固執。「噢，鋼琴旁的這個弱小得像孩子一樣的人勝利了。」深受觸

動的柴可夫斯基想著；他的後腦勺一直靠在沙發堅硬的花飾上，此刻一定已經疼了，不過他並沒有感覺到。「噢，這個瘦削的不知退縮的人的美妙的勝利！你疾病纏身，也沒有很好的裝飾進行反抗，人們會以為你肯定很快就會敗下陣來，但你用一個短促而沉重的旋律頂住了所有威脅你的攻擊。事實證明，它更強大。鋼琴旁瘦小的朋友，你給我演奏的曲子多好啊，這是一次鼓舞，一次教育。你恰好在現在這個時候給我演奏這支曲子，使我重新挺起身來，重新獲得力量，這是怎樣的朋友才會想出的好主意啊！」

「我感謝你！」柴可夫斯基一躍而起，大聲說：「我感謝你，這支曲子妙極了。它肯定是你寫的最好的一部作品，也是我們聽到來自你國家的最好的音樂！」

葛利格的臉又變得像孩子一樣溫柔、膽怯了。「親愛的柴可夫斯基，」他說，「親愛的柴可夫斯基，您讓我感到很幸福。」他的妮娜也激動得流下熱淚。

熱心而愛嚷嚷的布洛德斯基總是讚美作品中新的細節。「這是一部傑作。」他用低沉的聲音反覆說，「我們的葛利格創作了一部傑作。」

「沒有人比你唱得更動聽了。」柴可夫斯基親密地站在葛利格身邊說。

「不過人總是因為討人喜歡的小品而出名的。」葛利格說，嘴上突然現出了一絲淡淡的氣惱的微笑。那是一個在家鄉不斷受到傷害的人的微笑，他生活在一個狹隘的社會環境中，在偏遠的小城裡體驗過痛苦和煩惱。「人總是因為『家庭音樂』而出名，那些可愛的好彈的東西。」

「但我現在感到，我也還沒有唱完。」柴可夫斯基說。他突然把注意力

都集中到自己身上，想到了他自己的痛苦和希望，似乎一點兒也沒有聽到對方的最後幾句話。「你等著，葛利格，我還會寫出些什麼的——還會寫點什麼，隨便什麼⋯⋯」

他把雙手搭在葛利格的肩膀上，以某種節奏來回慢慢搖晃著這個小個子男人，而他的目光卻似乎穿透這個新找到的朋友，進而又超越了他。「我們還沒完，我們絕對還沒完，只要我們不提前讓步⋯⋯」

＊　　＊　　＊

一個個地方、一張張面孔交替而過。他們出現了，然後遠離了他。柴可夫斯基看著他們，目送著他們，溫和地陷入冥想。他認識很多人，握過了很多隻手。一個有些拘束的社交名人和藹可親卻很容易驚惶失措，他在各式各樣的空間裡活動，也淡漠地參與了各式各樣的談話。有時他覺得自己害怕所有這些陌生的面孔，害怕他們的笑聲，他們陌生的眼睛和他們陌生的嘴唇在無意義的運動。

他又在柏林逗留了一天，他要和人商談有關他的音樂會的事。一位頗具影響力的先生常常和他坐在一起，他叫雨果・鮑克（Hugo Bock），是個商務顧問。他堅持要柴可夫斯基在音樂廳演出《1812序曲》。「我們的觀眾喜歡這個！」他聲稱。要舉辦這樣的音樂會肯定少不了齊格弗里德・諾伊格鮑爾。他抽著鼻子愉快地嗅著，享受著柴可夫斯基不願第三人在場而甩到他臉上的侮辱。

諾伊格鮑爾什麼事都插手，處處製造混亂，他用鼻音很重的聲音高雅地提出最荒唐的建議，那口氣彷彿是在說世界上最顯而易見的事情；在他挨訓的時候，他總是目光混沌地看著對方，同時露出甜膩膩的微笑；當他被擊敗時，他便開始無情地糾纏，表現出足以讓人放鬆所有戒備的順從；他會說：「大師，您無比的不公正，但我仍聽從您的吩咐。」在讓傭人把他趕出去一小時以後，他又會把那張粉紅色的陰沉憂慮的臉探進屋裡。對柴可夫斯基來說，他代表著生活中所有揮之不去的煩惱。為了最終擺脫和他簽定的惱人的協議，柴可夫斯基給了這個倒楣鬼一筆相當可觀的補償費，並發誓再也不接待他，再也不打開一封他的電報和信。

　　離開柏林，柴可夫斯基坐車前往漢堡。在那兒他再次見到了漢斯·馮·畢羅，他發現這位了不起的指揮家變老了。他高高且睿智的額頭上的皺紋和從鼻翼上方開始一直延伸到濃密的髭鬚裡的皺紋都令人痛苦地加深了，幾乎都成了裂痕。他的臉清瘦、緊張、極富智慧，短短的下頜上蓄著山羊鬍。和從前相比，這張臉也發生了奇特的變化：似乎不像從前那樣表情豐富，也不那麼容易激動了。從前他的面容那麼緊張而不安，現在卻散發著一絲苦澀的平靜。

　　畢羅以其突發奇想和可怕的笑話而著稱，現在說話時的聲音變輕了，言談也變得謹慎了。當然，在他用飛快的法語和柴可夫斯基交談時，這個為不幸的流言蜚語和一道含含糊糊的有些不光彩的光環所籠罩的人的目光中，有時也還會出現一個惡意的有魔力的小火苗，說出一句銘刻在心的惡毒的話，而後這句話就會在兩大洲的音樂圈裡流傳開來。

有時他的目光似乎已經游離，而他的聲音也變得莫名其妙地遙遠而神秘了。他講著毫無關聯、不合情理的事，一邊還詭秘而陰鬱地微笑著。「他沒有擺脫他被人說濫了的可怕的私生活。」柴可夫斯基震驚地暗自斷定。「生活對我們多嚴酷啊。它不願讓我們挺直腰桿走路，只要可能，它就讓我們出醜，讓我們感受屈辱，它給我們每一個人都準備了獨特的痛苦和羞辱；譬如這個人，它就把他弄成了這個時代最著名的戴綠帽的人。他是華格納及其無情的征服慾的犧牲品，是肆無忌憚地放任激情的科西瑪（Cosima）夫人的犧牲品。」（譯注：畢羅與李斯特的女兒科西瑪原是夫妻，後來華格納插入，科西瑪成為華格納夫人。）

畢羅和柴可夫斯基的談話激動而親密，但柴可夫斯基感到他們說話的口氣已經不像上次在俄國那樣親切了。他憂愁地想，「這也許是因為，我到這兒沒有在他領導的樂團裡當指揮，而是選擇了他的競爭對手。這兩個樂團肯定是競爭對手。這真讓我感到萬分難過，我本該重重答謝這個出色並舉足輕重的人的，可是他的對手先邀請了我，而且聲譽也遠比他的好。」

不過，幾分鐘之後，畢羅就驅散了柴可夫斯基心頭的顧慮。他開始抱怨與他合作的樂團，這支樂團同時也是漢堡歌劇院的樂團。「在完成歌劇院的排練之後，這些累得半死的人就到了我這裡，狀態明顯不那麼好了。」畢羅氣憤地說。他嘲笑伯利尼先生（Pollini），聲威赫赫的漢堡劇院經理，說這個人有著過於強烈的行動慾，固執地成立了這個新交響樂團。「他有點像馬戲團經理，我們偉大的伯利尼。長著那麼一副翹翹的閃亮的小黑鬍，做起事來那麼殘酷。我眼前總是會出現他在馬戲場裡啪啪地甩鞭子的樣子……」一起

說起劇院經理伯利尼，他的話音裡就漸漸露出一絲神經質的怒意；他做著凶惡的鬼臉，突然聲稱伯利尼企圖謀害自己。告別時，他送給柴可夫斯基幾件有些奇怪的東西，比如一套畫像，上面是德意志帝國議會所有的社會民主黨議員，和一個大珍珠母紐扣。「給您點消遣，我親愛的。」他飛快地說。

後來有人告訴柴可夫斯基，現在畢羅在和所有老朋友說話時都是這樣奇怪地漫不經心，有時口氣還異常激烈。某些人大膽暗示說他們擔心他的精神有問題，但柴可夫斯基無論如何也不願接受這種過分的評論；此外他還得知畢羅在經過華格納給他帶來的毀滅性的打擊之後，在拼命把布拉姆斯神化之後，正打算發掘一個新的天才，一個年輕的作曲家。在保守的漢堡，人們在談起這個新天才時還有些怯生生的，既好奇，又懷疑——難道這不是受到過多刺激，總想製造新奇聞的畢羅先生的一個幻想嗎？這位新人叫理查·史特勞斯（Richard Strauss）。柴可夫斯基知道他的一部交響曲，覺得這部作品讓人討厭，奢華卻粗野，而且不和諧，幾乎可以說沒有一點天分。

「我在他那再也排不到日程上了。」柴可夫斯基說。他又想起了這位偉大的指揮家當年在聖彼得堡為他投入的高度熱情。事情過去還不到三年呢，那時畢羅使他的《第三號組曲》獲得了巨大成功，使它的首次演出成為國際上的頭條新聞。現在，柴可夫斯基在漢堡要親自指揮畢羅的對手演奏的就是這部組曲。經過畢羅成功的指揮，他一直把它視為自己最好的作品，但現在他卻沒有把握了。他翻閱著總譜，心中不無深深的懷疑和顧慮。

又要握很多人的手，看很多陌生的面孔。晚上他們要去聽一場音樂會：畢羅指揮演出的《英雄交響曲》（Eroica）。第二天早晨，柴可夫斯基決定逃

往一個陌生的小城，因爲在開始排練他的漢堡音樂會之前還有幾天時間。

這座陌生的小城陰沉沉的，道路彎彎曲曲。柴可夫斯基在狹窄的小巷中漫步，兩邊都是山牆尖尖的房屋。他還仔細地觀看了一座老市政廳和一座教堂。他很喜歡這個陌生的小城，它叫呂貝克（Lübeck）。飯店看起來相當舒適，他租了一間帶會客室的臥室，不過價格一點也不便宜。

突然間柴可夫斯基恐懼地想到，要是他的錢不夠用了，他就得隨便待在什麼地方，飯店的費用也沒結，皮大衣和美麗的錶都得當掉。這種對突然降臨的貧困的恐懼有時會一下子攫住他的心，就像他對狡猾的心臟病的恐懼一樣，雖沒有理由，卻異常強烈。

儘管他的收入非常可觀，而且他還肯定會得到神秘的女資助人和朋友的幫助——娜婕達・馮・梅克夫人（Nadezhda von Meck）每年都給他一筆不少於六千盧布的年金。但「我又花了太多太多的錢」，他恐懼地想，吸著香煙在會客室和臥室間來回走著。「什麼都太貴了，但收入卻那麼少。昨天聽完音樂會後去的那家飯店多貴啊。遺憾的是我邀請了音樂廳的一位先生，伯利尼也一塊吃了。這不會有好結果的。如果這幾天聖彼得堡沒對我上呈給皇帝的榮譽年金申請做出回答，我就得給出版商于爾根遜（Jürgenşon）打電報，另外我也有必要向善良的娜婕達請求一份額外資助。這對我來說一定很不好意思，因爲我已經花了她很多錢，不過只能如此了，我終究不能讓人把我溫暖的皮大衣和我美麗的錶當抵押。」

兩天之後，聖彼得堡的回信到了：消息好極了。沙皇陛下恩准發給作曲家彼得・伊里奇・柴可夫斯基高達三千盧布的榮譽年金。皇家劇院經理是作

曲家的一個朋友和贊助者，向他報告了這一消息並向他表示祝賀。事實上，這一切都是在皇家劇院經理的鼓勵和支持下做成的。這可太讓人高興了，現在柴可夫斯基又可以寬裕地生活了；他一點也沒想到在獲得這筆新收入之後放棄梅克夫人的那份年金。

遺憾的是在此期間又發生了別的尷尬事。那幾天平靜的日子非常美好：他可以寫信給弟弟莫德斯特和梅克夫人；也可以看書，在彎彎曲曲的小巷裡散步，晚上坐在小酒館裡喝酒。孤獨的滋味不錯，就像人在一個煙霧彌漫的酒館裡坐了很長時間之後呼吸到的新鮮空氣。遺憾的是老闆的兒子對音樂感興趣。他在客人名單中發現了這位俄國作曲家的名字，於是就和他父親一起來拜訪。那情景其實極其尷尬，父親和兒子結結巴巴地說著，兩個人都紅頭漲臉的，柴可夫斯基也是這樣。這位呂貝克的老闆說：「我過世的妻子唱歌也很好聽，不過她唱的更多是些好笑的東西……」柴可夫斯基陷入了極度的無奈之中。

回到漢堡，他和年輕的鋼琴家薩伯尼可夫（Sapelnikov）住隔壁。薩伯尼可夫在音樂廳演奏他的《降b小調鋼琴協奏曲》。早晨九點他開始練習，柴可夫斯基被他自己的旋律從睡夢中喚醒。薩伯尼可夫一遍遍不停地重複著同一個樂句，最後他衝進了柴可夫斯基的臥室。

「我彈不了。大師，我彈不了！」薩伯尼可夫大喊著，白皙的額頭上布滿汗珠。「噢，我想咬爛我的手！」

「你會彈好的！」柴可夫斯基躺在床上溫柔地說。

「啊，這雙手，這雙愚蠢的、不聽話的、僵硬的手！」薩伯尼可夫抱怨

說，他彈動起自己的手指——受過長時間磨練的、乾瘦卻有力的手指，指甲剪得短短的，看上去就像被啃光了似的。「但這次音樂會又對我這麼重要！」他抱怨著，一下子坐到沙發上，兩條長腿直直地伸著。在他線條粗糙的消瘦的臉上，一雙深色嵌在深深的眼窩中的眼睛充滿了渴求——對榮譽的渴求。司羅迪美麗而平靜的眼神也在要求和期待著榮譽，對他來說，榮譽是理所當然的，是不斷走向他的，當然也是對他至關重要的；而薩伯尼可夫卻為了求得榮譽絕望得用盡了氣力，不管付出什麼代價，他都要得到它。

「我昨天收到了索菲·蒙特（Sophie Menter）從倫敦發來的電報。」他說。「她認為我應該竭盡全力，這次音樂會對我一生的發展具有決定性作用。」他把細長有力的手指伸直又捲起。

柴可夫斯基在聖彼得堡和莫斯科就認識了索菲·蒙特夫人，她是薩伯尼可夫著名的老師。他很欣賞她，她是一位非常重要的鋼琴家，一個迷人但卻漫不經心的人。她常常邀請他到她在蒂羅爾的城堡裡作客，而他也總想去一次，卻從未能成行。「代我向索菲夫人問好！」柴可夫斯基說。

「我必須成功！」薩伯尼可夫尖叫道，一下子從沙發上跳起來，彷彿人即使只是說一說「成功」這個詞就不能再坐著了。

「您會成功的，我親愛的。」柴可夫斯基就像對一個病人說話似的對他說。「您甚至會獲得巨大成功，一定會非常出色。」他看著激動地跑來跑去的薩伯尼可夫，臉上露出一絲疲憊的、有些同情的微笑，心想：「我一定得幫助他，必須平息他這種貪婪的渴望。我不能讓一個人這樣飢渴地到處亂跑。我要為他在柏林安排一次音樂會，我要在每一次採訪中都說起他，給他

Peter Ilych Tchaikovsky

做宣傳。如果不馬上得到他的榮譽，這個年輕人會發瘋的，他的榮譽——他可憐的榮譽。」

「您對我這麼好，大師！」薩伯尼可夫說道，深陷的燃燒的眼裡淚光閃閃。他用力握了一下柴可夫斯基的手，回他的房間裡接著練習去了。他一天練十個小時。

薩伯尼可夫憑著一部降b小調鋼琴協奏曲獲得了巨大成功，比柴可夫斯基還要成功得多，因為柴可夫斯基明顯可以看出人們並不喜歡這部作品。人們一次次呼喚的是薩伯尼可夫。「在這裡，人們似乎對我可愛的第23號作品沒有太大的熱情。」坐在藝術家休息室裡的柴可夫斯基心裡想著。此時為激動和幸福所燃燒的薩伯尼可夫正在外面謝幕。「面對它的魔力，人們保持著高傲和審慎……」

柴可夫斯基擁抱了薩伯尼可夫，凱旋歸來的他著實鬆了一口氣。「祝賀你，祝賀你！」柴可夫斯基一遍又一遍地說，一邊拍著這個全身都在顫抖的人瘦削的後背。「你幹得太好了！」

薩伯尼可夫嚥了一口唾沫，臉上閃閃發光。「真的？真的，是真的嗎？」他問道，貪婪地等待著讚譽。「剛開始我激動得要死，我還彈錯了一次，在第一樂章……不過這都怪天氣。」他口若懸河地說：「一到雲彩這麼低的時候，我就很緊張——索菲·蒙特常常警告我。」關於天氣的說法完全沒有一點意義，今天是個非常晴朗的冬日。

「太好了，我的小伙子！」柴可夫斯基說著，一邊繼續拍打著他的後背。

直到這時薩伯尼可夫才想起來，人們沒有呼喚柴可夫斯基，沒有公平地分給他應得的掌聲，也許他會為此生氣的。「您為什麼沒再露面，大師？」他問。

　　「觀眾沒有叫我。」柴可夫斯基說。「他們不喜歡這部鋼琴協奏曲，只喜歡你的演奏。」

　　薩伯尼可夫沒有提出反駁。「但第一個節目，那個小夜曲，」他說，「他們還是很欣賞的。」

　　「我對那首弦樂小夜曲一點兒也不感興趣。」柴可夫斯基說，他突然感到非常疲倦。（啊，我為什麼在這裡？在邁達諾沃的草地上放風箏豈不更好？）「這部鋼琴協奏曲對我來說重要得多，在這鋼琴協奏曲上，我還是有些虛榮心的，因為當初在把它獻給尼古拉・魯賓斯坦時我生了那麼大的氣，這您還記得吧，當時整個莫斯科音樂界都在嘲笑這件事。當我第一次讓人給我的好尼古拉演奏它時，他竟對它咒罵不止，使我不得不撤下給他的獻詞。後來，漢斯・馮・畢羅願意接受它，他使這部協奏曲出了名。」

　　「漢斯・馮・畢羅在大廳裡。」薩伯尼可夫說，呼吸仍然很急促，這一晚的興奮與成功似乎根本不可能讓他平靜下來。「我要是知道他是否喜歡我的表演就好了。」

　　「他真好，居然也來了。」柴可夫斯基說。「他是一位紳士。我擔心他會感覺受到了侮辱，因為我沒有和他的樂團合作，現在這支小夜曲也不會給他留下什麼特別印象。」他難過地補充說，「它沒有太大意思。我喜歡把它排在第一個，是因為它很容易指揮。它自己就會指揮自己。這可以幫助我戰

Peter Ilych Tchaikovsky

勝討厭的緊張情緒……」

觀眾對《第三號組曲》的態度也很冷淡。在演奏第一樂章時還有很多人咳嗽。最後一個樂章的變奏曲的良好效果全被終曲那節日般喧鬧的噪音破壞了，那是一段「波蘭舞曲」（Polacca）：同樣也是這個終曲，當初畢羅在聖彼得堡指揮時激起了那麼高的熱情，但在這裡它卻顯得這樣陌生或者說讓人討厭。長號、鐃鈸、大鼓和整個弦樂合奏一起完成了輝煌的逐步推向尾聲的喧囂，而觀眾卻冷漠地、無動於衷地坐在那裡。他們並不中意這種奢侈的龐大陣勢，他們喜歡的是適度的嚴肅的東西。這裡是進行布拉姆斯崇拜的真正中心。這兒的人比萊比錫的人更加無條件地景仰大師。這些冷淡的觀眾是跟從布拉姆斯和那些古典音樂家長大的，他們始終出於保守的矜持反對華格納。這裡的報紙每天都在寫，人們是徹底反對「華而不實和下流」的。

柴可夫斯基的每一根神經都感覺到，他不得不引導的這種節日般的喧鬧在這裡沒有引起應有的反應，不由得恨起這喧囂聲來——得意洋洋的、叮叮噹噹轟轟隆隆的咆哮聲讓他感到噁心。他為了發號施令而不得不伸直的手臂累了，他感到難以言喻的尷尬，因為他不得不站在這裡指揮這場不斷重複、不斷加強、甚至要超越自己樂團的轟鳴。「唉，在終曲裡我總是這樣驚人地任性。」他痛苦地想。「連我自己都覺得煩，我聚集起我所有的力量投入了一場我一點也不喜歡的快樂的喧囂。這一切聽起來多麼乏味、虛偽、花稍啊！多麼尷尬啊，我真想鑽到地底下去！」

當稀稀落落的掌聲安靜下來時，因差愧而顫抖不止的柴可夫斯基已經退下了指揮台，這時畢羅來到休息室和他握手。柴可夫斯基精疲力盡地說：

「在演奏終曲時我眞想扔掉指揮棒。您在聖彼得堡指揮的那次更好些……」

薩伯尼可夫站在一旁，消瘦的臉上閃著急切的光，畢羅適時地對他的演奏說了幾句聰明的恭維話。柴可夫斯基突然再次發現自己的樣子有多老、多疲憊了：是的，他完了。（不知人是否總是會知道自己什麼時候完蛋？啊，你還在四處亂走，但你臉上的一道陰影卻告訴別人：你已經完了。）

畢羅繼續說道：「今天我再次領會了我研究了這麼久的音樂的全部的美，我們的朋友柴可夫斯基是個了不起的人。」他不再去看正貪婪地傾聽著的薩伯尼可夫，而是把那張被許多痛苦的冒險刻畫出來的扭曲的臉轉向了柴可夫斯基，上面寫滿了感動。

柴可夫斯基不得不去參加音樂廳爲了向他表示敬意而舉辦的招待會：被邀請的人只有一百多個。人們坐在一張張小桌子旁邊；柴可夫斯基光榮地在一位高貴的白髮老人旁邊落座，他就是阿衛—拉勒曼特（Avé-Lallement）先生，音樂協會的第一主席，作曲家非常喜歡這位瘦小的老人；一個舊式的裁成弧形的硬高領撐著他雪花石膏色的、非常小的、布滿無數小皺紋的臉，兩頰上是銀色的、保養得非常好的小腮鬍，兩隻深色的眼睛極富表現力。

「請您允許我完全坦率地跟您說話，親愛的柴可夫斯基。」這位年邁的先生說，一邊還用纖細卻靈巧的手指剝著一只橘子。「我已經80歲了，有這個資格。」他的聲音非常高，而且帶著哭腔。

「我將非常感謝您的坦誠。」柴可夫斯基回答說，他說話的聲音比平時大了些：他肯定是想，他的談話對象有些耳聾。

「您非常有天賦。」阿衛—拉勒曼特先生說，手裡還擺弄著橘子。「極

Peter Ilych Tchaikovsky

其有天賦！」他意味深長地舉起食指那塊蒼白的節骨。「但您走錯了路。」他責備地搖搖瘦小的頭。「有些粗野的亞洲式的東西。請您原諒我說話不留情面！在您的音樂裡有些野蠻的東西，聽得我的耳朵發疼。」他帶著一種敏感的表情，用兩隻攏成一座小山牆模樣的小手捂住耳朵，彷彿柴可夫斯基那喧鬧的音樂還在讓它們疼痛。「您濫用了打擊樂器，」他帶著哭腔說，「唉，那是怎樣的噪音啊！您《第三號組曲》的這個終曲，是一次炸藥的大爆炸！直刺鼓膜——噢，天哪！那是一種虛無主義的噪音。您明白我的意思嗎？它不表達任何東西，它根本就是空洞無聊的。」

柴可夫斯基注意地聽著，頭湊到老人跟前，儘管他說話並非不清楚。

「您會成為一個非常了不起的人——是的，一個非常了不起的人，」白髮老人用帶著哭腔的高音說，「只要您願意放棄某種不好的風格。您改變一下思想吧！提高一下自己！選擇另一條路吧！您畢竟還年輕！」一聽這話，柴可夫斯基立刻全身一陣抽搐，既感到迷惑，又感到高興。他繼續聽著這個認為他還年輕的年邁的老人說下去。

「您去學習學習我們那些卓越的大師，學學他們高貴的節制，他們的完美！您到德國來吧！待在我們這裡。我國是惟一擁有真正的、嚴肅的音樂文化的國家！」

「您會成為一個了不起的人——是的，一個非常了不起的人。」柴可夫斯基突然感到自己那麼疲倦，幾乎連眼睛都睜不開了。白髮老人那脆弱睿智的臉逐漸在他眼前模糊起來，所有正在吃喝、聊天、呼吸、嗅聞的陌生人所構成的圖畫也在煙霧中逐漸變得模糊了。

「我又想逃到一個陌生的小城去了，」柴可夫斯基想到，「趁我還不必周旋在柏林的眾人之間。聽說馬格德堡是個非常小、非常陌生的城市。」

＊　＊　＊

一個個地方，一張張面孔交替而過。他們出現了，然後又遠離了他。柴可夫斯基看著他們，目送著他們，目光溫和地陷入冥想。

從馬格德堡他又去了萊比錫，從萊比錫又去了柏林。在那比在別的城市更累，在舉辦音樂會之前就要應付一個個歡迎會和大型晚宴。傑出的音樂會經紀人沃爾夫（Wolff）也舉辦了一次這樣的社交活動，按照柴可夫斯基的安排，薩伯尼可夫要在一群頗有影響力的人——評論家、音樂家和富有的音樂愛好者面前演奏。「這樣我們也沒白去那兒一回！」柴可夫斯基說；讓年輕人利用自己，這本身就給他帶來一種傷感的滿足。他們所有人都想不惜任何代價地往上走。他們的野心足以打動他。「他們不會和我說話的，」他想，「一句話也不會說，如果我對他們沒用的話。我必須對他們有用，他們還年輕。」他發現他的榮譽還是有些用的，如果他為這些年輕人而利用它的話。

薩伯尼可夫在那些頗有影響的人面前演奏了，也獲得了成功。在另一個社交場合上，那是在一位成就輝煌的商務顧問波克（Bock）先生家，柴可夫斯基再次遇到了一張面孔。很久以前這張面孔曾那樣令他震驚陶醉，但現在卻長出了柔軟的脂肪。

女歌唱家黛絲麗·阿爾多（Désirée Artôt）的臉很大，撲了厚厚的脂

粉。兩頰和厚厚的雙下巴的皮膚保養得非常精細，不過汗毛卻有些重。嘴唇上有少許深色的鬍鬚，宛若一抹淺影。不過這片嘴唇仍有著美麗的弧線，或許二十年前使阿爾多夫人那麼性感的首先就是嘴唇這迷人的線條。當她笑的時候，人們就會看到她美麗的牙齒。接著在她以高超的技術修飾過的眼影下面，一雙深色的、經驗豐富的眼睛便會閃出放縱的光；曾幾何時，柴可夫斯基一度認為他愛這光勝過愛世上的一切。當然，在黛絲麗夫人靜靜地坐著，以為沒人注意她的時候，這雙眼睛也會露出非常疲倦的、無精打采的目光。

他們並沒有馬上認出對方。在眾多客人中，柴可夫斯基只是看到了一種非常浮華、非常惹人注意的東西：深紅色的領口開得很低的真絲禮服，微微閃著白光的脖頸上光燦耀眼的項鏈。從前面看，豐滿的前胸讓人害怕，但後背很漂亮。在他認出舊日女友的臉之前，柴可夫斯基還在冷靜而客觀地欣賞這個後背上閃光的皮膚，就像人在看展覽會上的東西那樣。

阿爾多夫人知道柴可夫斯基要來，儘管如此，她還是沒有理會在她椅子旁邊站著的這位鬍鬚灰白的先生，他的燕尾服有些緊。她覺得這張疲憊的臉很陌生，高高的額頭，有些沉重的眼皮若有所思、漫不經心的目光和太過柔軟的嘴。

當她認出這張臉時，她立刻尖叫起來，同時張開袒露且又白又豐滿的雙臂，她身上的首飾立刻輕輕地發出了叮叮噹噹的響聲。「彼埃爾！」阿爾多夫人大聲喊道，美麗的眼睛裡一下子湧起了淚水，也許是因為重逢給她帶來的震驚，也許是因為驚愕，因為她發現朋友已經這麼老，變了這麼多。「彼埃爾，這是真的嗎！」

柴可夫斯基聲音低低地叫道：「黛絲麗！」臉上頓時沒有了血色。他的臉變得非常蒼白。這個鬍鬚灰白的人和發胖的女人就那樣一動不動、一語不發地面對面站著。當他低頭去吻她的手時，柴可夫斯基顫抖了。這隻手還是那麼頎長，他認出了它。儘管她很喜歡珠寶，卻從來不戴戒指，過去這總是讓他喜歡。

　　「我們有多長時間沒見面了？」最後還是柴可夫斯基把他們倆都在想的這個問題說了出來。他深思的目光從站在面前的龐大的阿爾多身上移開，彷彿要到她後面去尋找當年那個苗條的身形。

　　「噢，您別這樣，壞彼埃爾！」黛絲麗夫人甩了一下深紅色的真絲小手帕。柴可夫斯基似乎沒聽見。「整整二十年了。」他迂腐地說道，那樣漫不經心，那樣殘酷。

　　她捏著真絲小手帕的手垂下了。「噢，已經二十年了，親愛的彼埃爾！」她輕聲說，聲音美麗而充滿哀怨。

　　「她的柔音一定還很美妙。」柴可夫斯基想，「有人對我說她的聲音在高音區變尖了，就像一根針，說她根本不會再有很大發展了。但我相信，她仍會讓低微的聲音變得迷人的。我最後一次聽她演唱時，在莫斯科歌劇院，她的聲音就已經不大對勁了——那是在我們的事發生後一年，當時她已經結婚了，和那個傢伙，那個西班牙的男中音，他叫什麼來著？當時報界都覺得她已經差不多過全盛時期了，但她還是取得了一次巨大成功，她的天賦勝利了。她是個多麼迷人的演員啊！」

　　「後來我還有幸見到您一次，當然只是在舞台上，那時您肯定已經把我

全忘了，那是在您突然離去的一年之後。我躲在一個包廂裡欣賞您。我還記得您在唱完《胡格諾派教徒》（*Huguenots*）後謝了二十次幕……」

「謝二十次幕！」阿爾多動情地說，「多讓人激動啊，彼埃爾，您還數了，而且您還記得這個數字！」她用潮濕的、難過而溫柔的目光看了他一眼。

「我永遠也不會忘記那次你演的《胡格諾派教徒》。」這不是柴可夫斯基的客套話。對他來說那個晚上的每一個細節都是難忘的，因為他又在莫斯科歌劇院的舞台上看到了黛絲麗‧阿爾多——現在是帕迪拉夫人了（對了，她的西班牙丈夫叫帕迪拉〔Padilla〕）。在整個演出過程中他都沒有把望遠鏡從眼睛上拿下來。他還記得，舉了那麼長時間望遠鏡，他的手臂都痠了。但不是為了看得更清楚，他並不想看什麼，另外他的座位離舞台也很近，而是為了不讓和他坐在同一個包廂裡的朋友們看到他在哭。當觀眾用掌聲向深受喜愛的阿爾多致意時，他忍不住哭了，在演出結束時，人們連續呼喚了她二十次，那時他還在流淚。

柴可夫斯基到底為什麼哭呢？難道不是為他失去了她嗎？如果他真想留住她，他會非得失去她嗎？難道他會失去他從不曾擁有的東西嗎？難道他會擁有他不曾熱烈渴望得到的東西嗎？

他的淚水真的是一個遭到背叛的情人在重見自己不忠的情人時流下的淚嗎？如果這眼淚是難過的淚，那他會為什麼感到難過呢？反正不是為自己曾無謂地愛過。（啊，黛絲麗，這個沒有得到足夠追求的女人，是用怎樣熱烈的溫柔對待他的啊！）他沒有足夠地愛過，讓他難過的大概是這個，而他的淚水大

概也是為此而流的。但或許這根本就不是難過的淚，而是羞愧的淚……。

「您一定要給我多講講您的生活！」阿爾多夫人說。「您已經成了一個世界名人——當初的小彼埃爾如今是個大人物了。您必須盡快到我家來一次！帶上柴可夫斯基夫人！您現在還是兩個人吧，親愛的彼埃爾？」她帶著一絲非常溫柔且近乎於含情脈脈的惡意問道。

「我從來沒結過婚。」柴可夫斯基說。

阿爾多夫人詫異了：「可是有人告訴我……」

「這事不值一提。」柴可夫斯基用沙啞的聲音說。「您呢，黛絲麗？」他問。

「我聽說了很多您的事。似乎您在柏林這兒也像當時在華沙、莫斯科和聖彼得堡那樣受歡迎。」

「這兒的人對我都非常友好。」女歌唱家那張大而扁平的臉突然顯得很苦惱，撲得粉嘟嘟的臉頰上都蒙了一層憂鬱。「但我不再年輕了。」她輕聲補充說，精心修飾過的頭微微低下了。

「您該是皇家喜愛的一位客人。」柴可夫斯基說。「您會給德皇陛下表演您無與倫比的顫音和快速的經過句。我真羨慕德國的皇帝。噢，黛絲麗，您總是讓人高興！我能夠想像出您在宮中行屈膝禮的樣子，您必須展現出美好的高貴風度！」

他們倆都笑了。這時一個低沉的聲音喊道：「你看起來非常高興啊，我親愛的！」在黛絲麗身後站著一個穿燕尾服的巨人。一頭蓬亂的油膩膩的黑髮擁著一張浮腫卻好脾氣的臉，雙唇濕潤，兩顆火熱漆黑的小眼睛在肥厚的

皺紋間閃閃發光。這就是帕迪拉。

她微笑著向他轉過身：「凱利，我想給你介紹一下我的老朋友彼埃爾‧柴可夫斯基。」

帕迪拉先生立刻尖叫起來：「哦！」同時使勁地拍了一下柴可夫斯基的肩膀，讓他感到一陣疼。帕迪拉聲音低沉地說：「哦！這可是個巨大的快樂！」

「我才感到快樂呢，帕迪拉先生！」柴可夫斯基說。這個巨人無論是聲音還是身體，都強大得讓他害怕。

「我終於知道我妻子以前的未婚夫長得什麼樣了！」帕迪拉先生用過於響亮的聲音說著這句不得體的話。

「帕迪拉！你說什麼呢？」黛絲麗夫人邊喊邊用小手帕去打他。

柴可夫斯基卻在想：未婚夫！我難道做過她的未婚夫？是的，當時整個莫斯科都在說這件事，我的老父親還寫來了祝福信——祝你們相愛，孩子們！她比我大五歲，對此他沒有表示異議，而且他可能也很高興她當時賺錢比我多得多。我的朋友們卻有些擔心，不知結果會怎樣，尤其是尼古拉更是憂心忡忡，甚至還有些惱火。結果到底怎樣呢？她動身走了：有一天她坐車走了，去華沙，她那個控制慾極強的媽媽陪著她，她總是暗中阻止我們結婚（但願這個控制慾極強的媽媽現在已經死了！）。幾星期後她就和這個唱男中音的彪形大漢結婚了，甚至都沒通知我。「我真的做過你的未婚夫嗎，黛絲麗？」

「您務必在最近一段時間內到我們家吃一次晚飯，親愛的柴可夫斯基！」

帕迪拉說。

阿爾多調皮地加了一句：「我早就邀請過他了，親愛的！」

* * *

妮娜和愛德華‧葛利格為了參加柴可夫斯基在柏林的音樂會特別從萊比錫趕過來。帕迪拉家愜意的晚宴該是在音樂會的前夜舉辦的——正如黛絲麗所說，「這是我們提前對您即將獲得的巨大成功的一個小小的慶祝，親愛的彼埃爾！」柴可夫斯基請他們也邀請葛利格夫妻倆。這樣參加聚會的就有五個人了：帕迪拉夫婦、葛利格夫婦和柴可夫斯基。

柴可夫斯基發現帕迪拉其實是個非常可愛的人，你只是要先習慣他喧鬧的聲音和他幼稚的不得體的言行。首先要經受住他迎接客人時給人肩上的一記重擊，然後就是他的朗聲大笑和一個不合時宜的玩笑。但在他身邊終究還是感覺不錯的。他是一個熱心的人。

「您家裡可真舒服啊，黛絲麗！」柴可夫斯基說，「您有一個真正的家。」

她賣弄風情地依偎在丈夫身上，此時他正在為什麼事哈哈大笑呢。「是的，我們非常幸福。」她邊說邊衝著柴可夫斯基微笑。「真遺憾，我不能讓您看看我們的女兒——她非常迷人。我想，比我當年在莫斯科還要迷人得多，而且她有天賦！她會非常成功的。」

今天，阿爾多夫人看起來比前不久在晚會上穿晚禮服時更像一位德高望

重的婦女，也更漂亮了。黑色的絲綢擋住了她豐滿的前胸。

入席時，氣氛已經達到了最高點。人們都是用法語交談的，儘管葛利格夫婦在用這種語言時很費勁。他倆的話音總是著急地跳動著，像鳥鳴，偶爾也滑稽的結結巴巴，這與另外三個人的說話方式形成了可愛的對比：柴可夫斯基說起法語來非常流利，溫柔，拖著長腔，像唱歌一樣；帕迪拉操著一口生硬的粗話，輔音讀得很重，說R這個音時總是打著嘟嚕；阿爾多則講著標準的巴黎話。

「現在我們都坐在柏林的一間餐廳裡。」葛利格說，妮娜夫人重複著他的話：「一個法國人，一個俄國人，一個西班牙人和兩個挪威人。我們音樂家是未來國際社會的一個發展模式！」

「乾杯！」帕迪拉先生有點沒意義地提議，一邊舉起了他盛著波爾多葡萄酒的酒杯，而此時大家還在喝湯呢。「我們要爲你們沒有結婚而乾杯！」他轉身衝著妻子和柴可夫斯基特別響亮地笑著。

愛德華和妮娜尷尬地相互看著，柴可夫斯基紅著臉低下了頭。「他在嘲笑我。」他痛苦地想，「也許他沒有惡意，只是覺得滑稽，但實際上卻是最讓人討厭的嘲笑。」

阿爾多衝著荒唐的丈夫甩了一下她的真絲小手帕——今天爲了配她深色的禮服，她拿的是一塊帶黑色花邊的奶油色手帕。「帕迪拉！」她抱怨著，「你可真可怕！」

「爲什麼？」男中音問道，剛剛笑完的他還很激動。「我們相處得好極了，你過去的男友和我！」

黛絲麗夫人聲音有些急促地向柴可夫斯基打聽起她過去的老師鮑里娜・維阿爾多（Pauline Viardot）：上次他到巴黎時遇到了她。「這位老夫人非常親切，還請我吃早飯呢。」他說，兩眼始終沒從湯盤上抬起來。「她還是那麼精力充沛，那麼活躍，真讓人吃驚。」

　　「是的，一個不可思議的人。」阿爾多有些心不在焉地說。

　　在僕人換餐具的時候，葛利格向柴可夫斯基詢問他在漢堡舉辦的音樂會的情況。柴可夫斯基說起了薩伯尼可夫和漢斯・馮・畢羅。「很奇怪，我又見到了畢羅。我發現他變了很多。他心裡一定有什麼東西破滅了。」他說。

　　阿爾多兩眼看著侍女遞上一碗碗冷餐說：「他大概永遠也擺脫不了那場科西瑪悲劇。」

　　「是的，我們要承受的太多了。」柴可夫斯基有些突兀地說。妮娜夫人大喊起來，似乎同時也為自己竟會獨立說話感到吃驚：「我永遠也無法理解，一個女人怎麼能做這種事，我的意思是在這麼驚人的情況下做這種事。這可真可怕：畢羅在慕尼黑為理查・華格納工作，他為他了不起的朋友作品投入了所有力量！而在此期間她卻偏偏和這個了不起的朋友欺騙了他！」

　　愛德華安慰地撫摸著她的手。「人與人之間——那些非常出色的人之間——命運是會交織在一起的，你明白嗎，我的孩子？對此我們這些局外人和小人物是沒有資格評判的。」他安慰地說。

　　帕迪拉先生打算講巴黎大歌劇院那些人中的一個婚外情故事，但阿爾多卻似乎很熱衷於告密，仍想就華格納—科西瑪—畢羅這個話題談下去。

　　「是的，」她說，「葛利格說得對，這是發生在大人物身上的事，我們

Peter Ilych Tchaikovsky

不能用小市民的標準去衡量他們。我曾經有幸見過幾次科西瑪。那是個怎樣的女人啊！那是偉大的李斯特和女伯爵達古（Comtesse d'Agoult）的親生女兒。她應該不受成規的限制。毫無疑問地，齊格弗里德是個私生子。但他不也是偉大而熱烈的、毫不妥協、不怕犧牲的愛情的孩子嗎？」黛絲麗夫人挑釁地問道。

妮娜夫人的臉有些紅了，帕迪拉先生則不合時宜地吃吃笑，柴可夫斯基則在想：「天哪，她讀過易卜生！啊，她想引起別人的注意——給誰看呢？給我！事實上她根本不贊成同居，她總是抱持完全小市民式的觀點，我們還常常為此爭吵呢。」

「你怎麼看這件事，親愛的彼埃爾？」阿爾多問道，同時將她的大臉轉向了他：那張依然美麗的嘴微笑著，彷彿想預先為被問者的回答做出酬謝，不過，當然得是一個支持提問者大膽的觀點的回答。

柴可夫斯基若有所思地看著她。「我在想可憐的、遭到背叛的畢羅對科西瑪的一位親戚發表的對華格納的看法。」他慢慢地說，「他會說這位大師『心靈高貴，行動卻很卑鄙』。這句話的第二部分，」柴可夫斯基邊說邊笑著，「我表示贊同。不管怎樣，想像一下這些傳奇人物之間整個著名的相對位置關係也是件非常有趣的事：那個無與倫比的、美麗而迷惘的年輕的巴伐利亞國王的加入則使這幅激情的圖畫變得完整了。人們真該去看看慕尼黑這次上演的《名歌手》，但是要帶個隱身帽，就站在布景後面。憂鬱地端坐在一切之上的年輕王國，藝術的資助者。儘管氣氛很快樂，華格納和畢羅之間的關係卻極其緊張，他們都不想再見到對方了。李斯特，那個危險的科西瑪

夫人的父親沒有來。我很喜歡設想像他那樣凶暴而虔誠的一個人是怎樣在羅馬密切關注整個糾紛的——既沒有表示同意，也沒有干涉。有人告訴我在盛大的《名歌手》首演那天，這個老奸巨滑的老天主教徒在西斯廷小教堂裡聽了彌撒，然後在貝希斯坦鋼琴上爲聖父皮烏斯九世演奏，事後聖父讓人遞給他一盒雪茄作爲酬勞。這一切可是非常有趣啊！」

「我覺得，如果我們還要繼續討論理查‧華格納的私生活的話，我們就有些高估自己了。」葛利格表示，「光是對付這種藝術家現象就已經夠艱難、夠重要的了。因爲我們大家都知道，他是這個時代最偉大的藝術家，如果沒有他，我們所有人都是不可想像的，但我們又有誰愛他呢？」

「噢，他寫了幾個出色的男中音角色。」帕迪拉說，他還在不停地吃。

阿爾多豐滿的白手臂挂在桌子上，黑色的絲巾從她成熟的美體上滑開了，她激動地聲明：「我欣賞所有偉大的東西。」

「她不再聰明了。」柴可夫斯基想。他正帶著一絲冷靜卻緊張的好奇觀察著她。「奇怪，當時我可是認爲她極其聰明……」他好鬥地說：「有些偉大的現象我們也是可以恨的。也許華格納就是這樣的一個人。」

在整個用餐期間，他都帶著一股憤怒的激情在談論這個偉大的對象：華格納以及拜魯特及其對音樂的意義——這個題目總是刺激他做出激烈的表態，與人展開激烈的論戰。也許他之所以這樣固執地停留在這個題目上，爲的就是讓帕迪拉先生再也找不到機會做什麼下流的暗示，讓所有人都臉紅地想起那些發生在很久以前的傷感事。

於是他就對衆人發洩著自己的憤怒，講著關於拜魯特的笑話。他還在自

己激烈而不公正的言辭中加入了表示震驚的冷冰冰的客套話，如「這個驚人的天才當然給我留下了深刻印象」等等。

　　為了使他的侮辱更有效些，他似乎在生拉硬拽這些東西。他激烈地說：「這個華格納是個怎樣的唐吉訶德啊！他用荒唐的理論削弱了自己的天才！《羅恩格林》（Lohengrin）、《唐懷瑟》（Tannhäuser）和《漂泊的荷蘭人》（Dutchman），這些還可以忍受，這些還是歌劇！但後期他就在搞真正的『樂劇』了，這是一種徹底的由所有藝術形式組合成的藝術作品：這一切都充滿了謊言和痙攣，所有這一切都缺少藝術的真實、單純和美，而且缺少的程度那麼驚人——是的，所有這一切都缺少人性！那裡活動著和我們毫無關係的比常人都高的人，都踩著高蹺，而烘托他們那架子十足的姿態的音樂真是既野蠻又乏味。為什麼後期的華格納這麼讓人難以忍受？」柴可夫斯基問道，挑釁地掃視著周圍的人。「因為他失去了所有的尺度！」他得意洋洋地自己回答道。「因為他魔鬼似的驕傲、他可怕的帝國主義的真正德國式的傲慢徹底毀滅並吞噬了他的天才。」他憤怒地重複著，給自己倒了一杯香檳。「幾年前，我在柏林第一次聽了《崔斯坦與伊索德》（Tristan and Isolde），那是多麼讓人憤怒的無聊啊！這種東西根本就不該存在！整個晚上我都感到：這是一個步入歧途的藝術家。難道我們必須來聽這個讓人極其不快的失敗之作，聽一個極度瘋狂的人的荒誕無稽嗎？除了這次，我一生中只還有一次這樣感到無聊，那就是在聽《諸神的黃昏》（Götterdämmerung）時。」

　　柴可夫斯基一刻也不肯讓人打斷他的華格納話題，他又講起了他在拜魯特逗留期間的事：那是1876年的夏天，音樂節劇院正式開放時，當時他還在

爲《莫斯科新聞》（*Moscow News*）寫音樂書信。「那可眞是熱鬧非凡。這個德國小城裡到處都是來自國際大都市的人。小巷裡、酒館中，到處都可以看見名人，不過許多一流人士都沒到：威爾第（Verdi）、古諾（Gounod）、布拉姆斯、托馬斯（Thomas）、畢羅、安東·魯賓斯坦都因爲缺席而引起了廣泛關注。我是從里昂過去的，我到那兒去看我弟弟莫德斯特。好友尼古拉·魯賓斯坦到拜魯特火車站去接我；我還記得他是怎麼說的：『吶，在這你可得做好點準備！』上帝啊，我在音樂節劇院裡受到的是什麼罪啊！這個《指環》（*Ring*）怎麼也不肯完，當最後一幕《諸神的黃昏》終於結束時，我就像被從監獄裡放出來一樣大舒了一口氣。我當時只有一種感覺：唔！是的，我記得很清楚，」他對著正想反駁他的葛利格擺擺手，「裡面也有不錯的東西，甚至是非常精采的，但作爲整體，它是讓人沮喪至極的。人們享受完它以後就需要靜養了。你們知道我在《指環》結束後最想幹什麼嗎？想看德里布（Delibes）的芭蕾舞劇《茜爾維婭》（*Sylvia*），當時我要看它的願望極其強烈。但是拜魯特沒有這個。」

所有人都笑了。阿爾多說：「是的，《茜爾維婭》很迷人；你得到巴黎去看，在拜魯特想這個，我大概永遠也不敢，我覺得那簡直是罪過。」

在侍女們上餐後點心時，柴可夫斯基又講起他當時在拜魯特找點可吃的東西有多難。「一切都安排得極差。熱飯熱菜根本就別想，在這個神聖的音樂節城市裡，人們聽到的更多是小香腸和馬鈴薯沙拉，而不是主導動機和主人公形象。在演完《女武神》（*Walküre*）和《齊格菲》（*Siegfried*）之後那段比較長的中場休息時，劇院周圍到處都搭起了賣啤酒的帳篷！在那裡，我看

見百萬富翁和世界名人就像飢餓的野獸一樣爭搶一塊三明治，但願那些統治者至少得到了足夠的東西吃。」

他非常戲劇性地描述了美麗而憂鬱的巴伐利亞國王抵達拜魯特小火車站的情形：華格納是怎樣和他威嚴的帕西法爾，他所有的資助者和追隨者中最高貴的一個人握手的。「我從月台上往那看，華格納的嘴有多惡毒，閉得有多緊啊！可憐的年輕國王看起來美麗而蒼白，就像一尊雕像。他眼神直視前方，沒有去看他的大師──沒去看他那不知感激的朋友和大師，人們感覺到，他們之間已經有了一堵看不見的牆，他們不再相互理解，而且已經相距甚遠了。這個深受愛戴的國王竟然那麼怕見人！當他坐著封閉的四輪單駕輕便馬車穿過大街小巷時，人們紛紛向他歡呼致意，那時你從他的額頭上就可以看出他心頭的恐懼，但他還是在玻璃窗後面點著頭，面容呆滯蒼白，流露出無盡的悲哀。他聽完《指環》後又立即動身離開了，回到他一個富有神話色彩的宮殿裡，人們都說他的宮殿是那麼宏偉華麗，像用魔法變出來的一樣。我想他之所以這麼匆忙地離去是有種種特殊原因的：首先，因為華格納讓他很失望；但更重要的一個原因是，老皇帝威廉說要來拜魯特；這位浪漫的巴伐利亞國王大概太驕傲了，他根本不想把這個普魯士親王當作自己的皇帝來問候。」

侍女端來了黑咖啡。柴可夫斯基還在說，就像怕讓別人說上話似的。「當老皇帝到達時，那時候大遊行才開始！」他說，黛絲麗目不轉睛地看著他，這似乎讓他感到煩躁不安。「我們所看到的一切，迎賓軍樂隊和火把遊行，那真是喧鬧之極，和音樂節劇院裡一樣！不時在某個陽台上就會出現某

一位君主：巴西皇帝和德意志帝國的皇帝在一起，有時也只是符騰堡或者什未林的侯爵。不過，在所有這些經過出色導演的喧囂中，人總是能看到華格納那張緊繃著的、冷冰冰的、透著可怕的惡意的臉。華格納一次接待五百個人，並接受貸款，和歌唱家們吵架，發表關於德國藝術的講話；華格納，這一群愛湊熱鬧的人的統治者，這個馴獸師，這個勾引者……」

一段短暫的沉默後，葛利格說：「但現在他們兩個都死了，年輕的國王和他野心勃勃的大師。」

他們又說起了華格納在威尼斯的死，一切都進行得那麼莊嚴肅穆。「科西瑪夫人在巨大的痛苦中剪掉了長髮。」阿爾多動情地說；也說起了他的送靈隊伍在北義大利和南部德國的凱旋遊行。「在慕尼黑，人們就像歡迎一位侯爵一樣迎接了這位死者。」葛利格說。「在拜魯特，人們像對待皇帝一樣安葬了他。在此之前，從來沒有一位音樂家獲得這樣的殊榮。」

「他的國王帕西法爾只比他多活了三年。」柴可夫斯基出神地說。於是他們又講起了這位身為國王的病人死於史坦貝格湖的悲劇。「有一個醫生想插手。」柴可夫斯基說，他嘴邊突然露出了一絲痛苦的幾乎是噁心的表情。「一個醫生到那去幹什麼？這位國王也許根本就沒那麼瘋。他只是想要安寧。如果一個人想要安寧，別人就會說他瘋了。」

帕迪拉先生覺得這種談話不太愉快，就離席而去了。「這兒的氣氛也太嚴肅了！」他大聲說。「我們到旁邊去喝杯白蘭地。要是喝上幾杯，那就更好了！」

在起居室裡，帕迪拉先生先是和葛利格夫婦談起斯堪的那維亞的烈酒種

類，然後又談起了一般的利口酒（liqueur），而黛絲麗則在一個窗戶邊找到了她的彼埃爾，垂在一邊的長毛絨窗簾半掩住了他。

「您說了成千上百件事，我親愛的！」她說，並溫柔地把她美麗的手搭在他的肩上。「您這樣做只是爲了不必說自己，而我眞想多了解一些您的生活。您過得怎麼樣，彼埃爾？」

「我的生活沒什麼好講的。」他說，「我工作。」

「別的呢？」她問。他覺得她離自己太近了。「您是一個人嗎？」

「我也沒問您什麼。」他生硬地說，這完全不合他的習慣，幾乎可以說粗魯。

她輕聲回道：「您，親愛的彼埃爾，您之所以什麼都不問我，是因爲您一生中還從來沒有對一個人眞正產生過興趣。」

「您眞的這樣認爲嗎，黛絲麗？」他聲音沙啞地問。

黛絲麗，人們曾說她是他的未婚妻，這個失去了的黛絲麗，這個完全陌生的、變得又老又胖的矯揉造作的黛絲麗嚴肅地點點頭。他想發火，也許是爲了捍衛自己，也許是爲了更痛苦地指責自己，但他還沒開始說就打住了。「我們別說這個了。」他邊說邊轉身走開了。「我們還是來點音樂吧！」

「我們還是來點音樂吧！」老歌唱家重複道。柴可夫斯基已經到別人那去了。人們聚集到了鋼琴周圍。

大家決定，妮娜夫人要唱幾首葛利格的歌，柴可夫斯基給她伴奏；阿爾多則想唱柴可夫斯基的幾支曲子，鋼琴伴奏由葛利格來擔任。

「一切都安排得合意而恰當！」帕迪拉先生滿足地說，「您不知道我的

小妻子在說起您的音樂時是怎樣的欽佩啊，柴可夫斯基大師！她對您的作品簡直已經過分崇拜了！」

「帕迪拉！別說了！」黛絲麗甩了一下真絲小手帕，眾人看到她臉紅了，儘管她撲了許多粉。

「為什麼，為什麼？」她丈夫大嚷道，「這個總還是可以說的吧！現在，開始吧！」妮娜夫人已經倚在鋼琴旁邊，擺出一副造作的漫不經心的姿勢，彷彿一場大型音樂會就要開始了。「對我們這樣的人來說，沒有什麼比音樂更好的事了。所有別的東西都只會讓我們產生愚蠢的想法。」

柴可夫斯基說：「您說得對。」一邊對帕迪拉先生微笑著。他慢慢邁著沉重的腳步走向鋼琴，坐到小椅子，打開琴蓋。他閉上眼睛，有二秒鐘之久，然後把兩隻沉重的白皙的手抬起來放到鍵盤上。

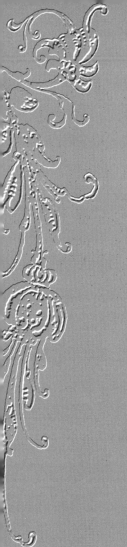

第二樂章

Allegro con grazia

4 複雜的感情世界

「哦，我本會愛上你的啊！」這句最絕望的話，這個無力而有所保留的宣言陪伴著你回家，彼得・伊里奇。

你一個人走了，告別了親愛的葛利格夫婦，就在那座大房子前，你的老黛絲麗和她喧鬧的帕迪拉與一個漂亮的女兒就住在這房子裡，她一直沒讓你見她，這個狡猾的人，可憐的人！你一個人走在德國首都陌生的街道上。每向前邁出沉重的一步，你都在想：哦，我本會愛上你，愛上你啊！

在這句被用濫過數百萬回，每天又數百萬次地以嶄新的面貌出現的話中蘊含著多少放棄，多少絕望啊：我愛你——這個悲哀的呼喚，向空虛中喊出，悄悄地說給遠方，你期待著那裡會有一個回答。現在這個總還在確定著的，儘管有些傷感卻還堅定的「我愛你」對你（你孤獨地邁著沉重的腳步走在一個陌生城市的陌生街道上）來說，已經變成了一句半是自己退縮、幾乎完全放棄自我的話：「哦，我本會愛上你的啊！」那個人本該是你，我本會挑選你，如果在「如果」這個詞後面裂開了一道深淵。

也許因為，親愛的彼埃爾，在您的整個一生中，還從來沒有對一個人真正產生過興趣。原因很可能就是這個。

也許事實上我沒有愛過你，我的黛絲麗，也沒有愛過不幸的安東尼娜（Antonina），我和她的婚姻短暫得讓人羞愧——不，我們沒有結婚。如果人認真起來，如果我能想到自己要被捆住，或者人要回報我的愛並這樣決定，如果這樣的希望變成危險存在，我就愛不起來了。我從來沒有像女人所期待的那樣愛過一個女人，她們希望我能像她們設想的那樣愛她們，因為那樣她們就會認真，就會改變我們的生活。啊，不知有多少次，我不得不掩飾我毫無意義地奔湧而出的感情。對那個我渴望獻上感情、用感情使之變得富有的人來說，這一切多麼不合適，又多麼不可理解啊！偶爾，在極少的情況下，這感情被接受了，那裡面大概有同情的因素，要麼就是我必須支付現金。我知道，人們都在嘲笑我，在我背後，甚至當著我的面。我成了一個可笑的人，也許甚至是個討厭的人：這一切都是因為我不得不浪費的感情。

情況就是這樣，黛絲麗，我把自己不知貶低了多少倍——偏偏是你，在你這，我那麼嚴肅地嘗試著去補償這一切，使之走上正路；偏偏是你，黛絲麗，我本會愛上的你，大膽地用懲罰性的目光看著我，對我說：您從來沒有對哪一個人產生過興趣，在您的整個一生中都從來沒有，您聽著！即便這是真的，您也不該對我這樣說。因為事實和您所想像的不一樣。您認為我是個懦弱的自私鬼，您的想像力也只能達到這一步了。您認為，根據您二十年前和我在一起的經歷，或者是沒有過的經歷，可以得出這個結論。因為當你帶著熱烈的柔情向我走來時，我沒有採取行動，你認為我還是那個頭腦冷靜、感情吝嗇、精明算計的人。你難道這麼不了解我嗎？我本會愛上你的啊！

大概黛絲麗對我們的重逢有著不同的想像，更戲劇性，更傷感。她肯定

覺得我不夠激動。其實我卻感覺到了像是激動的東西，但只是在第一個瞬間，在商務顧問的社交晚宴上，當我看到她變得那麼老的時候，我意識到在她和我的生命中，多少時間已經流逝。但隨後一切又都變得平庸了，什麼都不會因爲悲哀而變得更讓人激動。終曲總是乏味的，它是一個被過度拉長的花飾，不再有什麼新想法，只有一種傳統的呆板的歡快。要是我沒再見到你就好了。現在，回憶在我心中只是變得更強大了，它們對我來說本來就已經夠沉重的了，我的舌頭無時無刻都在感受著它們的苦澀，就像含著一片苦澀的草藥。

柴可夫斯基坐在床邊，他已經脫下了深色的西服上衣，摘下硬領，解下寬寬的領帶，此刻穿著那件長長的駝絨睡袍。他伏在床頭櫃上，用手指撫摸著擺在上面的小東西，多年的經驗告訴他，這些東西有著喚醒回憶的力量：它們是回憶的護身符。

在那盒蘇打水和一小瓶纈草滴劑之間放著帶黃金雕像的白金錶，還有兩張褪色的照片。一張是柴可夫斯基的全家。右邊，坐在雕刻木沙發上，背對著天鵝絨窗簾的伊爾加·佩特羅維奇·柴可夫斯基，是一位魁梧、好動、友好的先生，頭髮已經灰白，但濃密的髭鬚卻是黑色的（可能是染的）；在他的膝蓋上坐著小希波利特（Hippolyte），當時4歲，穿著白色罩衫；彼得·伊里奇站在最左邊，穿著一條小格裙，這個8歲的孩子戴著一副僵硬的白領，目光嚴肅，柔軟的嘴唇微張著。

他溫柔地依偎在母親身上，她就坐在他旁邊的一把扶手椅裡，美麗的亞歷珊卓·安德雷耶夫娜擺出了一副若有所思的像做夢一樣的姿勢，下頦抵在

她修長、白皙、高貴的手背上；黑色的直髮一絲不苟地圍著她蒼白而多愁善感的橢圓形的臉；她的嘴柔軟而動人心弦，上嘴唇有美麗的弧線，下嘴唇顯得有些厚，讓人想到了她兒子彼得的嘴；她深色的目光在又黑又濃的眉毛下陷入冥想，那麼悲哀而溫和地冥想著，帶著一絲朦朧的、高傲的、冷漠的，超過她的家人，越過她的彼得（他想依靠著她），直直地向前看著。

靠著母親站著，身穿繡花的沉重裙子的是小亞歷珊卓‧達維多夫（Alexandra Davidov），她比彼得小2歲，比希波利特大2歲。在她僵直的、裙帶紮得緊緊的白色小裙子下面露出帶花邊的小褲子。這個小姑娘的手肘拄在母親的膝蓋上，胖乎乎的手托著臉蛋，頭髮梳得光溜溜的，面容固執而堅毅。

在母親後面站著一個已經成年的年輕姑娘，手臂搭在媽媽肩上。這是西娜伊德，是彼得同父異母的姐姐，是好動的伊爾加‧佩特羅維奇和他的第一個德國妻子瑪麗‧卡洛夫娜‧凱澤生的女兒。在西娜伊德和她父親中間站著尼古拉，他的頭髮也梳理得很整齊，身穿黑色西服，裡面是一件帶花邊的白色襯衫，一派長子的尊嚴模樣：他生於1830年，比彼得大10歲。

這就是1848年的柴可夫斯基一家：父親抱著小希波利特；半大的尼古拉和成年的西娜伊德，還有目光憂傷的母親；穿著小格裙的彼得和一個穿著帶花邊的小褲子的、固執的小亞歷珊卓。最小的兩個雙胞胎兄弟，阿納托爾（Anatol）和莫德斯特（Modest）當時還沒有出生，他們兩年後才來到世上，但那時母親已經不久於人世了。

1848年左右父親退休了，當時他53歲，在礦業部門裡作出過相當可觀的

業績，不過等待他的還有不同的職業和冒險，這完全符合他好動的天性。他做過冶金廠經理、冶金廠高級經理和礦區官員。當他退休的時候，他獲得了少將軍銜。在伏特金斯克這個城市裡，這位礦山經理一直是位受人尊敬的先生。他幾乎一生都過著大地主的生活，擁有大量的職員和一支小型私人部隊，大概有上百個哥薩克士兵。儘管如此，他還是覺得伏特金斯克的生活太乏味了——這是個該死的閉塞角落，於是他就去聖彼得堡旅行了三個星期。

柴可夫斯基還有一張照片，那是1855年，在美麗的母親死後一年照的。上面是父親伊爾加·佩特羅維奇·柴可夫斯基和兩個雙胞胎男孩阿納托爾和莫德斯特，當時他們5歲。毛髮變白的伊爾加·佩特羅維奇依然姿勢很好地坐在那裡，刮了鬍子的下頦抵在高高的僵硬的衣領上，身上是一件配著天鵝絨領和寬寬的金銀絲綬帶的輕便上裝，依然那麼精神，那麼挺拔。從一個有尊嚴的決不會垮掉的男人坐在椅子裡的樣子來看，他肯定還有能力做個一家之長，還會是個依託，尤其是對兩個後來出生的孩子來說。當然，他不是一個非常可靠的依託，但這兩個孩子無從知曉，他們那樣充滿信任地依偎著他。事實上，他還是有些輕率，無法擺脫某種大膽的孤注一擲的傾向，而且喜歡讓比他更大膽、更無所顧忌的伙伴當參謀，或者說是讓代理人利用自己，這便經常導致他生命中慘痛的失敗。現在柴可夫斯基已經知道這一切，而當時依偎在父親椅子旁邊的兩個柔弱的雙胞胎男孩自然是不會知道的。

柴可夫斯基的目光感動地停留在他們身上，心中不無震驚。之所以感動，是因為他對自己和家人的過去有著過大的依戀；之所以震驚，是因為他很難相信，這兩個穿靴子的小男孩就是他現在的兩個朋友和弟弟，托利和莫

迪。啊，他們不再是小男孩了！要斷定並理解這一點，而且認眞徹底地考慮一下，就很容易感到震驚了。因爲這兩個男孩已經死了，現在活著的，被柴可夫斯基稱爲朋友和弟弟的是另外兩個人。那兩個孩子的一切都不存在了，柴可夫斯基還能非常清楚地回憶起他們的臉，他們的說話聲和笑聲：他們身上的一切都隨著時間的流逝改變了。那以後逝世的每一秒都使他們發生了些許變化。因此每一秒都是一次小小的死亡，它們殺死生命，但它們同時也是生命，因爲生命只是由這些飛逝的、致命的倏忽而過的一秒鐘構成的。剩下的只是回憶。在逝去的一切的海洋中浮現出一張張面孔，它們比眞實的東西更柔弱，又更堅韌，它們是眞實事物的影子。逝去的不再回來，但它們被保存在記憶中。難道你想讓逝去的回來嗎？啊，我生命中的任何一分鐘我都不想再活一次，然而我卻爲失去它們感到悲傷。

柴可夫斯基的目光從坐得筆直的父親和托利、莫迪的相片上移到了那塊鑲著雕像的美麗的錶上。這只錶對他來說便是許許多多回憶和思緒的出發點和引子。在這些思緒和回憶中也有他常常願意回顧的，因爲它們散發著溫暖，給人某種力量。「但願你永遠都陪在我身邊！」柴可夫斯基想，「你這個我最可愛的東西！」他極其愉快、極其自然地想到贈送這一珍寶的人，想到那個善良的仙女，那個神秘的女友，娜婕達‧馮‧梅克。「她是我所擁有的最忠實的人。」柴可夫斯基想，「想到她總是讓我感到安定。我把我的《第四號交響曲》，一部並非徹底失敗的作品獻給了她，我最好的朋友。」這件事我做得完全正確。因爲我最好的朋友就是她：我的知己，最可靠的人。

我們之所關係這麼好，從來沒有發生不愉快的事，或許是因爲我們從來

沒有見過對方，這使我們的友誼很長久。我們用通信的形式交換熱烈且充滿信任的思想，這是一種絲毫沒有陰影的關係。她知道，也理解我的音樂，也就是說她知道，也理解我的生活。她出於愛和理解幫助我，定期給我匯款，對此我心懷感激，我也高興接受她的贈予。她作為我本來的真正的妻子，一個我所需要的遙遠地關懷著我的妻子，來到我身邊，而那時我無論從哪個角度來說都特別需要這樣的幫助！」

　　她來到他身邊的那一年，他正陷在和可憐的安東尼娜的那場丟人的、錯誤的婚姻冒險中。那是1877年（譯注：安東尼娜是莫斯科音樂學院教授柴可夫斯基的學生，同性戀的柴可夫斯基在與她結婚後不久就離婚了）。可想而知，當時他的情況是糟糕而悲慘的；也許這位梅克夫人感覺到了這個，無論是對他的音樂，還是對他的生活，她都充滿了溫柔的理解。

　　她把和他一起演奏的年輕的科泰克當作中間人，逐步接近她狂熱崇拜的作曲家。她通過科泰克交給他一個個小小的作曲任務，而她為此所付的酬金卻是驚人的高。然而事情一旦涉及到他的工作，柴可夫斯基就很敏感，他拒絕了。梅克夫人沒有被嚇退，因為她知道他正處於嚴重的困境中，所以她提議，她要匯給他3000盧布，好讓他一次把所有問題都解決。於是他就不用那麼敏感了，他感激地接受了她的建議。不久以後，梅克夫人又提出付給他終生年金，每年6000盧布，他也沒推託就接受了。這真是上天的賦予，他熱情地讚美著他的施主。從此他們就開始了書信往來，他們的知交友誼也由此開始。在他的《第四號交響曲》中有一部分是他在和安東尼娜那個不幸的人短暫而痛苦的婚姻中完成的，他寫下了「獻給我最好的朋友」這句話。

這個慷慨而浪漫的寡婦梅克夫人在提出建議時也提了一個條件：她永遠都不想認識她的善舉和夢想的對象。如果他們偶然相遇，他不可以問候她，也不可以看她。這是一個神經衰弱的德高望重的女人的固執癖好，她也有一段艱辛的過去——作為工程師馮‧梅克的遺孀，十一個孩子的母親，她曾有過很長時間的貧窮生活，經歷過千辛萬苦。柴可夫斯基容忍了這一癖好，心中也沒有太大不快。梅克夫人是一位慈善的人，他最信任的最好女友，同時也是偉大的不曾謀面的人。這使他們之間從任何角度來看都有益的關係平添了一種超脫的童話般的色彩。

　　當柴可夫斯基在這位知己的鄉村別墅裡留宿時，偶爾就會發生這樣的事情：她消失了，飛走了，看不見了，就像一個仙女，根據神秘的不容辯承的法則，她決不可以讓凡人看見自己。柴可夫斯基很喜歡這樣，這激發著他的想像力。

　　有一次在歌劇院裡，有人想把他的資助人指給他看，她就站在離他不遠的地方，於是他就膽怯地從側面看了一眼那位女士。他看到的是一張憔悴的臉，在蓬亂的灰白頭髮下，兩隻深色的眼睛發出灼人的目光。他覺得梅克夫人的面部肌肉在抽搐，上嘴唇一抽一抽的。這位老婦人戴著好幾條沉重的金項鏈，她一動，它們就輕輕地發出叮叮噹噹的響聲。她走路微微彎著腰，拄著一根金柄拐杖。柴可夫斯基敬畏地將目光從她身上移開：一個仙女是會感覺到他的目光的，她會大吃一驚，發出痛苦的叫聲，繼而化為一團銀色的霧。

　　「但她還沒有化成銀霧。」柴可夫斯基想道。他用手指深情地撫摸著他

的錶，他最美麗的東西。「她還在那，她就在我的生命中，多好啊，我的生命中還有她！我錶上金色的阿波羅非常美，但我更喜歡雕在另一面上的奧爾良少女……」

對他那顆迷戀回憶的心來說，少女這個詞便是一把開啓回憶的鑰匙。但它絕不會讓他想到他寫的關於這個英雄少女的歌劇，他一點也不喜歡想這部歌劇，他覺得它是個徹底的失敗之作，是最無聊的大歌劇，受邁耶貝爾（Meyerbeer）的影響很大，另外它的演出也沒有獲得足夠的成功。隨著奧爾良少女這個名字出現的是童年世界：一個逝去的世界，一個讓人無限思戀的世界。

因爲他喜愛的家庭女教師，來自貝爾福特附近的蒙特貝里亞德的范妮‧杜爾巴赫（Fanny Dürbach），給他講過「法蘭西的女英雄」的故事——在范妮身邊那麼美好；後來，他再沒有在任何地方有過這種感覺。這些歲月他之所以懷念，只是因爲它們成爲過去，而不是因爲它們有什麼讓人還想再經歷一次的東西。

范妮會講很多東西，但最美好的事還是她開始講奧爾良女英雄的故事。她還會拿出美麗的照片給人看。如果小男孩的表現非常乖，他就可以看這些照片：沒有比這更好的獎賞了。因爲世上沒有任何東西像這個身著鎧甲、目光炯炯的假小子姑娘這樣閃亮而苗條，這樣優雅、驕傲、動人而大膽。柴可夫斯基知道這是爲什麼，因爲她聽到了上天的聲音。她手執盾牌，身披鎧甲，任何一個小伙子都不會比她更充分地做好戰鬥準備了；但當她將她的長矛刺出時，她肯定不會讓任何人感到疼，因爲這一切都只是一個驕傲的遊

Peter Ilych Tchaikovsky

戲，她的微笑暴露了這一點——她的微笑甚至比聖母的笑還甜美。

　　興奮的孩子為這個苗條的像男孩一樣超越了性別的英雄形象寫了一首詩，他可以在晚上把它唸給范妮聽。他朗誦道：

　　　　人們愛你，人們沒有忘記你，

　　　　美麗的女英雄！

　　　　是你拯救了法蘭西，

　　　　一位牧羊人的女兒，

　　　　卻有如此壯舉！

　　　　野蠻的英國人，你們殺害了她。

　　　　整個法國為你傾倒。

　　　　你金色的長髮一垂到膝，

　　　　如此美麗。

　　　　你的名字傳遍大地，

　　　　連米歇爾天使都為你顯靈，

　　　　英名永留人間，惡人被人遺忘！

　　柴可夫斯基還非常清楚地記得，在那段流逝的歲月裡，他還寫過幾首別的法語「詩」，但他只記住了這一首。他還記得，當他在夜晚為范妮朗誦這首詩時，范妮總是會說：「真不錯，小彼埃爾。」

　　范妮非常好。她還從她的法國帶來了一個音樂盒，就放在她的小屋裡。

她會讓它奏響各式各樣的曲調，一個比一個動人，但最動人的一個彼得後來才得知是出自莫札特的《唐喬望尼》（*Don Giovanni*）。那時他就認識到，的確再沒有比它更美的音樂了，它擺脫了所有的沉重，超越了流逝的時間——啊，我永遠都不會飛得這麼高，我被捉住了，永遠要被牢牢地束縛住。

他全心地愛著范妮，沒有一絲羞怯。夜裡當巨大的恐懼到來時，她的聲音會使他平靜下來，就是現在他也還會感到巨大的恐懼，因為房間裡的每一個聲響都很恐怖，鐘錶的滴答聲更是可怕，一秒秒都落到了永恆的深淵裡，可怕極了。然後他可能就叫了起來，范妮一下子就坐到他床邊，用她異常熟悉的聲音說：「你該睡覺，我的小彼埃爾。」他感到她的手放在自己的額頭上，於是就睡了。

在這樣可怕的時刻裡，母親從來沒出現過，他不能像指望范妮一樣地指望她，她比范妮離他遠得多：這在那些可怕的時刻裡就看出來了。他也全心地愛著母親，卻不無羞愧。也許正是這羞愧——它是愛又苦又甜的配料——才使這愛如此讓人心動，如此壓倒一切。

他熟悉范妮的一切。母親身上的一切卻是陌生的。她的面容常常那麼嚴厲而悲哀，她早就不那麼溫柔、那麼愛說話了。有時她幾個小時也不說話，只是皺著眉頭，目光直直且陰鬱地看著前方。她美麗、修長而白皙的手就像沒有了生命似的放在懷裡，手上淡藍色的血管有些過於突出地隆起著，烏木色的黑髮籠著一張蒼白的臉，就像寡婦的帽子一樣僵直不動。但當母親高興起來的時候，她就會想出最讓人驚訝的遊戲。當她高興的時候，她只說法語，她歡呼著：「我的小彼埃爾！」把她的孩子舉到空中，儘管他已經很沉

了。但轉眼她又變得憂鬱而心不在焉了。

小彼得聽范妮說，他母親一家是從法國來的，這個法國也就是奧爾良少女和范妮自己的故鄉：那個國家該多美好啊！他母親娘家的姓是阿西爾，小彼得很喜歡自言自語地說這個名字，聽起來非常動人。范妮還告訴他，母親比父親要年輕很多，「其實是不該這樣的，」范妮帶著一些嚴厲補充說。「這從來都不會給人帶來幸福。」這句話嚇壞了小彼得。他模模糊糊地感覺到，母親反覆無常、易怒、常常這樣悶悶不樂的性格和父親比她大這個事實之間有關係。他常聽范妮說：「你要聽你母親的話！」彼得祈禱著：「親愛的上帝，讓我永遠聽母親的話！」彷彿他的忠誠和堅定不移的順從（他已經乞求親愛的上帝給他這份力量了）會對他母親有用，會幫助她擺脫悲哀。

范妮回法國的蒙特貝里亞德去了。為什麼非得這樣呢？彼埃爾感到痛苦萬分。他整天不停地哭叫、吵鬧，任憑誰也無法讓他安靜下來；在此後的幾個月裡他一直煩亂惱怒，成為家裡的一個苦惱。後來一個新家庭教師來了，但彼埃爾恨她。整個人都變得固執而懶惰起來。即使他不得不上的鋼琴課也沒有讓他感到高興，沒人相信他會有特殊的音樂天賦。那個本來能夠幫助他，而他又極其渴望得到她的鼓勵的母親，並沒有太關心這個倔強且過於敏感的孩子。

當時父親在莫斯科得到了一個新職位，一家人就從伏特金斯克搬到莫斯科去了。人生最美的時光，真正的童年時光，真正讓人思戀的時光就這樣過去了，並沉入了深淵，開啟這巨大的思戀之情的咒語便是：伏特金斯克和范妮。

「范妮肯定已經死了很長一段時間了。」柴可夫斯基在他的旅館房間裡想著。「她是不是死得一點痛苦都沒有？她死多久了呢？」

兩年後，母親把她的兩個大孩子尼古拉和彼得帶到了聖彼得堡，尼古拉被送進了國家礦業學院，彼得進了法律學院，那兒是把孩子培養成國家官員的地方。尼古拉住在一個和他們家交情不錯的人家裡，彼得卻不得不和陌生的男孩們住在一起，住在寄宿學校裡。當母親正想上車，可怕地想讓他一個人和這些陌生的學生在一起時，彼得死死地抓住母親的衣襟不放，但母親用她那雙修長、冷靜而美麗的手把他的手從她身上拉開。「你得懂事了，彼埃爾！」當馬車開走時他再次跳上踏板。法律學校的一位老師把他拽了下來。

另一個最痛苦的日子是在這個痛苦之日過去多久後到來的呢？那一天他被叫回到生命垂危的母親身邊。他發現她已經失去意識，樣子也變得讓人認不出來了。柴可夫斯基計算了一下，在這兩個痛苦的日子之間過去了四年時間：因為他還記得，當他進法律學校的時候是1850年，而美麗的母親死於霍亂時是1854年。這個因痛苦和震驚而呆住了的14歲孩子感到（現在這個正在變老的人感覺就更清楚了，因為任何事情都沒有像死亡這樣讓他考慮得這麼多，這麼投入！）：在母親迅速而可怕的死亡背後有個秘密。很快地，親友之間出現了一個謠言：亞歷珊卓·安德雷耶夫娜·柴可夫斯基是自己想死的。她向死亡發出了挑釁。當她把一杯她知道有毒的水送到嘴邊時，就已經親手把死亡引來了。

這是她在悲哀中做出來的：這個謠言怎麼壓也壓不住，它有著驚人的韌性和力量。人們都看到這個美麗的女人越來越憂鬱，越來越不滿意。她那個

過於好動的丈夫當時也染上了霍亂，但他挺過來了，又活了二十五年。失去了財產，在那些狐群狗黨的慫恿下，他越來越深地陷入了輕率而冒險的事情中。現在又加上了貧窮！這個悲哀的人受夠了。要霍亂流行期幹什麼？幾口水就夠了……。

她大概無法決定直接公開的自殺，因為她很虔誠。但上帝從來沒有禁止喝杯水。至於他是否想讓這水裡有毒，那就是他的事了：無論如何自己沒有往裡面放什麼不好的東西，決定權完全在他手裡。而他也做出了決定。他給了母親痙攣和討厭的不幸，他把她的臉塗成了黑色，最後他又為她塗上了蠟的顏色，給了她一種陌生的異常冷漠的美，那時她就不再痛苦了。

母親是故意死的。「噢，上帝，讓我跟著母親！我要跟著她。我想永遠跟著她……」

年輕的柴可夫斯基必須回到法律學校去，當時他已經不住在寄宿學校裡了。父親又在聖彼得堡弄了一間房子，兒子們都可以住在那裡。在新居的每一個房間裡，都可以聽到兩個雙胞胎小男孩阿納托爾和莫德斯特快樂的嬉鬧聲。母親死後，他們的生活根本沒有真的變得那麼悲哀。但彼得在高興的時候，偶爾就會感到胸口有一種沉悶的疼痛之感，彷彿快樂是種不合適且不該有的東西。（我該跟著母親！）

柴可夫斯基一家的日子似乎又好起來了。永不氣餒的父親的情況好了一些。夏天他們搬到鄉下的一棟別墅裡。那兒的一切都洋溢著快樂，還有很多年輕姑娘，這樣小伙子們也就都來了。那些年輕姑娘是：西娜伊德，她是彼得成年的同父異母姐姐、他的堂妹利迪婭和安娜——叔叔彼得·佩特羅維奇

眾多女兒中的兩個，和小妹妹亞歷珊卓，人們都叫她薩莎（Sasha）。

柴可夫斯基很喜歡和姑娘們在一起。他覺得自己更屬於她們，而不是那些來別墅和年輕女士們調情的無憂無慮的年輕人。柴可夫斯基和姑娘們在一起時完全不覺得自己和她們有什麼不同：他和她們遊戲、跳舞、偷吃東西，和她們一起做手工。他和妹妹薩莎非常親近。他愛她，因為她的眼睛像母親，而且她還有一雙幾乎像母親一樣美麗的手。他也愛他的堂妹安娜，他特別喜歡和她玩捉迷藏或者做手工。姑娘們是很好的伙伴，比法律學校的男孩子好：他們很容易變得粗魯而且總是露出要吵架的樣子。柴可夫斯基受不了打架，他溫柔而平和。

當然這還遠遠不夠。在所有這些可愛的姑娘中，沒有一個能像他的一個同學那樣左右他，那是唯一能夠左右他的人，他叫阿普赫亭（Apukhtin）。

柴可夫斯基在同學中很受喜愛，大家都認為他是個正派人，和他很容易相處；另外，誰都不覺得他特別聰明。他是個中等的學生，數學幾乎不及格。關於阿普赫亭卻有著最驚人的謠言。人們私下傳說著關於他的天賦和墮落的奇聞軼事。他知道所有的現代哲學家，他既不相信上帝，也不相信魔鬼，不相信我主耶穌的復活。他能背誦普希金的所有作品，而且自己也會寫很美的詩，他甚至還在詩人屠格涅夫面前朗誦了自己的詩：這位詩人既驚訝又嫉妒。他說：阿列克賽·尼古拉耶維奇·阿普赫亭這孩子將來一定會成為俄國最偉大的詩人。

男孩阿普赫亭是法律學校的驕傲，同班同學羞愧地崇拜、青睞的偶像。他身材矮小，明顯比同齡的柴可夫斯基矮，但他靈巧、堅韌而有彈性，是個

出色的體操運動員和賽跑選手。柴可夫斯基對誰都那麼親切，而且親切中既有溫柔，又有些膽怯；阿普赫亭卻對大多數人態度都很生硬，總是那麼冷若冰霜，要麼就是滿臉的嘲弄和挑釁，但對他喜歡的人卻表現出一個自信且聰明的人的所有魄力。

不知出於什麼原因，他很喜歡柴可夫斯基。他充滿誘惑地接近了這個溫柔而無助的同學，就像一個惡天使。是的，他具備惡天使的所有魅力：柴可夫斯基完全被他那雙深色眼睛裡的寒光俘虜了，他幸福而惶恐地聽著阿普赫亭有些沙啞的、嘲弄或者溫柔的笑聲，聽著那張嘴唇薄薄的、非常紅潤而靈活的嘴進行聰明的、讓人迷惑的談話。

柴可夫斯基被俘虜了。隨後到來的歲月——成長、發展的青年時代——完全被阿普赫亭這個陰鬱的天使所控制，被他的魄力，他的惡意，他的肆無忌憚，他融匯各派的懷疑論所控制。他們不停地吸煙，不停地討論著——在阿普赫亭亂糟糟的房間裡，或者在散步中，度過了多少偉大、迷人的夜晚啊！但他們並不僅僅是討論。最甜蜜、最可怕的是，阿普赫亭突然用一聲沙啞的、溫柔而嘲弄的大笑止住了這探求的、漫無邊際的、高傲自負的談話。這時他便會把一雙瘦削而靈活、總有些髒的手伸向柴可夫斯基，撫摸他的頭髮、他的臉或者他的身體。於是柴可夫斯基便閉上眼睛。阿普赫亭輕輕地說：「你喜歡這樣？你覺得舒服嗎？我知道你覺得很舒服。我們永遠都不要愛女人——向我保證，彼埃爾！愛女人是很愚蠢的，那不是我們這樣的人做的事，我們就讓那些想要孩子的小市民去做吧，我們不用愛情做這麼卑鄙的交易。我們要不帶任何意圖地相愛——我們必須沒有目的地愛……你覺得舒

服嗎，小彼埃爾？」

當柴可夫斯基和阿普赫亭長成了年輕男子時，他們還一起玩著這種痛苦而甜蜜、極其舒服，但柴可夫斯基有時感到懷疑的極其下流的遊戲。他們的友誼持續了八年，從母親去世前一年開始；當柴可夫斯基21歲時，他開始擺脫它了。當時他突然對自己所處的狀況感到震驚：那真是相當墮落。

他已經離開法律學校兩年了。19歲時他進入司法部，成為「有名無實的官員」，做管理秘書。這個年輕的官員比當學生時更懶、更喜愛享樂了。幾個小時的辦公時間對他來說只意味著麻煩，他通常把這時間用來睡懶覺。值得過的只有夜晚，所有的娛樂活動都是由阿普赫亭來安排的。他們不僅僅做那個痛苦而甜蜜的、傷感的二人遊戲：這個惡天使有的是主意，他不斷發明新的組合方式。所有這一切都是要花錢的。即使柴可夫斯基在這一時期覺得該給自己買的古怪的花花公子服裝也是很貴的。他開始借錢，到所有弄得到錢的地方去索要，靠一份微薄的退休金生活的父親拿不出錢來，柴可夫斯基的情況變得相當難受了，他真不知道以後會怎樣。

1861年，柴可夫斯基第一次出國旅行，這也自然而然地成為他生命中的一個轉折點。他途經柏林、漢堡、布魯塞爾和倫敦到巴黎，給一位先生做旅伴和翻譯。這位先生以前是和他父親做生意的朋友。這次旅行並不太讓人愉快：在巴黎柴可夫斯基便開始和這位先生發生爭執，最後就和他徹底決裂了，因為他想讓柴可夫斯基做的並不僅僅是翻譯工作，他還有別的企圖。在當時那種情況下，柴可夫斯基覺得他的企圖非常噁心，於是就一個人回來了。在旅途中，他給妹妹薩莎寫信說：「我可以對未來抱有什麼希望呢？一

想到這個，我就覺得可怕……」但這時，他未來的新圖景莫名其妙地悄然形成了。

　　他開始做音樂了。他有過這樣的打算嗎？難道在所有那些放蕩的歲月裡他就已經隱約感覺到，真正的東西還沒有開始，而且也隱約地預感到什麼是真正的東西了嗎？也許有過預感，也許這感覺在某些時刻裡還有過莫名其妙的、讓人迷惘而快樂的力量，但這些預感並沒有轉化為意願、決定。現在他戰勝了他的懶散，他的漫不經心。他振奮精神開始上課、工作——先是兼著做，同時還在司法部裡工作。兩年後他放棄了部裡的職位。安東‧魯賓斯坦在聖彼得堡開辦了音樂學院，柴可夫斯基成了那裡的學生。

　　無論是家人還是朋友，都對此感到驚詫不已。柴可夫斯基想成為音樂家？這個懶散、親切而又漫不經心的柴可夫斯基要工作了？但這個懶散的彼得現在非常清楚地知道——彷彿有一個聲音告訴他——他想要什麼。他的生活改變了，變得幾乎像苦行僧一樣禁慾。是的，他工作了。他住在父親簡陋的居所中的一個小房間裡，晚上總是待在家裡，或者去給人做家教。那是安東‧魯賓斯坦為了改善他可憐的經濟狀況而幫他找的。安東‧魯賓斯坦是個非常嚴厲的老師，一般人很難讓他滿意；柴可夫斯基既怕他，又敬佩他。

　　要學的東西很多，因為那些痛苦，那些人所了解的所有痛苦都要化成音樂，這是使命：天生懶散、突然變得勤勞的柴可夫斯基必須按照它的吩咐去做。事情做起來很艱難，這個神聖而棘手的轉化過程決不會進行得那麼痛快而輕鬆，如同遊戲。但這個轉變了的柴可夫斯基突然在自己身上發現了不曾預知的能量，他再也不會放棄了。他不得不認識到，音響與和諧的法則和數

學規則有著某種糟糕的相似性，而在學校裡他是那麼討厭學數學。積聚的感情並不會自動轉化、昇華，它需要最嚴密的工作；音樂更多是嚴格的形式，只有當人學過很多東西並忠實於自己時，人才會找到它。

柴可夫斯基熱愛音樂，他把它視爲情感的詩意流動。在工作中他認識到，要想讓情感變成形式多麼需要手藝，多麼需要經驗啊。他憎恨那些什麼都不會的人，他們總是用自己強烈的「原始性」來投機取巧。他不想做一無是處的人。他很努力地工作著，不過這準備性的工作，爲眞正轉化過程開道的工作對他來說已經是個安慰了，它使他的心輕鬆起來，使他感覺非常好。

當他寫完第一個總譜時——那是他1864年夏天爲奧斯特洛夫斯基的戲劇《雷雨》寫的一個短小的序曲——他不敢把它拿給安東·魯賓斯坦看；這事就得由柴可夫斯基最要好的同學赫爾曼·拉羅什（Laroche）來做了。他比柴可夫斯基小五歲，非常有天賦，非常懶惰，也非常討人喜歡。他的神經不那麼敏感，他大膽地把朋友的總譜拿到大師魯賓斯坦那裡，魯賓斯坦看完後暴怒起來。他發現柴可夫斯基的配器毫無節制，幾乎可以說放蕩。而幾個月前他還曾經嘲笑柴可夫斯基，說他「太溫柔」。

第二年夏天——1865年，柴可夫斯基的一部作品首次公開演出。當時妹妹薩莎已經結婚，住在基輔附近的卡門卡。這一年的夏天柴可夫斯基就是在她那裡度過的。人稱維也納圓舞曲之王的約翰·史特勞斯正在卡門卡舉辦音樂會。拉羅什和幾個聖彼得堡的朋友把柴可夫斯基的作品《少女之舞》送到了他手上。這位圓舞曲之王很喜歡它，就把它安排到自己的節目單上。

柴可夫斯基是透過約翰·史特勞斯的介紹才首次走到俄國觀眾面前的。

這一事實總是讓他感到，這是命運做出的一個非常讓人激動的、意義非凡的小安排。維也納的圓舞曲之王在俄國引介了他，而柴可夫斯基則把圓舞曲引進了偉大的俄羅斯音樂，他愛圓舞曲，而且始終對它保持著忠誠。

同年秋天，柴可夫斯基通過了音樂學院的畢業考試，不過沒有獲得特別的表彰。安東‧魯賓斯坦出的考題是爲《歡樂頌》譜曲。柴可夫斯基覺得他完成的作品非常失敗，爲此他感到無比慚愧，竟沒有去參加公開演出。後來學校把一枚銀質獎章和簡短的一句讚美寄到了他家裡。

凱薩‧居伊——強調民族性的俄羅斯音樂學校的年輕作曲家和文學代言人——當時是第一次研究柴可夫斯基，之後他還要經常憤怒地跟他進行爭論；他寫道：「音樂學院的作曲家柴可夫斯基先生，毫無能力。」但赫爾曼‧拉羅什卻大聲宣告：「我坦白地告訴您，您是當今俄國最有音樂天賦的人！」

躺在床上的人漸漸睏了。他讓美麗的錶蓋彈了起來：已經快到凌晨4點了。「還是可以睡一會兒的。」柴可夫斯基想：「最好還是想像一下當心臟停止跳動的時候將會出現的虛無和巨大的寂靜，不要再想這些儘管已經過去、已經消逝，卻仍然擁有折磨我的力量的往事了。」不管他願意不願意，在半闔的沉重眼瞼下，他的眼睛不得不去看過去的那些圖像，它們比有生命的東西更敏感、更堅韌。現在它們看起來當然有些不清楚，有點混亂了。事情變得毫無頭緒，而且在不斷重複，總是有工作、旅行、和幾個同事的友好關係以及年輕人的友誼。這些友誼總是給他帶來不安和失望，又總會給他帶來短暫的、消逝得特別快的幾乎可以說是幸福的時刻。

在結束了聖彼得堡音樂學院畢業考試的幾個月之後，柴可夫斯基動身去莫斯科。安東・魯賓斯坦的弟弟尼古拉・魯賓斯坦，聘請他到那裡新成立的音樂學院做理論教師。這樣柴可夫斯基一下子就擺脫了困境：他的收入雖然不多，卻可以定期拿到。1866年秋天他正式走馬上任，和出色的尼古拉的偉大友誼也開始了。

他就像父親一樣照顧著年輕的柴可夫斯基，把他視為自己要保護的人。他讓柴可夫斯基住在自己家裡，給他一些較舊的衣服：一件沉重的皮大衣和一個小提琴獨奏家遺留在他那的一套西服——柴可夫斯基穿著有點胖，但所有人都覺得他穿這身衣服顯得還挺尊貴的。

尼古拉脾氣很好，也樂於幫助別人；他和他那個陰鬱、高傲、被榮譽寵壞了的哥哥不同，是個極其真誠而單純的人。當然他也有讓人頭疼的性格：他愛大聲叫罵，又自以為是，非常死板，而且喜歡插手朋友的事，尤其是受他保護的柴可夫斯基的事。柴可夫斯基愛他，也非常感激他。但當柴可夫斯基有能力擁有自己的一套小居室，從而得以和他的資助者、他的「保姆」尼古拉分開時，他還是打從心裡鬆了一口氣。

在莫斯科，害怕孤獨，卻深知這才是真正適合他的、上帝交託給他的生命狀態的柴可夫斯基有一個好朋友圈，很少獨處。這些人除了尼古拉和善良的拉羅什之外，還有彼得・于爾根遜，當時他在莫斯科開了一個小樂譜店，精力充沛地工作著，後來成為俄國最重要的音樂出版商和柴可夫斯基最忠實的宣傳者；尼古拉・卡什金是音樂學院的教授，無論是作為鋼琴家還是評論家，都同樣值得重視，他還有個年輕的妻子，他們是非常友好的一家人。最

Peter Ilych Tchaikovsky

後便是康斯坦丁‧卡羅維齊‧阿爾布萊西特，音樂學院的總監，尼古拉‧魯賓斯坦的左右手；他也結婚了，一個安靜、謙虛的人，就是有些古怪。柴可夫斯基常常以膳宿公寓的房客身分到他家吃飯，因為阿爾布萊西特很窮，人們可以透過這種方式讓他掙些錢。

康斯坦丁‧卡羅維齊對天地之間的一切都感興趣：地質學、植物學、天文學和政治。他是昆蟲收集者和業餘手工製作愛好者，遺憾的是，從來沒人用過他多年來發明出來的幾台器械。他在音樂問題上的觀點非常極端，依他之見，音樂在晚期貝多芬，在華格納和李斯特這裡才開始；但在政治上他卻像個滿腹怨氣的人一樣反動，每天都至少抱怨一次農奴制的廢除和政府對虛無主義者的寬容。當他們在阿爾布萊西特家——他家總是散發著滿是塵土的舊書和大白菜的味道——吃著簡單的飯菜時，他們總是進行很多的討論。

這些都是特別善良而正直的人，柴可夫斯基和每個人都相處得很好，而且他們也都愛他，尊重他；他們相信他的天才，讚美他善良的心。儘管如此，有時當他愉快地和他們在一起時，也偶爾會感到難言的孤獨，於是便急切地渴望自己完全在別的什麼地方，隨便什麼地方，只要不在這裡就行。

當他和雙胞胎兄弟阿納托爾和莫德斯特或者和妹妹薩莎在一起時，他卻極少有這痛苦的孤獨感。在他們身邊有種平和的氣氛，那是他昔日曾在親愛的范妮或者嚴厲美麗的母親身邊感受過的。他和正在長大的小伙子托利和莫迪通信，在夏天的幾個月裡和他們相聚；他和薩莎通信，到基輔附近的卡門卡去看她，她和她的丈夫達維多夫先生生活在那裡。親愛的妹妹最了解他的痛苦、希望、失敗和他心中巨大的不安。

因為他總是感到痛苦。為了逃避痛苦，他拚命地工作，但工作也有它的痛苦，當然它同時也是個安慰。在他寫《第一號交響曲》時，他覺得自己痛苦得快死了。他幾乎不再睡覺，躺在那裡深受恐懼的折磨；幻覺出現了，在他震驚的目光中。黑暗中充滿了清澈的聲響、盤旋的色彩和醜惡的鬼臉。他不得不去看醫生了，醫生斷定，音樂家柴可夫斯基「離瘋狂只差一步」了。

　　當這部交響曲終於完成時——它是在怎樣可怕的痛苦中誕生的啊！它並沒有讓人覺得特別好。他把它交給了安東‧魯賓斯坦，魯賓斯坦則認為這是一部失敗的作品。最初只是上演了中間樂章；沒有獲得什麼成功。

　　這時他遇到了在莫斯科極受歡迎的女歌唱家黛絲麗‧阿爾多。他們的相遇最初那樣令人激動，沒想到結果卻那麼讓人傷感。在這次並非訂婚的「訂婚」過去多少年之後，他才和安東尼娜‧伊凡諾夫娜這個不幸的人，有了那場不幸的、讓人出醜的婚姻呢？有很多年吧，八年或者九年：這個夢想著、思考著的人不想去數它了。

　　在那幾年裡他也不是一無所成的，因為他一直在工作。他的第一批交響詩《命運》和《羅密歐與朱麗葉》（*Romeo and Juliet*），第一部《D大調弦樂四重奏》，第一批歌劇《沃伊沃德》、《水仙女》和《保鏢》相繼迅速誕生了。不久之後第二號和第三號交響曲，管弦樂幻想曲《暴風雨》（*The Tempest*），芭蕾舞劇《天鵝湖》（*Swan Lake*），《降b小調鋼琴協奏曲》，第二和第三號四重奏也完成了，其中第二號和那部鋼琴協奏曲一起奠定了作曲家在國外的聲譽。

　　大多數作品——躺者的人痛苦地想——肯定都不是非常好，而是失敗

的，完全不符合那崇高而威嚴的使命的要求。但在所有這些東西中也許還是有幾支曲調，幾個短小的地方可以長久存在的吧，但在誰面前存在呢？當然，在他面前，他不會為它們流淚，也不會為它們微笑；他只是看著，以可怕的耐心傾聽著這個可憐的生命的真諦轉化成音符。

首次大型的首演到來了，隨之而來的是羞恥，因為這些作品沒有得到足夠的承認，無論觀眾或新聞界都不喜歡。在痛苦萬分的首次演出後便是逃往國外（隨便到別的什麼地方，只要不在這裡）。現在柴可夫斯基還是有能力負擔這些匆忙而傷感的旅行的，因為他的作品給他掙了些錢。

他很少一個人旅行，總是有一個同伴陪著他，譬如出版商朋友于爾根遜或者一個年輕人，一個學生——他常常和年輕的康斯坦丁·施洛夫斯基一起出去。他四處周遊：柏林、巴黎、尼斯、維也納、義大利和波西米亞浴場；其間他還會在聖彼得堡逗留一段時間，在卡門卡薩莎那裡度過幾個星期美好的時光；在大多數情況下，旅途中的他並不比在家裡快樂，因為每當他到了「別的地方」，這個別的地方也就成了「這裡」。他想逃避的法則，他自己的生命法則，依然無情地懸在他頭上，不管他逃到哪一片天空下。

但他又怎麼會那麼悲慘，竟陷到了和可憐的安東尼娜的那場不幸事件中去了呢？他怎麼會做這麼軟弱、這麼錯誤的事情呢？一想到這件事，他就會陷入極度的尷尬之中。如果說他曾經以為自己愛天才的、為人愛慕的黛絲麗的話，他卻從來沒有一分鐘認為自己是愛安東尼娜的。他也從未對自己或者對她說過這樣的話。他根本一點都不愛她，而且她也知道她對他是無所謂的。儘管如此，他還是娶了她，讓她在自己身邊做妻子，而事實上她並不

是，那幾個星期真像噩夢一樣可怕啊！

安東尼娜是莫斯科音樂學院的一個學生，她並不特別聰明，也不特別漂亮，幾乎連中等教育都沒有受過。沒有人會認為她很醜或者很蠢，也沒有誰會說她非常有魅力或者迷人；她稍微有些固執，有一雙大腳，一對明亮如水的眼睛和一個有點胖的下頦。在莫斯科音樂學院裡，許多女士都在追求老師和作曲家柴可夫斯基；她們習慣叫他「彼得大帝」，但這種稱呼一點也不恰當而且非常無聊，讓人非常難受，所以每次想到它，他都不由得滿臉通紅。

但這個可憐的、固執的安東尼娜卻把愛慕發展成了一個幻想，一個堅定的信念，這個可憐的人認為這就是她此生偉大的愛。她給柴可夫斯基寫措辭激動的信，威脅他說，如果他不馬上來到她的房間，她就會自殺。柴可夫斯基很軟弱，於是就來拜訪這個最可憐的人了，沒想到她一下子就哭著摟住了他的脖子。不管他如何急切地警告她他有哪些不好的性格，都無濟於事。她腦中已經認定：跟他在一起她會幸福的。

他和她訂婚了，出於同情，或者也是因為他不想再一個人生活了，因為他以為會成為他的一個溫柔而不討人厭的伴侶——像狗一樣忠實而無所求。於是柴可夫斯基結婚了。所有朋友都震驚不已。

如此巨大的難堪簡直是難以想像：1877年7月6日，從在莫斯科的聖喬治教堂（弟弟莫德斯特和年輕的科泰克作證婚人）到去聖彼得堡做的痛苦萬分的短短的新婚旅行（安東尼娜竟還無恥地問：「你幸福嗎，我親愛的？」），以及他們第一次一起出門（那是去于爾根遜家吃晚飯，雖然親密友好，卻讓人極不愉快），一直到他們搬進莫斯科的家（柴可夫斯基夫人把這間房子收

拾得乾乾淨淨，卻毫無品味）。這時夫妻間的共同生活才真正開始，但這種生活無論如何都讓人無法忍受！

柴可夫斯基強烈地渴望自己在別的什麼地方，只要不在這裡，只要不置身於這種境地中，於是他決定向上帝發出挑釁，不管他是否想讓他死：在這方面母親已經給他做出了榜樣，他應該追隨她。

夜裡，他匆忙地來到莫斯科河邊——當時是秋天，天已經冷了，穿著衣服就走進了河裡，冰涼的河水一直淹沒到他的胸部。他感到極不舒服。他的牙齒在打顫。他滿懷希望地想得一場肺炎，然後悄悄地死去。但他沒能得上肺炎，只是患了感冒。

受到挑釁的上帝並沒有幫他的忙，他只好自己找出路了。在過了兩個半月的「婚姻生活」（其中部分時間他是在卡門卡度過的，沒帶他那個不幸的人）之後，他要莫德斯特給他發一封電報，讓他馬上去聖彼得堡。他就在音樂學院申請了休假，動身走了，此時他已經決定再也不見安東尼娜了。

在聖彼得堡，他的精神崩潰了。他先是又吼又叫，然後就24小時不省人事地躺在房間裡。他所經歷的尷尬和痛苦的羞辱太多了：精神危機便是走出這個已經變得無法把握的局勢的最後出路了。又驚又怕且不知所措的安東尼娜痛快地答應了離婚。弟弟阿納托爾陪著柴可夫斯基去了日內瓦湖。

還是在這次婚姻災難之前，柴可夫斯基就已經開始寫作《第四號交響曲》和《尤金·奧涅金》這兩部大型作品了，今天他完全可以認為這便是他最好的作品。在最為尷尬的那幾個月裡他一直在寫它們，在他崩潰之後他終於寫完了。他還完成了他的《小提琴協奏曲》。生命中最痛苦的時期使他的意志

和創造力獲得了最大的飛躍。

　　歲月在流逝，任何反抗和痛苦都是沒用的。他在莫斯科、羅馬、日內瓦湖邊，在佛羅倫斯和聖勒默工作著。和梅克夫人的相知相交開始了。而且讓人愉悅地持久地保持著，這一友誼無論從哪方面來說都很有益：他可以隨心所欲地生活，當他想離開他正待著的地方，到別的地方時，他就收拾好行李，坐上火車。他的收入在增長，于爾根遜付給他很多錢。漸漸地他的榮譽也增加了，這是對他糟糕的生活或者不曾說過的生活的補償。

　　在俄國，柴可夫斯基也許已經成為人們最常提起的音樂家的名字，即便他們在說起他時常常是為了卑鄙的嘲弄，柴可夫斯基痛苦地這樣猜測著。在國外，人們也開始認識他了。其實梅克夫人已經完全沒有必要再偷偷地資助他的音樂會了。當他的《第四號交響曲》在巴黎演出時她就這樣幫助過他。

　　在那次婚姻災難結束後，已經有很多年過去了。當這個正在變老的人想到這一段歲月時，他看到作品比生命更強大，它們是生命留下的痕跡。在這個思考著的人和他可憐的生命之間的是他的作品。

　　「我做得好嗎？我都寫出了什麼？不夠，它們在一位威嚴的評判者面前是無法通過的。在《第四號交響曲》和《尤金·奧涅金》之後哪些作品是最好的，是他最糟糕的時期的痕跡呢？是那三套大型弦樂組曲和歌劇《奧爾良少女》及《瑪捷帕》（*Mazeppa*），還是為了紀念一位偉大的藝術家而寫的鋼琴三重奏和《1812序曲》？《1812序曲》是少皇為慶祝莫斯科的救世主教堂的奠基典禮而請他寫的。那部《曼弗雷德交響曲》（*Manfred Symphony*）連凱薩·居伊都喜歡，但這又能意味著什麼呢？不夠，絕對不夠，所有的事情他都沒

有做好。現在他大概已經江郎才盡了，再也沒什麼新東西了。也許他還沒有徹底玩完，還有幾分儲備力量能讓他重新抖擻起精神？」

「我現在有個家了。」躺著的人想道。他難道不是在撒謊嗎？難道古林、莫斯科和聖彼得堡之間的一個小城附近的村莊邁達諾沃就是他的家嗎？他在那裡布置了一個家。在那裡他可以餵雞，採蘑菇，秋天還可以在遼闊的草地上放風箏。他和他的僕人阿列克賽住在那裡。許多年前，阿列克賽剛到他身邊時，還是個漂亮的小伙子呢，現在他已經結婚了，不再是柴可夫斯基要揮霍的情感對象了。

難道那是柴可夫斯基的家嗎？他很高興把那當成自己的家，但他不是已經想要放棄它了嗎？邁達諾沃早已不像以前那樣美麗了，森林被砍光了。老實說，邁達諾沃的風景已經失去了魅力。

「我還有幾個人。」他連把這個想法說給自己聽的勇氣都沒有。難道在他多得不能再多的朋友中，在那些崇拜者和寄生蟲中真有他的幾個人嗎？總是只有梅克夫人這個不曾謀面的知己。哥哥尼古拉和希波利特對他來說那麼陌生，只有正在長大成人的雙胞胎弟弟阿納托爾和莫德斯特始終是他的朋友。但是自從當了政府官員後，阿納托爾已經變成了一位十分嚴肅的先生，而他們的關係也變得有些淡了；莫德斯特是個更好的朋友，這或許因為他是搞藝術的，算他的同行。

還有妹妹薩莎，這麼多年來我一直和她保持著密切的關係。遺憾的是她越來越體弱多病，疾病使人變得自私。如果我現在去卡門卡，一切還和以前一樣嗎？薩莎變了。她有孩子，我想就像愛自己的孩子一樣愛他們，因為我

自己沒權利有孩子。我的小外甥女薇拉是薩莎的女兒，她快要死了。上帝保佑她，他只給了她一個小小的任務，當這個任務完成時，他就會對她動動手指，示意她回去：於是我的外甥女薇拉就死了。薩莎的兒子弗拉基米爾（Vladimir）還活著。我要像愛自己的兒子一樣愛他，因爲我沒有權利擁有兒子。他的聲音和目光都很像我本該追隨的美麗的母親。人應該追隨他的母親。

「我還是想像一下虛無吧，那樣我就會睡著了。我要想像死亡，讓它抹去所有痛苦的回憶。

「當我經歷過這不可理解的懲罰之後，不得不面對我可憐的生命的眞諦時，當我的使命完成時，一切將會怎樣呢？將會是這樣：四周將是一片嘩嘩的水聲。我則會墜落……我會墜落，那時我就不再是我了，噢，解脫。

「噢，消融；噢，解脫……」

5 情感的冒險

　　在柏林舉辦過音樂會之後，柴可夫斯基在布拉格逗留了數日。人們對他的歡迎讓這個孤獨的人感到很高興，他還在筆記本裡寫下了，他們所歡迎的不僅是他，而且還有「祖國俄羅斯」。因為他很謙虛，不願以為人們只是因為他的緣故而如此興高采烈。他沒有想到，人們對一位俄國作曲家的熱烈歡呼正是當時極具政治性的極其激情洋溢的緊張氣氛的表現，對此他的感覺相當遲鈍。

　　捷克大學生對他發出的崇敬的喊聲，歌劇院裡的捷克觀眾在歡迎他時發出的暴風雨般的掌聲都使他感動得不知所措，甚至流下了眼淚。他享受著布拉格給他的這十個閃光的充滿成功喜悅的日子，尤其是還有他美麗而陌生的朋友亞歷山大·司羅迪陪著他。這個「金色的城市」的美麗，它的橋樑、廣場和神秘的街巷的美麗使他感到陶醉。他讚譽它是「第一個認可莫札特的城市」。他和捷克人民的音樂新天才德弗札克建立了真誠的關係，對此他感到非常高興。

　　當人們向他保證說，從來沒有一位外國藝術家在這裡受到過如此的崇拜時，他心裡產生了一種震驚的幸福感。他難道不知道這些捷克人的先鋒，他

們的新聞界和他們的高級政府機構是在以一種別有意圖的熱情來強化和渲染這些崇拜的嗎？難道他不知道或者不理解這裡正在進行怎樣的戰鬥嗎？他不知道人們把他，一位旅行到此的音樂家，他的形象、他的榮譽，都拖到了這場戰鬥中嗎？不知道人們在戰鬥中利用了他？難道他不知道這場巨大的爭鬥是在兩個種族、兩個時代間進行的嗎？不知道這個年輕而強大的民族正要擺脫奧地利帝國強加在自己身上的枷鎖嗎？這個帝國儘管已經疲憊不堪，而且幾乎已經絕望，但不管有多疲憊卻依然那麼殘酷。因此一個年輕而強大的捷克民族激越地決定，要在歷史中爭取自己的文化地位，自己的政治生活形式。

人們陶醉於柴可夫斯基音樂中的斯拉夫音色。這一音色在這裡不僅意味著甜蜜而飽受熱愛的故鄉，而且意味著權力，因為它意味著俄國反對哈布斯堡和霍亨佐倫王朝。人們對一位不問政治的作曲家柴可夫斯基的崇拜舉動完全就是一次政治宣示。

＊　　＊　　＊

在布拉格之後，旅程表上寫著：巴黎。

在德國，迎接這位作曲家的是市民階級值得尊敬的藝術活動，人們是以一種有節制的理解對他表示敬意的；在布拉格，一個受異族壓迫的斯拉夫民族使他感受到毫無掩飾的過於強烈的成功的喜悅。巴黎社會卻在捕捉他。在這裡，音樂生活和上流社會密切相連，這個想在音樂生活中獲得成功的外國

Peter Ilych Tchaikovsky

人絕對不可以脫離上流社會，對此非常熟悉的俄國朋友再三提醒他們的同鄉柴可夫斯基注意這一點。他相信他們的話，於是就把這種亂哄哄的時髦的音樂活動當作自己的義務，一個帶來職業和工作的義務。

他不僅要為音樂而受苦，而且要為音樂走向人群並變得著名而受苦。「我曾對我野心勃勃的司羅迪說，我不在乎名譽。」柴可夫斯基想。「他回答我說：『我們每個人都需要它。』於是我們就接受所有充滿敬意的邀請，儘管我會尷尬或無聊得流汗不止，是的，我真的渾身是汗了。每次和這個纏人的、不可靠的世界打交道，都像和經紀人諾伊格鮑爾在一起那樣那麼難受，那麼羞愧，那麼累人；他竟將他們所有的惡劣品質都集於一身，真是既可怕又可笑。」

此時柴可夫斯基依然試圖讓自己相信，他之所以忍受所有這些讓人不快的社交活動，其實只是為了那場大型的俄羅斯音樂會：讓這些最挑剔的觀眾聽一聽他祖國的音樂，這一直是他的心願。「因為別人對我們一無所知。」每天，當別人和他說起俄羅斯的事情時，他都這樣想上好幾次。

在這裡，俄羅斯也是個時髦的話題，但俄羅斯人的成就和俄羅斯的生活卻鮮為人知。這裡的時髦也有強烈的政治色彩，就像布拉格人對俄羅斯懷有真實且激情洋溢的好感一樣：他們的矛頭都指向了危險的德國。人們熱情洋溢地談論著法國和俄國的兄弟情誼，脖子上佩帶著「法—俄」領帶。在沙龍裡和報紙上，托爾斯泰和杜斯妥也夫斯基的名字常常被說起，俄國小丑杜洛夫（Durov）在馬戲團裡也受到了熱烈歡呼。但也僅此而已。

人們對嚴肅的俄羅斯音樂非常不感興趣，柴可夫斯基要想獨立冒險舉辦

一次音樂會，就非得是個大富翁才行。即便沒有這樣的揮霍，他在這次巡迴演出中支付的錢也已經相當多了，而且他所花掉的要比演出的收入多得多。他知道，他沒有別的選擇，只能放棄這次大型的俄羅斯音樂會。這樣，諾伊格鮑爾那侮辱人的懷疑論就是正確的了，而這正是柴可夫斯基所不願承認的。他依然喜歡繼續他美麗的音樂會，試圖讓有影響的個人和上流社會對它感興趣，從而爭取到他們。但他四處遇到的都是一種禮貌的興趣，永遠不會升溫，也絕不會產生什麼相助的意向。

與此同時，他到處被介紹給別人：這會對他的榮譽有所幫助，而人是需要榮譽的，即便它只是一個傷感的補償。盛大的慶祝活動是以在貝納達奇先生（Bernardacky，一個在巴黎擁有一所大房子的富裕的藝術資助者）的宮殿裡舉辦的一次盛裝檢閱歡迎會開始的。三百多人集聚一堂，有人告訴柴可夫斯基，這就是「整個巴黎」了。

出色的指揮家科隆納（Colonne）帶領他的樂團排練了柴可夫斯基的弦樂小夜曲，晚會上作曲家親自指揮演奏了它。在自己的第一號四重奏「如歌的行板」中擔任鋼琴伴奏的柴可夫斯基之後，幾個最著名的獨奏、獨唱演員大出風頭，例如鋼琴家迪默爾（Diémer）和兩位歌唱家霍斯克兄弟（Reszke），這兒的人認為他們的聲音是人所能想像得出的最美的聲音。此外，貝納達奇夫人（父姓萊布洛克〔Liebrock〕）和她當歌劇演員的妹妹也表演了節目。那真是一個輝煌的夜晚：負責組織一切的出版商馬卡爾（Maquart）可以滿意了。

音樂會結束後，各式各樣的世界名人都來向這位俄國客人表示祝賀，而

他額頭紅紅的，燕尾服有些緊，拘謹而親切地向每一個人深深鞠躬。走來向他祝賀的有：兩個出色的競爭者科隆納和拉穆勒克司（Lamoureux）、古諾（Gounod）、馬斯奈（Messenet）、聖桑（Saint-Saëns）、老波利納‧維阿爾多（Pauline Viardot）和帕德列夫斯基（Paderewski）。無論誰對他誇誇其談，這位俄國客人都禮貌地傾聽著。

這時有位老夫人把她所有的珠寶都戴到了脖子上、胸前以及手臂和手指上，問他到底知不知道他在法國有多著名：他的歌曲《只有了解渴望的人》（*Nur wer die Sehnsucht kennt*）在埃米爾‧古島（Emile Goudau）的小說《法衣》（*Le Froc*）中起了相當重要的作用。他的榮譽就這麼大。一個人在一本法國小說中出現過，那他就屬於「整個巴黎」了。

盛大的慶祝活動外，科隆納先生也舉辦了一次大型晚會。男爵夫人特萊斯登（Tresdern）是一位音樂愛好者，她所舉辦的晚會規模更盛大。在位於旺多姆廣場邊的沙龍裡，她甚至可以組織演出華格納的《指環》。現在，為了向這位正時髦的俄國客人表示敬意，她也組織了招待會。此後舉辦招待會的還有：俄國大使館、波利納‧維阿爾多夫人和《費加洛日報》（*Figaro*）編輯部。

自然地，所有這些社交與音樂界的大事，不論規模大小的街頭報刊都是積極參與的。不過人們更感興趣的是某個波里尼亞斯或者諾阿伊萊所穿的「高雅的綢緞服裝和白色的絹網」，而不是柴可夫斯基的音樂；人們讚美著貝納達奇夫人身上散發出的「貴婦人的優雅」，還有巨大的《費加洛日報》大廳裡裝飾的鮮花。在這裡，鮮花供貨商的名字當然也沒有被忘記；是啊，為

什麼他就不該在這普遍繁榮的廣告盛宴中也分上一杯羹呢？

　　當柴可夫斯基的兩場大型公開音樂會終於在「小城堡」中舉行時，這位俄國客人無論是在最重要的公爵夫人那裡，還是在最重要的編輯部的接待室裡，都已經是聲名顯赫了，熱心的出版商馬卡爾先生帶著他這個拘束的社交界名人，四處去拜訪，把他介紹給別人。現在，終於該讓廣大的法國觀衆認識柴可夫斯基了，而嚴肅音樂的報刊也該圍著他轉了。

　　在「小城堡」裡迎接他的是熱烈的掌聲，他敏感的疑慮肯定要這樣對他說——更多是衝著他的「祖國母親」和法俄的兄弟情誼，而不是衝著這位作曲家來的；觀衆對他的了解微乎其微。儘管如此，在每個作品演奏結束後以及在音樂會結束時，觀衆的掌聲都很熱烈。

　　報界的態度始終有所保留。顯然地，人們讀過凱薩・居伊的《俄羅斯的音樂》那篇文章，並從中找到了自己應該抱有的態度。巴黎報界嚴肅地斷言：「柴可夫斯基先生不像人們認爲的那樣是個俄羅斯風格的作曲家」；還強調說，他既不大膽，也沒有強大的原始性，而這正是構成偉大的斯拉夫人鮑羅定（Borodin）、居伊、林姆斯基—高沙可夫和里亞朵夫（Liadov）的音樂的主要魅力所在；令人感到遺憾的是，柴可夫斯基先生非常歐化，「在他心中，德國風格戰勝並吞沒了俄羅斯風格。」

　　「人們大概期待著在小城堡裡聽到」令人印象深刻的異國音樂。柴可夫斯基憤怒地想。「在萊比錫有人指責說我的音樂太法國化，在漢堡我太亞洲化，在巴黎我太德國化，在俄國人們認爲：我是各種風格的混合體，至少是沒有獨特風格的。」

「啊，新俄羅斯樂派這些高傲而殘忍的傢伙，這五個天才的『革新者』，就像瀝青和硫磺一樣緊密相連，這個由音樂民族主義者莊嚴結成的兄弟會，他們都對我做了些什麼！我之所以會獲得這個名聲完全是他們的功勞：我無聊，沒有力量，而且『西化』。但布拉格那些把我當作偉大的俄國合法訊息傳遞者和歌頌者來歡迎的大學生沒有這種感覺。聰明的老阿衛—拉勒曼特在說我太亞洲化並應該向德國大師學習時也沒有這種感覺。但居伊卻發現了這一點。

「林姆斯基—高沙可夫還是好相處的，他是這個小集團中惟一一個精通本行的人，他的《西班牙隨想曲》（*Spanish Capriccio*）的配器非常有意思。沒有他，這夥人可能整個就完了。他給他們安排漂亮的絕招，他們都向他討主意：因為他做了被他們歸結為我的恥辱的事情——他學了些東西。其餘那些人都是門外漢！鮑羅定——願上帝賜他入天堂——可能會是出色的化學教授；居伊也許會是個成就卓著的築城術專家，有人告訴我，他在聖彼得堡的軍事學校裡做的關於防禦設施的報告非常精采。穆索爾斯基（Mussorgsky）則肯定是個悲劇性人物，一個墮落的了不起的人，一個嗜酒如命的酒鬼。這群人很少搞音樂，他們只是附帶著弄一弄。

「這從一開始起就是俄國作曲家的不幸，他們只想附帶著搞音樂，從我們偉大的源泉葛令卡（Glinka）開始。他只想躺在沙發上作曲，而且只有在他墜入情網的時候；大多數時候他都在喝酒，而不是在工作。由於他是個天才，《為沙皇而生》（*A Life for the Tsar*）這部歌劇還是誕生了；這是我們的第一部歌劇，沒有他，我們所有人就都不會存在。葛令卡曾說：『作曲的是

人民，我們只是把它們編排一下而已。』這句話他們一定牢記在心了，此外還有他對酒精的偏愛。只管精明地過度利用民族歌曲，那樣就純了，那樣就和民族緊密地連在一起了。我們這樣的人就對民族歌曲一無所知了！就因為我們沒有停留在民族歌曲上，就因為我們提高了它，運用了它，把它和起初對它來說還很陌生的元素融合在一起，我們就無聊了，就囿於常規了。

「總之，就是什麼都不要學！不要開拓視野！『音樂中四海一家。』這是亞歷山大‧塞洛夫（Alexander Serov）的真知灼見，那「五人團」還是友好地承認他是俄羅斯音樂的開山人之一。但現在這句話也行不通了。只有野蠻的才是純正的，只有粗魯的、不加琢磨的、醜陋的才是純正的。

「首先穆索爾斯基就是純正的，如果沒有林姆斯基—高沙可夫友好的幫助，觀眾根本就不會知道他；他的音樂寫得那麼糟糕，沒有人能演奏，但《鮑里斯‧古德諾夫》（Boris Godunov）卻是俄羅斯民族的歌劇，它的主人公不是隨便什麼人，不是任何個人，而是民族本身。在我們身上被指責為譁眾取寵的東西，在他那裡就是偉大和美麗，就是真理。如果我在一部總譜中出於特殊原因加入鐘聲，所有人就都微笑了：編排得多巧妙啊！而他的鐘可是俄國老教堂裡的啊！加冕遊行、酒店老闆、托缽僧、流浪漢和農民舞蹈：在他那一切都是純正的，都是純正的！謀殺、哀訴、驚叫、自大狂和幽靈——被謀殺的孩子向假沙皇揮舞著流血的拳頭——誰能消受得起啊，整個這一大群人嗎！我是不行的，我是個『傳統主義者』，魯賓斯坦兄弟是這樣說我的，只有漢堡的一位老先生還認為我是亞洲風格。巴黎這兒的人更了解情況，居伊在這裡起了啓蒙作用。

Peter Ilych Tchaikovsky

「眞正的俄羅斯人是：鮑羅定、居伊、巴拉基列夫、林姆斯基—高沙可夫和穆索爾斯基，他們這些志同道合者一起傳播了新俄羅斯音樂的「宣言」，並從那時起就像瀝青和硫磺一樣密不可分了。也許他們都純粹是天才，也許穆索爾斯基是最偉大的天才，上帝憐憫他可憐的靈魂，他受過很多苦，這個狂放不羈的傢伙，也許他的確最貼近我們這個民族的靈魂。但我卻不屬於任何地方。人們普遍讓我感覺到我不屬於任何地方。」

他還有相當多的時間去對所有這些東西進行考慮，因爲他取消了今晚的所有約會，一方面報紙的批評讓他悶悶不樂，另一方面永無休止的社交活動也讓他感到疲憊和噁心了。他想一個人待著。晚飯後他離開了飯店，這家飯店就在瑪德萊納附近。他毫無目的地沿著寬闊的街道溜達著，最後伸手叫來一輛馬車，去蒙馬特。從梅德拉諾馬戲團走過，它引誘著他走進去。演出已經開始了。「這兒的味道多好聞啊！」他想，此時一位小姐已經爲他打開了包廂的門。他向來就喜歡馬戲團中那濃烈而危險的、能夠喚起人的好奇和緊張的氣味。

一位豐滿的女士正在一匹白馬背上跳舞，那匹馬則邁著舞蹈般的步伐走過馬戲場。這位女士身穿一條僵硬的粉紅色芭蕾舞裙，一頭金色的捲髮上戴著一頂銀色的大禮帽。她不斷向人拋著飛吻，還用英語高聲叫喊著，那聲音半是歡呼半是驚叫。此外，一個肥胖的小丑也在跑，他寬寬的、塗得白白的臉上還戴著一個可怕的紫色大鼻子；人們不知道，他是在躲避跳舞的白馬，還是在努力驅趕它。不管怎樣，他做出了一副極其滑稽的笨拙相，不斷地摔倒，似乎也不斷地有失去那條肥大的紅褲子的危險。每到這時，人們的笑聲

總是特別響亮。

　　一個馴獅女郎穿著短小的格裙，打扮成一副蘇格蘭士兵的模樣，不斷用一只巨大的左輪手槍向空中射擊，還不停地尖叫，那聲音聽起來比她順從的野獸發出的低低的呼嚕聲嚇人得多；然後是由馬表演的大型節目，其間還有小丑。柴可夫斯基非常開心，他可以大聲地笑那些逗人笑的人。當走鋼絲的人邁出驚險的腳步時，他萬分激動；此外，他還打從心底佩服那些跳舞的熊的笨拙的表演技巧。最令他感到高興的是觀眾，是他們狂熱的呼喊和他們喊出的玩笑。「這裡真迷人。」柴可夫斯基想，「我終於在巴黎感到高興了。」他忘記了那些公爵夫人，忘記了令人不快的批評和那「五人團」。

　　演出休息時，他在酒館的櫃台邊喝了好幾杯香檳酒。一個非常美麗的姑娘引起了他的注意，隨後他注意到和她說話的青年。姑娘的臉型異常可愛，只是臉色蒼白，顯得過度疲勞，一雙深色眼睛閃著熱情的光。她穿著一條緊身的非常簡單的黑色絲裙，年輕的胸在平滑的衣料下明顯地顯現出來，臀部異常地突出，這是當時的流行款式。那個和她一起笑著說話的小伙子背對著柴可夫斯基。他的頭髮很軟，呈暗黃色，後腦勺處剪得短短的。小伙子沒穿大衣，身上的西服是用一種英國的大格布做成的，腰身很緊，穿得相當舊了，看起來很寒酸。

　　姑娘大聲笑著，銀鈴般的笑聲在整個休息廳裡回響著。她笑的時候頭向後仰，蒼白的面孔赤裸裸地、無遮攔地暴露在人面前。她的嘴很大，塗著深色的口紅。她的眼睛長長的，在強烈的煤氣燈光下，一張非常可愛的臉顯出讓人心痛的疲憊，儘管她現在很快活。小伙子用另一種笑聲來回答她，聽起

來沙啞、溫柔，還帶著些嘲弄。這讓柴可夫斯基想起了什麼？他把眼睛閉了幾秒鐘，去傾聽自己內心的聲音，這到底讓他想起了什麼呢？當他再次睜開眼睛時，那個小伙子抓住了美麗姑娘的手臂，他們緊緊地靠在一起，一邊不停地笑著、說著，一邊穿過擁擠的人群向出口走去。

柴可夫斯基心裡想：「我必須跟著他們。我必須跟在他們後面走過整個克里希林蔭道。我必須觀察他們怎麼笑，怎麼遊蕩。兩個人都非常年輕，腳步穩健地從人群中穿過。我必須弄清楚這個男孩的笑聲到底讓我想起了什麼。」

他衝到衣帽間，急匆匆地要來他的皮大衣，給了一筆過高的小費；他把皮大衣隨便地披到肩上，向出口跑去，邊跑邊急切地想：「我還能找到他們嗎？他們還沒走遠嗎？」

夜裡這個時間，克里希林蔭道上的人很多。在被煤氣街燈照得雪亮的人行道上，妓女在肥胖的市民婦女旁邊擠來擠去，靠妓女過活的男人走在軍官旁邊，矮小的女售貨員走在阿拉伯人和黑人旁邊。在咖啡館前，緩緩向前移動的人流就會堵在一起，飄浮在這人流上方的是他們自己的吵嚷聲和他們的氣味，就像一片扯不斷的雲。衣衫襤褸的男孩子們兜售著報紙或者花生；他們半像悲鳴、半含憤怒的叫聲和咖啡館裡傳出來的聲音交織在一起。在克里希林蔭道和皮加勒廣場交匯的轉角上站著一個衣衫襤褸的老人，麻瘋病已經使他面目全非。柴可夫斯基別過臉，往他那隻沒有了肉的手上扔了一個硬幣。面對這個變了形的白髮老人，一陣同情和噁心扼住了他的喉嚨。另外他也害怕所有的乞丐，他堅信他們會給他帶來不幸。

兩個異常吸引人的孩子，那個美麗的姑娘和那個有著危險笑聲的小伙子，已經消失在人群中。柴可夫斯基非常難過。憂鬱使他的腳步慢了下來，一步一步向前拖著。「我很喜歡他們，所以地面就把他們吞噬了。不，他們當然不會被地面吞噬。他們相互依偎著走進了一棟黑暗的房子裡⋯⋯」

　　這個燈火通明的為喧鬧所擾動的夜晚很溫和。人們已經在潮濕的空氣中感覺到春天了。柴可夫斯基漸漸走熱了，披在肩上的皮大衣讓他感到礙事。突然一個黑人小姑娘嚇了他一跳，她跳過來擋住了他的路，用嗚咽的聲音向他兜售火柴。柴可夫斯基彎下腰，想往孩子灰黑色的手裡放個硬幣。這時黑人母親邁著搖搖晃晃的腳步走過來了，在她乞討的小女兒後面，她看上去就像一個巨大的影子。她向這個給她孩子錢的先生咕噥了幾句祝福的話，聽起來就像詛咒一樣痛苦。

　　這個女人快要臨盆了，她的肚子在印有彩色圖案的薄印花平布圍裙下面高高地隆起著。柴可夫斯基向後退，躲避這個懷孕的黑女人，但他無法把目光從她身上移開。「她給我帶來了可怕的不幸，所有懷孕的女人都給我帶來不幸，現在竟然來了這個！噢，這個不幸的人真可憐啊，我真痛苦啊，我竟不得不看著她！」終於他有了力量，轉過身不再去看她。他邁著沉重笨拙的步子跑開了，雙手把皮大衣緊緊合在胸前。從一個咖啡館半敞開的門裡傳出了華爾茲音樂。柴可夫斯基走了進去。

　　他在櫃台邊要了一杯雙份香檳酒，迅速地喝下去，接著又要了一杯。服務的女孩試圖與他聊上幾句，說了些關於春天的話，現在離春天已經不遠了。柴可夫斯基沒有答話，女孩聳了聳肩膀。長長的皮凳子上坐著別的女孩

Peter Ilych Tchaikovsky

子，在她們面前骯髒的大理石桌面上放著一杯咖啡或者一杯淡綠色的液體。「這一定是苦艾酒。」柴可夫斯基想，「我也可以來一杯。但那兩個迷人的孩子，我非常喜歡的兩個孩子，還是被地面吞下去了。」

在他旁邊站著一個身穿天鵝絨夾克的不修邊幅的人，懶懶散散一動不動地靠著櫃台。旁邊還站著一個人，被前面那個人擋著，柴可夫斯基看不見他。這第二個看不見的人正在和櫃台後的女孩說話。突然柴可夫斯基聽到了他沙啞、溫柔、帶著嘲弄的笑聲：這個聲音他熟悉，在很長一段時間以前他聽過它，剛才他再一次聽到了。這是阿普赫亭的笑聲。柴可夫斯基驚呆了。

那麼這個男孩就是在梅德拉諾馬戲團裡和那個美麗的姑娘在一起的人，他的笑聲和阿普赫亭的一樣。柴可夫斯基走了幾步，從那個破落的人背後走過，來到小伙子旁邊。當他開始和小伙子攀談時，不禁被自己的無拘無束嚇了一跳。

「您在這兒。」柴可夫斯基說。

小伙子驚訝地轉過臉來看著他。「是的。」他相當不友好地說，一邊目光銳利地看著這位穿皮大衣的先生。「為什麼不呢？」

「我在梅德拉諾馬戲團看見您了。」柴可夫斯基說。在小伙子嚴厲的目光中，他感到自己的額頭又變成紫紅色的了。「您身邊有個非常漂亮的姑娘。」

「您喜歡她嗎？」小伙子露出一個充滿理解的冷笑，「這還是可以商量的……」

柴可夫斯基不習慣這種口氣。他在這碰到什麼人了？這是個靠妓女過活

的小男人，他在賣自己的姑娘。真該轉過身，讓他一個人在那站著。但柴可夫斯基卻說：「我在你們後面跟著，但你們在林蔭道上消失了。」

「您跟著誰了？」年輕人問道，用他那雙目光銳利的灰綠色小眼睛打量著這個古怪的老人。「我的女朋友？」

也許那個姑娘就坐在這個咖啡館的鍍金鏡框下面，面前放著一杯淡綠色的液體；小伙子躲在一邊，看她和一個追求者走出去，快到早晨時他會再和她見面，然後把她的錢拿走。

「我跟著你們兩個走的。」柴可夫斯基說，「你們兩個，因為我很喜歡你們。」

「也跟著我了？」小伙子問，語氣中沒有一絲賣弄，非常客觀，帶著一種抵斥的幾乎是凶惡的表情。他朝這個穿皮大衣的外國人走近了些。

柴可夫斯基回答說：「首先是您。」此言一出，竟連他自己也感到害怕。

隨後那個小伙子乾巴巴地說：「啊，是這樣。」

柴可夫斯基沉默了。「我似乎可以問他是否願意跟我走。」他想，「或許他會變得粗野，或者他會說：這也可以商量，而且連眉毛都不皺一下。」櫃台後那個豐滿的法國南方女人嘲弄地看著這位鬍鬚灰白的先生和小伙子。

「您是俄國人？」小伙子說。他仍然一臉的不高興，但他用手臂碰了一下這個跟蹤過他的年紀較大的先生的手臂。

「您從哪兒看出來的？」柴可夫斯基問。

「我認識很多外國人。」年輕人說，一邊做了個有些厭惡的表情，彷彿

想到他和那些外國人所經歷的一切讓他不愉快。他伸手去拿放在他面前的那杯淡綠色的液體。他的手乾瘦、結實，有點髒。

「您還想喝點什麼嗎？」柴可夫斯基問，因為小伙子一口就把飲料喝光了。

「是的。」小伙子說，同時帶著一種蔑視的、充滿憎惡的表情對櫃台後面的女孩說。「再來兩杯苦艾酒，雷奧妮，一杯給這位先生，一杯給我。」於是女孩也給柴可夫斯基倒了一杯。

他們一語不發地站在那裡，好幾分鐘沒有說話。柴可夫斯基看著小伙子。他暗黃色的捲髮在後腦勺和太陽穴邊上都剪得非常短——在馬戲團裡柴可夫斯基就注意到這個了。一雙灰綠色的小眼睛，顴骨高高地突出著，額頭明淨而美麗，相較之下，他那個短下頦的柔和的線條就越發讓人失望。這張相當寬的臉顏色蒼白，儘管非常年輕，卻已經疲憊不堪，不再朝氣蓬勃了。小伙子個頭不太高，比柴可夫斯基矮很多，而且很瘦。可以推測，在他緊身的、腰部很細的西裝下面是一個受過雜技訓練的柔韌的身體。他站立的姿勢既隨便又緊張，兩腿交叉著，頭微微低著，就像一個等待起跑的運動員，一雙結實而勞累過度的手抱著杯子。

「您是法國人？」柴可夫斯基問。

「我是巴黎人。」小伙子說，銳利而沒有生氣的目光落到了杯子裡。「我家不是這裡，我們是從相當遠的地方來的，從那邊，巴爾幹。」他揮了一下美麗的髒手，彷彿想暗示他是從哪個黑暗地帶來似的。「現在我一個親戚也沒有了。」他突然用一種顯得很做作的傷心語調補充說。

「您有工作嗎？」柴可夫斯基打聽著，但他馬上就對自己這個笨拙而幼稚的問題感到惱火了。「我的意思是，您有沒有什麼事做？」

「我在馬戲團幹過。」小伙子往杯子裡看著，很可能他在撒謊。「本來我想成為音樂家，我會吹笛子。」他溫柔地微笑著，彷彿激動地想起了他吹笛子的情形。不，這不是謊話。

「您本想成為音樂家。」柴可夫斯基重複道，注視著他。

「但這只是一個愚蠢的想法。」小伙子說。現在他臉上又露出了快快不樂的表情，聲音也凶了起來，還有些沙啞。

「他想成為音樂家，也許他是個非凡的天才，非常可能，他看起來很像是這樣。我可以提攜他一下。他肯定和隨便哪個薩伯尼可夫一樣有權利得到這個幫助，也許更有權利，因為上帝賜給了他更大的魅力。」柴可夫斯基心想。

「您在這裡幹什麼？」小伙子問，「您大概是作家或者類似的什麼？」這是阿普赫亭沙啞、溫柔而帶著嘲弄的笑聲，那個惡天使的大笑聲。他曾經左右了柴可夫斯基。

「我可以把他留在身邊，我得關心他。也許他會成為一個不同凡響的人。」柴可夫斯基心想。

由於外國人沒有答話，反倒好像陷入了沉思，小伙子就不再拐彎抹角了，他坦率地問道：「現在，怎麼樣，您會帶我走嗎？」

柴可夫斯基的臉變得紫紅了。他避重就輕地說：「時間已經晚了。」他掏出美麗的錶，與其說是想確定一下時間，倒不如說他想爭取時間，或許是

想確認一下他最美麗的東西，可愛的護身符是不是還在身上。

　　他讓飾有雕像的錶蓋彈了起來。就在這時，他震驚地看到了小伙子貪婪的目光，那目光正死死地纏繞在這個用黃金和白金製成的珍寶上。

　　柴可夫斯基把錶放回到口袋裡，他的手顫抖了。「如果我把這個小伙子帶走的話，他會把我的錶偷走的。」他恍然大悟，一邊用手擦去了額頭上的汗。「結果就會是這樣的：沒什麼終生的友誼，也沒什麼教育關係，我救不了他，也不會把他培養成偉大的大師。什麼都沒有，什麼都沒有，一切都是欺騙，都是自欺欺人。他會偷了我的錶，這場偉大的冒險的結局就是這樣，這就是對我虛擲的感情的回報。」

　　「或者結果會更糟糕？今天夜裡我遇到了太多的乞丐，而且有一個還是特別可怕的孕婦，這就意味著不幸。肯定事情還會更糟糕。他大概會謀殺我，只要我稍有猶豫，不肯主動地把錶交給他；他會陷死我的，因為他雖然個子矮，卻異常強壯、靈巧，而且非常惡毒；我看出來了，他現在就已經恨我了，正用眼睛在我脖子上找好地方，過一會兒好下手。」

　　見這個有些奇怪的老先生還在猶豫，小伙子又問了一次：「怎麼樣？您帶我走嗎？」心裡可能在想那只錶。他細長、蒼白而惡意的眼睛窺視著老人，眼神裡還流露出一絲快意：這是一種誘惑的、神秘的、危險的快意。

　　「我現在累了。」老先生說著，露出一個相當虛假的微笑，「我現在更想睡覺。」見小伙子恨恨地咧著嘴，受傷地垂下目光，外國人接著說：「但我還想再見到您，我親愛的，請您明天來找我。我叫于爾根遜，我在旺多姆廣場邊的杜蘭飯店——您只須到門房那打聽我就行了。」

「好！」小伙子說，「明天上午。」突然他腳後跟有彈性地一轉，衝著老先生說：「您現在就給我點兒錢吧——作為訂金。」隨後就是那沙啞、溫柔而帶些嘲弄的壓低的笑聲。

那位先生非常平靜地說：「好。」他從錢包裡拿出一張紙幣遞給了小伙子。這是一張面值很大的鈔票，比小伙子所期望的要多得多；小伙子微笑著用他乾瘦的髒手輕輕碰了一下外國人又大又白又沉重的手。外國人則用他那深藍色的、溫和地冥想著的、非常悲哀的目光凝視著他。

他向櫃台後面的女孩要來了帳單，付了帳，接著轉身就走了。在離小伙子有幾步遠的地方，他舉起沉重的手和他道別：「再見，我的孩子！祝您幸福！」

他走上了克里希林蔭道。人群已經散去了，那些還亮著燈光的咖啡館也沒有音樂聲了。

事實上柴可夫斯基並不住在旺多姆廣場邊的杜蘭飯店，而是住在利舍龐澤街的利舍龐澤飯店。

*　　*　　*

本次巡迴演出的最後一站是倫敦，去那裡完全是一個義務。柴可夫斯基在這個英國首都只待了四天。

他迫切地想回家。受夠了這不斷變換的面孔，這不斷走向過去的消逝的面孔，這讓人用悲哀地冥想著的目光目送遠去的面孔！受夠了這些高級資產

階級、上流社會或者大眾的藝術活動！現在該是他所渴求的孤獨了，現在他必須工作幾個月了。

在穿越海峽的風雨航程中，在長達六天的火車旅途中，柴可夫斯基都在做筆記，但不是為他正在寫的歌劇做的，《黑桃皇后》（*Pique Dame*）這個素材現在引不起他的興趣。他覺得要把這一生命時刻表達出來，給所有讓他再次認識、再次忍受煎熬的東西一個結果和結論，歌劇這種藝術形式還嫌不夠純粹。它應該成為一部交響曲，應該成為頑強不屈的交響曲，成為猛烈反抗的交響曲。它應該完全成為讓他感到成竹在胸的音樂，因為他消瘦的朋友葛利格短促而步履沉重的主題給了他安慰，也使他重新振作了精神。

它應該成為一部猛烈反抗的交響曲，在這部交響曲裡，一種近乎憤怒的狂喜戰勝了哀訴；這是一部渴求的交響曲，其男性的堅毅比悲哀更有力量。「因為我們還沒結束，還有許多事要做、要完成；這次的終曲聽起來不該無聊，而應該像個真正的凱旋。」

就在1888這一年的春天和夏天，e小調第五號交響曲，作品第64號完成了——是在狂喜和痛苦中寫成的，在一個孤獨的名叫弗洛羅夫斯克的小莊園裡完成的，這個莊園距離克林六俄里（verst），那裡森林茂密；當時柴可夫斯基已經離開並放棄了邁達諾沃，曾有短暫的一段時間他以為，那裡便是他的故鄉。

《第五號交響曲》完成了，儘管強烈的恐懼曾企圖用它的喃喃低語渙散這位正在變老的人的意志：你唱完了，抽乾了，你再也寫不出什麼東西了。可是看啊，這部交響曲很宏大，也很好。它有著悲哀和輝煌，其間還有一絲

游離的無憂無慮，最後還有極其勇敢地進行了反抗的驕傲而強烈的激情。

　　當這個巨大的總譜完成時，柴可夫斯基就要寫獻詞。他沒有把獻詞寫給他的某個朋友，彷彿這個孤獨的好交遊的人想憤怒地暗示他一個朋友也沒有；他把它獻給了阿衛—阿勒曼特，漢堡音樂協會第一主席。他是一個外國人。他對柴可夫斯基說過這樣的話：「您會成為一個非常偉大的人，而且您還年輕嘛。」

Peter Ilych Tchaikowsky

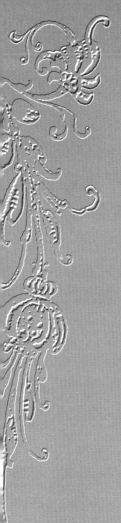

第三樂章

Allegro molto vivace

6 親密的外甥

　　柴可夫斯基的妹妹亞歷珊卓‧達維多夫的身體並不健康。對她的疾病名稱和種類醫生們無法達成一致，不過他們都明顯看出她的時間不多了。她咳嗽不止，身體越來越瘦，越來越衰弱。其中一位醫生認為可以確診為肺病，另一位則說咳只是一個併發症，歸根結底引起所有這些痛苦的是胃；第三位則說病灶在腎裡。

　　但是她似乎根本就不想知道疾病的名字，那麼她做過什麼努力來控制她無名的疾病了嗎？她祈禱。她絲毫不向活著的健康人透露自己要和上帝商定的事情。她就那樣合著皺巴巴的手躺著，一個小時又一個小時，深陷的眼睛凝望著天空，目光中有一絲痛苦而麻木的光。她一動也不動，當家裡人或者僕役中有誰走到她身邊時，她幾乎連看都不看。只有當弗拉基米爾俯身來看她時，她才會微微地動一動手，像是在輕輕地揮手，或者微笑一下。兒子弗拉基米爾是她的寵兒。

　　她幾乎對她年輕的女兒薇拉的病一點也不關心。當醫生或者丈夫向她報告這個蒼白的女孩的狀況時，亞歷珊卓夫人臉上就會露出一種痛苦而漫不經心的表情；是的，她似乎在嫉妒那個比她年輕的病人呢，可能是因為這個年

輕的生命在死亡之路上似乎比她走得更快、更迅速，而她卻要花費這麼多時間和上帝進行無聲的爭論。

年輕的薇拉比媽媽病得晚。但這個伶俐的青年快活地從她身邊跳過去，步伐輕盈地把她甩到後面。在薩莎夫人還在麻煩地痛苦祈禱時，小薇拉就已經到達了黑暗而美麗的目的地。達維多夫先生為小女兒闔上了雙眼，弗拉基米爾抽泣著撲到這個瘦小的屍體上，家庭醫生尷尬而莊嚴地站在一旁。當人們把這個死訊帶到躺在床上的亞歷珊卓夫人那裡時，她先是憤怒地沉默，繼而一邊祈禱，一邊把交叉的雙手伸開。

她的狀況一點也沒有改變，看不出有變好或者變壞的跡象。如果她是在與死亡抗爭，那麼她在抵禦它時所表現出的堅韌就是偉大而值得欽佩的；但如果她是在渴求它——丈夫和孩子們有時這樣懷疑，那麼死亡就是在和她玩一個極為殘忍的遊戲：在過長的時間裡它和她保持著既近又遠的距離。

「我真佩服媽媽，她一點也沒有變得不耐煩。」弗拉基米爾說。有時她會對他微笑。這個18歲的年輕人非常可愛，但他嚴肅而聰明，與他的年齡很不相配。或許是和飽受病痛折磨的母親的親密交往改變了他。在亞歷珊卓夫人還健康的時候，她眼中的這個兒子，她的寵兒，是最淘氣最快樂的人。現在這個快樂的小男孩已經變得個子高高、有些偏瘦。學校裡的人都喜歡他，那些和達維多夫家有來往的女士們無不為他的魅力所傾倒。她們當中某些人還開始和他調情了，對此他的反應是大方而禮貌的；他用一雙藍色的大眼睛拋出誘人的、幾乎是含情脈脈的目光，像侍者一樣俯身溫柔地吻她們的手，與此同時還常常飛快地說些帶著嘲弄的話。

他很會說話，無論是女士們，還是學校裡的老師和同學都在背後誇讚不已。在他並非總是有實質內容卻常常很優雅的閒聊中，他總是微笑著，這微笑既輕鬆又憂鬱：正是這輕鬆與憂鬱的混合構成了他的性格特點，讓他贏得所有同學和教授以及那些女士們的魅力。

年輕的弗拉基米爾熱愛美的東西，有著強烈的求知慾。他讀的書很多，很喜歡和同學或大人們討論書籍。他不僅了解俄國文學，也知道法國和德國的部分古典及現代作品。他還讀過幾本科學書籍，有的是科普版，有的甚至是艱深的原作，當時要進行一次深奧的談話最時髦的就是探討這些書中的理論；他很喜歡在他激動的談話中甩出像達爾文（Darwin）、馬克思（Marx）或者黑格爾（Haeckel）這樣的名字。他不但熱中於社會問題，也對審美問題感興趣；他談論虛無主義者，也談論標題音樂。他對藝術史也有所涉獵。他能彈彈鋼琴，也會畫點畫。

當然他也是華格納的一個崇拜者。這並不妨礙他熱情地讚美俄羅斯音樂的經典代表，尤其是葛令卡，還有「五人團」，尤其是林姆斯基－高沙可夫，而且也絕不能使他不把他著名的舅舅彼得・伊里奇・柴可夫斯基，視為俄國最重要的音樂家，他那個時代最偉大的作曲家。

以前這位著名的柴可夫斯基舅舅來卡門卡時，就很偏愛甚至溺愛這個外甥；這一點家裡人都注意到了。以前，在亞歷珊卓夫人還健康的時候，弗拉基米爾還只是一個快樂的小男孩，當時柴可夫斯基也沒太去照顧孩子們，包括弗拉基米爾。他只是偶爾帶著一種漫不經心的柔情撫摸他濃密的鬈髮，說：「你啊，小弗拉基米爾，你長大後會是什麼樣子呢？」在大多數情況

下，人們都會看見他在他親愛的妹妹薩莎旁邊坐著或者和她一起散步。他有那麼多事要對她講，兩個人永遠有說不完的話：而他們談論的主題便是構成柴可夫斯基豐富、痛苦而混亂的生活的所有憂慮、困境、恐懼、冒險和希望。薩莎因愛而聰明，因血緣關係而充滿理解，傾聽著哥哥的懺悔和抱怨，傾聽著他的計畫、考慮和情感大爆發。

這都是很久以前的事了。現在和妹妹薩莎進行長時間談話的時候已經過去了：這個生病的人再也沒有能力，也不想再去聽別人的懺悔了。因為現在真正讓她關心的只有兩樣東西，而且二者是密切相關的，那就是她的痛苦和她同上帝進行的無休無止的或埋怨或溫柔的對話。她對自己的哥哥就像她現在對除了弗拉基米爾以外的所有人那樣，是一副痛苦且漫不經心的態度，而且什麼都無法改變她的這種態度，無論是愛撫，還是嚴肅的話語都是如此。

達維多夫先生有他的生意，而且也是個對比較高雅溫柔的東西沒有感覺的人。在他的三個兒子中，最粗魯的老大和無足輕重的老么對這位著名的舅舅都沒有什麼吸引力，他最喜歡的是薩莎的二兒子弗拉基米爾，那個高大的、聰明、憂鬱而又愉快的侍者。

在柴可夫斯基上次來卡門卡時，這位著名的舅舅和可愛的外甥進行了多次長談。後來弗拉基米爾便可以驕傲地告訴別人，柴可夫斯基把所有的音樂計畫都告訴他了，甚至還在鋼琴上為他彈奏了各種各樣的新曲子的片段。而柴可夫斯基則讓外甥——他總是叫弗拉基米爾「鮑伯」（Bob）——給他講自己的學習、責任和娛樂活動；他還會給外甥講他的旅行，他在西方大城市裡的生活或者他童年的故事。

他很喜歡對弗拉基米爾講他的回憶：當這個年輕的心帶著這麼多的同情心和滿心熱愛的虔誠來接受它們時，它們似乎就因他而面貌一新，變得年輕而充滿活力了。這個健談的弗拉基米爾也是個很好的聽眾。他美麗而靈活的嘴善於說話，漂亮而敏感的耳朵則善於傾聽。當這個男孩和老人在一起時，他們不僅進行長談，也玩球、猜謎語、開些善意的玩笑，他們笑得很多。

在告別時，這位著名的舅舅頭一次擁抱了可愛的外甥，吻了他的額頭。這是他們偉大的友誼的開始。

對年輕的弗拉基米爾來說，柴可夫斯基既神秘又熟悉。讓他感到神秘的是，一個活生生的而且和自己關係這麼近的人，竟會和那些在書上讀到的讓人肅然起敬的人一樣了不起，他神秘地充滿了創造力，總是和魔鬼有著深刻而神奇的接觸，他那些旋律都是魔鬼從天上的某個地方給他帶來的——這個受到恩賜的人必須把這些旋律傳遞給誠惶誠恐地傾聽著的人類。事實上，如果這個完全無法解釋、讓人迷惑的美麗的過程不夠神秘的話，那還有什麼是神秘的呢？

在鮑伯眼裡，柴可夫斯基一方面是個值得景仰的陌生人，另一方面他又覺得自己能夠理解他著名的舅舅身上所有人性的東西。對弗拉基米爾來說，舅舅的缺乏自信完全是理所當然的事情，這種自信心的不足常常會突然轉變為強烈的驕傲；他的緊張，他的煩躁和他的抑鬱都是可以理解的。另外他也覺得自己能夠理解舅舅總是摻有些許憂鬱的快樂，這快樂有時幾乎會轉變為孩子般的肆無忌憚。

柴可夫斯基對人的巨大熱情，他幫助別人的快樂，他對最渺小、最陌生

的東西的幾近乎追求的努力爭取，似乎與他對人懷有的傷感的恐懼形成了反差。但這一反差並沒有讓弗拉基米爾感到意外，相反地他認爲，正是這些相互矛盾的特徵，使他可以看出自己不僅是個和柴可夫斯基這個偉大的、既深受景仰又讓人感傷的舅舅有著一樣的血肉的人，而且他們的心靈也有點相通。因爲年輕的弗拉基米爾已經體會過緊張不安、沮喪、對人的仇恨和最爲壓抑的自卑感。

另一方面他也很想讓人喜歡自己，想透過可愛的討人喜歡的性格來贏得他們的心。只是在年輕的鮑伯身上，所有這些性格都不像在深受震撼的柴可夫斯基身上表現得那麼明顯，那麼讓人不安：這個高個子侍者的青春和敏捷的美麗都使他有力量化解他本性中所有的對立，使他有力量淡化問題，平衡極爲矛盾的東西，把搖擺不定或者深受折磨的轉變爲優雅的。

弗拉基米爾的生活被許多他感興趣的活動填得滿滿的，那是十九世紀末所有富人子弟都愛做的事。但現在他的主要興趣，他最愛做的事就是密切關注並充滿熱情地在心中記下所有跟他神秘而熟悉的舅舅有關的事。在卡門卡經過多日的長談之後——這意味著一個偉大友誼的開始或者只是前奏，柴可夫斯基開始和他的外甥通信了。這個苛刻的弗拉基米爾卻覺得柴可夫斯基給他寫的信太少，而且太沒有規律。當然這個男孩知道，工作和旅行、社交和通信占去了這個著名的親戚多少時間啊！弗拉基米爾想完全掌握跟這個受到高度重視的、極受愛戴的人的生活有關的一切最新情況。

他開始組建一個情報機構，四處尋找新消息，收集所有有柴可夫斯基名字的剪報。此外，他還督促僕人阿列克賽，向自己報告他所知道的他主人的

一切行動。

弗拉基米爾事實上過著雙重生活：一個是他自己的，這是卡門卡的一個人子，基輔的一個學生平靜而令人愉快的生活；另一個是在他的夢裡與想像中，那位爲眾人追逐、忙得不可開交的作曲家的動蕩不安的輝煌存在。

弗拉基米爾——久病不愈的母親的寵兒，聰明的學生——在想像與夢想中與柴可夫斯基一起完成了第一次巡迴演出：在柴可夫斯基認爲自己極其孤獨的時候，其實還有這個密切關注他的孩子和他在一起，在萊比錫和漢堡、在呂貝克和馬格德堡、在柏林和布拉格、在巴黎和倫敦。

對柴可夫斯基龐大的通信網他也非常了解。這位孜孜不倦的作曲家和園藝師同樣一絲一苟地與人進行著通信往來，這就使那個做學生的人同樣也在完成其他任務之餘又給自己加了一個需要勤奮努力的任務。柴可夫斯基的大多數信件都是寫給梅克夫人的；她得到了那麼多那麼詳細的信，眞讓這個卡門卡的男孩嫉妒，儘管他知道這個神秘的紅顏知己在他心愛的舅舅的生活中起著多麼特別的作用。

弗拉基米爾也知道，和殿下，即康斯坦丁·康斯坦丁諾維奇親王（Grand Duke Constantine Constantinovich）的通信也耗費了柴可夫斯基相當多的時間。沙皇的這位遠親非常熱愛藝術，熱衷於抒情詩歌，常常和作曲家柴可夫斯基深入探討風格問題，交換對韻腳和節奏的意見，而他所寵幸的這位顧問則要在回覆中加入各種精妙的諂媚之辭和充滿敬畏的客套話。

此外他還和弟弟阿納托爾、莫德斯特保持著頻繁的通信聯繫；最後是和同事、指揮家、企業家和劇院經理的業務聯繫，如和皇家劇院經理韋斯沃羅

什斯基（Vsevolojsky），一個非常有影響的朋友和贊助者的聯繫，柴可夫斯基無論如何都要和他保持最好的關係。對此深爲理解的弗拉基米爾完全知道這一切有多辛苦、多艱難，而且無論如何都不能擺脫這些讓人不快的事情：榮譽不僅帶來輝煌，也帶來了討厭的義務。

在弗洛羅夫斯克的生活非常平靜，偶爾也會有一些簡單的消遣活動；在夢裡，弗拉基米爾也享受著舅舅得到的那些平和的娛樂活動。譬如說，在柴可夫斯基的命名紀念日那天，一些朋友爲了向他表示祝賀都來到了這個莊園，而弗拉基米爾也在自己的夢裡和想像中的那些人玩得異常愉快。

10月份柴可夫斯基也是在弗洛羅夫斯克度過的，此時那裡已經相當冷，一點也不讓人留戀了。嚴寒已經到來，只是還沒有下雪，房子裡很難取暖。弗拉基米爾感到，這裡現在已經變得非常不舒服了，所以當柴可夫斯基終於動身離開去莫斯科時，他眞是又高興又滿意。

因爲那裡的樂季此時已經開始。不過它也給人帶來了煩惱。柴可夫斯基和基輔的鮑伯遺憾地獲悉，大型交響音樂會的訂票量大幅度減少了。從現在開始，著名的舅舅就要以更大的熱情爲莫斯科的音樂界努力了，對此弗拉基米爾完全同意：必須有人把這個事業重新扶持起來，絕不能聽任它這樣衰落下去，畢竟它代表著俄國的音樂生活。

11月5日，柴可夫斯基首先在聖彼得堡指揮了他的《第五號交響曲》。弗拉基米爾對觀眾相當滿意，他們熱烈地鼓掌，還獻了許多美麗的鮮花。但是他對新聞界的表現極爲不滿，他們簡直讓他感到憤怒，因爲他們放肆地對本來只能讚賞的東西吹毛求疵，大加指責。叫得最凶的是凱薩・居伊先生，這

個討厭的光棍，他竟敢指責這部作品的配器太笨拙。

柴可夫斯基真的進入了艱難時期，在莫斯科舉辦完各項音樂會之後，他去了布拉格，在那裡的經歷也不能說非常成功。此後他便開始在弗洛羅夫斯克絞盡腦汁地寫芭蕾舞劇《睡美人》（*Sleeping Beauty*），這是皇家劇院經理給他的一個任務，腳本他自己寫出來了。孤獨地生活在莊園裡的柴可夫斯基覺得這個工作相當討厭。

另外，對自己最近完成的作品，那部交響曲的價值的懷疑也在折磨著他。在陰鬱的時刻裡，他認為它是失敗的，是個糟糕的蹩腳作品，完全是二流水平，其中「那些並非從心理流出的不純的東西」讓他很煩。這些不愉快的考慮和恐懼不僅使他自己感到痛苦，而且也給那個一樣過著他的生活的男孩帶來了痛苦。

這幾個星期無論是對柴可夫斯基還是鮑伯都是痛苦的。聖誕夜阿列克賽就把給主人的一份美麗的禮物放到聖誕樹下面了。這份禮物是出版商朋友于爾根遜送的，那是萊比錫的布萊特科普夫和黑特爾出版社出版的《莫札特全集》。柴可夫斯基和弗拉基米爾都快樂起來了。

在其他情況下，在栩栩如生的夢和準確的想像中參與舅舅的生活就是既辛苦又令人激動的了。在弗洛羅夫斯克靜靜地工作一段時間以後，巡迴演出再度開始，弗拉基米爾又要對大量的剪報進行分類和研究了。他活躍的思想不禁走出卡門卡的書房，進行一次又一次的長途旅行；他輕盈的靈魂不禁飛向了德國的一座座城市，科隆、法蘭克福、德勒斯登、柏林、漢堡；此外還要去日內瓦，因為在1889年的2、3月份裡，柴可夫斯基的活動地點就集中在

Peter Ilych Tchaikovsky

這些地方。

對卡門卡的這顆忠實且善於想像的心來說，要想像並勾畫出舅舅在這段時間裡做的許多事情完全是個艱巨的任務：在阿爾斯特河邁散步，在德勒斯登的茨烏英格宮看演出，在法蘭克福進行樂團排練；在科隆召開記者招待會，在柏林赴晚宴，和布拉姆斯聊天。弗拉基米爾知道，這位德國大師在漢堡飯店裡就住在柴可夫斯基的隔壁，爲了聽柴可夫斯基的《第五號交響曲》的彩排，特別在易北河邊多留了一天；這是一個如此舉足輕重的對手做出的非常可愛的姿態。但柴可夫斯基讓人轉達的邀請——請布拉姆斯在俄國樂團裡擔任指揮——他卻拒絕了，而且他還表現出一種冷漠的驚愕，好像誰竟想讓他去打北極熊似的。

阿衛－阿勒曼特老先生沒能出席這部獻給他的交響曲的首演，因爲他的身體太虛弱了。不過他送來了他的祝賀和祝福，年輕的弗拉基米爾也在基輔附近的卡門卡收到了這位柔弱高貴的白髮老人從漢堡的別墅區裡發出的祝福，他也感激地用一顆感動的心收下了給舅舅的祝福。

柴可夫斯基在這次旅行中給鮑伯寫的最長一封信的信封上蓋著漢諾威的郵戳。柴可夫斯基仍然保持著他的愛好，偶爾逃到陌生的小城裡，沉浸於思鄉。這時他就會邁著沉重的腳步在一個陌生而沉悶的旅館房間裡走來走去，啃著他的羽毛筆，用法語自言自語。流著淚，哭著坐到書桌旁邊，給可愛的外甥寫信，說他想他，想俄國，說他像愛自己的兒子一樣愛他。在這個寫信者面前放著一瓶香檳酒，煙灰缸裡堆滿了抽過的煙蒂。鮑伯在卡門卡的書房裡一遍又一遍地讀著這封信。

這個愛他就像愛自己的兒子一樣的舅舅接著到巴黎去了。在那裡，他和馬斯奈就前往莫斯科進行巡迴演出一事進行協商。馬斯奈的表現要比他的德國同事布拉姆斯隨和得多，有教養得多。有人請他到遙遠的俄國去演出，這對他來說似乎是件非常得意的事。接著柴可夫斯基又去了倫敦，從倫敦又經馬賽、君士坦丁堡和第比利斯回到莫斯科。

　　在船上，他和兩名俄國年輕人締結了友誼：一個是莫斯科大學的學生，一個是14歲的男孩沃羅迪（Volody），他是一位著名的外科醫生的兒子。他們一起在甲板上度過了一個個夜晚，興奮地看星星和湧動的海水。在最後一個夜晚，柴可夫斯基請兩個年輕人到君士坦丁堡的一個小飯店裡吃飯。在這裡他們就告別了。這個14歲的孩子和那個青年要去奧德薩，柴可夫斯基的路線則要經過巴圖。當他回到船上的房間時，不禁哭了起來，現在他又是孤獨一人了。

　　柴可夫斯基非常疼愛男孩沃羅迪，他漂亮、聰明，有著那些注定不能長久在我們這個地球上逗留的人的動人嫵媚。這段友誼多麼短暫啊！這個在船上客房裡哭泣的人感到他再也見不到這個孩子了。後來，每當他想起這次漫長的旅行，他最喜歡回憶的就是和沃羅迪的相遇。

　　這是一次長久而累人的旅行，無論是對柴可夫斯基，還是對用心跟隨著他的弗拉基米爾來說都很累。

　　此後在弗洛羅夫斯克度過的幾個月非常平靜，但這並沒有成為一段休養期。這段時間有很多工作要做，必須把《睡美人》的譜曲和配器完成，秋天就要在聖彼得堡進行首演了。

Peter Ilych Tchaikovsky

在這個平靜而繁忙的夏天裡，弗拉基米爾常常能接到舅舅從弗洛羅夫斯克寄來的信，然而，當秋天莫斯科和聖彼得堡的音樂活動再次開始時，鮑伯就只能依賴於他的情報機構和他的剪報了。他們的通信中斷了。因為柴可夫斯基太忙了。

阿列克賽在莫斯科為他布置了一套小居室，但在這個新家裡，他一點也不覺得快樂。他害怕那許多的拜訪者，害怕伴有烈酒、喧鬧和煙霧的漫長的晚宴，害怕街上的乞丐，害怕音樂協會沒完沒了的會議和阿列克賽的妻子的乾咳，無論他躲在屋裡的哪個角落都能聽到。這個僕人的妻子染上了肺結核，現在她要在柴可夫斯基的家裡接受照顧，直到死去。這就是柴可夫斯基和僕人阿列克賽的友誼的尾聲了；這就是終曲：乾咳，無聊和痛苦。

站在觀察哨上的弗拉基米爾不能抱怨自己再也收不到信了。他比任何人都更了解向柴可夫斯基襲來的一切，也知道這對他的衝擊有多大，讓他有多忙碌。此外還有音樂協會的緊張工作，這一時期柴可夫斯基感到自己對這個協會負有責任，這種感覺既誇張，又令人心煩。

為了提高訂票數量，必須安排有吸引力的特約演出。繼布拉姆斯之後，馬斯奈也同樣取消了承諾，但法國出色的管弦樂團指揮科隆納來了。德弗札克和克林德沃斯（Klindworth）也來了。此外人們還聘請了年輕的作曲家阿倫斯基（Arensky）、林姆斯基－高沙可夫、納普拉夫尼克（Napravnik）、阿爾塔尼（Altani）、司羅迪和柴可夫斯基。

為了慶祝安東·魯賓斯坦的周年紀念日，人們舉辦了各式各樣的活動，這無論是對舅舅，還是對在遙遠的書房裡密切關注著的年輕觀察者來說，都

是讓人無比興奮的事。名譽委員會主席格奧爾格‧馮‧梅克倫堡－施特雷利茨公爵（Duke George von Mecklenburg-Strelitz）仁慈地把組織慶祝活動和為一支教堂唱詩班作曲的任務交給了柴可夫斯基，魯賓斯坦大師最著名的學生。這雖讓人得意，卻是無比艱巨。

極為挑剔的魯賓斯坦想在這個慶祝活動中盡可能多地上演他的交響樂作品，節目內容將相當龐大；1889年11月18日將在貴族宮的宴會廳舉辦的慶祝活動需要八百個服務人員，而表演神劇《巴別塔》（*The Tower of Babel*）的合唱隊則有七百人。柴可夫斯基覺得自己幾乎無法勝任這個巨大的冒險：他絕不是一個能讓毫無紀律的一大群人服從指揮的合適人選。在痛苦萬分的排練中，他的臉好幾次都漲成了紫色，他微弱的聲音也變得聲嘶力竭了。合唱隊似乎要變成一盤散沙，不幸的指揮覺得自己真該去死。事後他在休息室裡抱怨說，他還從來沒遇到過這樣的可怕事呢。弗拉基米爾在卡門卡也和這個殫精竭慮、無比厭倦、筋疲力盡的人一起痛苦著，彷彿他自己也得一塊石頭一塊石頭地搭建這座荒唐的塔。

遺憾的是魯賓斯坦有些高傲自大，他對這個著名的學生並沒有太多的感激，儘管柴可夫斯基是為了他才忍受這驚人的勞動的。這個長著崇高的貝多芬頭的偉大人物表現得煩躁而陰鬱。他總是像對待下屬一樣對待柴可夫斯基，他對這個同事的態度總是嚴厲的，在他矜持的面孔上總是寫滿了尊嚴。

他似乎總是對所有同時代膽敢在他之側作曲的人感到不滿。他常說，在蕭邦和舒曼之後，就再也沒有什麼重要的東西了，除了安東‧魯賓斯坦的作品。然而正是在這一點上，人們的意見有著巨大的分歧。並不是每個人都像

Peter Ilych Tchaikovsky

柴可夫斯基那樣表現出一副充滿敬意的好脾氣，把魯賓斯坦的《海洋交響曲》（*Ocean Symphony*）、《巴別塔》和鋼琴協奏曲稱為經典之作。

　　柴可夫斯基一向那麼敏感，那麼容易受傷害，幾乎是以一種謙卑的耐心忍受著他聲名卓著的老師對他高傲而粗暴的態度。魯賓斯坦對他來說始終是無庸置疑的偉大人物，不管他固執地做了什麼狂妄的不公正的事。在一次慶祝宴會上，某人竟毫無分寸地向魯賓斯坦提議說，他該和柴可夫斯基喝杯酒，從此將兩人的稱呼從「您」改為「你」。這不禁使柴可夫斯基驚駭不已，但他沒有表現出絲毫的惱怒，也沒有作出虛偽的謙虛姿態，而是嚴詞拒絕了這樣的提議：人不能和老師、和偶像、和一個偉大的人以「你」相稱，這種行為是放肆的，也是完全不合禮儀的。

＊　　＊　　＊

　　弗拉基米爾最盼望的就是芭蕾舞劇《睡美人》的演出，儘管他根本就不可能到場。1890年1月2日，隆重的彩排——真正的首演——在聖彼得堡舉行，最高統治者和整個皇室都觀看了演出。

　　這時光輝就湧進了卡門卡的書房裡。弗拉基米爾在他的指揮台上，看到第一排包廂裡漸漸坐滿了軍官、外交官和盛裝的女士們。這個高大的年輕人的心更劇烈地跳動起來。此時皇帝家族入場了，所有正廳的前排座位都是留給他們和他們精挑細選的隨從的；高官顯貴都脫帽站立，精心打扮的女士則屈膝行禮。沙皇清咳著在他修飾美麗的靠背椅中落座，這個座位正好在第一

排正中。在那個偏遠的小城裡，倔強而聰明的中學生也把他所讀過的反對沙皇的東西或者他對沙皇懷有的反對都忘了：此刻這個至高無上的主人出現了，舒服地靠在天鵝絨座位裡，觀看他親愛的舅舅的芭蕾舞劇。在陛下坐在這裡為《睡美人》鼓掌時，所有的神祇都會保護他不受虛無主義者、無政府主義者和其他惡毒的敵人的侵害。

啊，音樂開始了，隨著一聲輕響，紅色的刺繡幕布徐徐升起，台上的布景出現在輝煌的燈光中。此後出現的一切，在這個孤獨地坐在書房中的青年心中，要比沙皇在精美的靠背椅裡所看到的美妙很多。青年看過劇本的腳本和總譜，不過他的想像並沒有停留在他記在腦子裡的那些東西上；它肆意地做著補充，使之變得更美、更動人。出現在他眼前的仙女劇和一個夢中的孩子看到的童話奇蹟沒有什麼分別，這是誰晚上講給他聽的？現在這個童話奇蹟也讓那些神奇的人物來到了這個黑暗的小屋裡。

弗拉基米爾在卡門卡看到的奧羅拉公主，要比在聖彼得堡皇家劇院裡扮演她的主要女演員可愛得多。對他來說，在奧羅拉洗禮時出現的仙女都是真正無可挑剔的仙人，都那麼神奇地優雅且溫和，並有強大的智慧。卡門卡的弗拉基米爾害怕惡毒的仙女卡拉波司，她滑稽可笑地跳上舞台，目的就是對奧羅拉公主進行詛咒。他真摯地感激那個善良而有力的丁香仙女，因為她削弱了卡拉波司可怕的咒語，使德斯雷王子能夠在第二幕結束時用騎士的吻喚醒並解放沉睡的睡美人。第三幕就該是婚禮了。在一片歡呼聲中，大幕在一群閃閃發光的仙女、國王一家人、宮中的僕役和騎士軍隊頭上落下了。

第一排包廂裡的貴族都等待著，皇帝陛下喜歡這部劇嗎？陛下鼓掌了，

不過只拍了幾下，而且還帶著些無聊的表情。於是包廂裡的掌聲也就很冷落了。「比不上法國芭蕾。」人們竊竊私語著。「陛下喜歡看法國芭蕾。陛下對《睡美人》的態度很審慎。」

這時，根據吩咐，經理韋斯沃羅什斯基、芭蕾舞劇團主任貝提帕（Petipa）和作曲家柴可夫斯基來到了皇帝面前。柴可夫斯基臉紅得發紫，在第一排正中的天鵝絨靠背椅前深鞠一躬。他一時激動，竟沒有看清沙皇的臉，在他混濁的眼裡，它完全是模糊的。這時他彷彿隔著一道濃霧聽見一個帶鼻音的聲音說：「謝謝，我親愛的，非常動人。」

這位統治所有俄國人的沙皇，皇帝陛下亞歷山大三世，1881年3月13日繼承亞歷山大二世的人說的是：「非常動人。」這並不是太大的讚譽，只是一個勉強過得去的表揚。而為此柴可夫斯基受了那麼多苦，一夜又一夜，一個又一個上午；為此經理韋斯沃羅什斯基為費用高昂的演出投入了巨額資金；為此芭蕾舞劇團主任貝提帕在無休止的排練中灑下無數汗水，一遍又一遍不厭其煩地為女士們演示，該怎樣動作看起來才最像真正的仙女。結果是「非常動人」。

柴可夫斯基直起深深躬下的身體，微微有些氣喘：他可以走了，短暫的謁見已經結束了。這個被打發走的作曲家邁著沉著的腳步走開了，一個拘謹的社交界名人，身上的燕尾服有些緊。

「我想旅行。」他想，「我今天就走。隨便到別的什麼地方。」

* * *

佛羅倫斯的春天非常美麗。在這個3月的夜裡，空氣中洋溢著芳香。

柴可夫斯基從他的工作室裡走出來，來到公寓的小陽台上。他剛看完歌劇回來。在燕尾服外套了一件駝絨睡袍。「這裡的星星比俄國故鄉的要耀眼得多。」柴可夫斯基想，同時深吸了一口氣。「這兒的氣味也更濃、更甜。弗洛羅夫斯克可能還有雪呢。不過有些地方的雪已經化了，接著那兒就會長出樸素的、非常動人的淺淡的小花。我要彎腰去看它，但在我旁邊站著一個年輕人，他正在做雪球。為什麼我不總待在俄國？我想用我的手指觸摸一棵樺樹，是的，我真渴望能摸一摸它，那會使我的手指涼下來，任何東西都沒有早春的俄羅斯樺樹摸起來更舒服。我真蠢，竟作這麼無意義的旅行。其實只有在家裡我才能呼吸。我再也不想看到柏樹，也不想看大理石雕像了。這些甜得過分的香氣一點也沒讓我覺得舒服，反倒讓我噁心。我甚至都不知道這是什麼花的香味，而在弗洛羅夫斯克我認識所有的植物。

「我怎麼想的，今天晚上竟然去聽歌劇！這不僅是個錯誤，而且可能是個罪過。今晚我得到一個消息，我的好阿列克賽的妻子死了，這是乾咳的結果。我流了一會眼淚，可是《拉莫摩的露琪亞》（*Lucia di Lammermoor*）的包廂票我不想退。作為懲罰我不得不看一場糟糕的演出。

唐尼采第（Donizetti）的音樂裡充滿了迷人的樂思，但劇本多荒唐啊！與之相比，我的好莫德斯特現在正給我寫的東西就不知有多好了。那位極富戲劇性的女士的聲音可惜那麼聲嘶力竭。她會唱，這一點我們必須承認，由於露琪亞瘋了，她就得哼唱一段最難唱的花腔，而她非常出色地完成了這一段歌唱。觀眾完全有理由興奮地叫「再來一遍」。於是可憐的露琪亞不得不

把她藝術性很高的瘋狂的發洩再重複一遍。這次她沒有戴假髮，一頭自然的黑髮使她顯得比戴那個可笑的金色鬈髮套時更端莊些。」

在這個溫暖的義大利之夜，柴可夫斯基孤獨地站在陽台上。當他再次回想晚上看的歌劇時，他不由得低低地笑出聲來，那個穿蘇格蘭小格裙的合唱隊多滑稽啊：一個英國花園裡竟有棕櫚樹，多荒唐啊！這低低的笑聲竟把他自己嚇了一跳，畢竟一個孤獨的人不由得自己笑起來，這總有些可怕。「無論如何我在剛剛知道阿列克賽的妻子死去的消息後就出門是非常錯誤的。」他懊悔地得出結論：「另外我還覺得我的歌劇《黑桃皇后》比《拉莫摩的露琪亞》好。」

在佛羅倫斯，他的這部歌劇進展得很快。柴可夫斯基一月中旬開始寫它，到三月中旬差不多已經寫完了。莫德斯特都快跟不上了，他寫劇本的速度比柴可夫斯基作曲的速度慢。他這種飛快的工作速度使聖彼得堡的朋友們不安起來：樂團指揮納普拉夫尼克和胖胖的拉羅什都警告他不要太蒼促，但柴可夫斯基還是像有誰在後面趕著他似的寫著。「儘管如此，這部歌劇仍然會很棒的！」他忘乎所以地寫信給一個朋友說。

創作《黑桃皇后》的任務是他還在俄國時從劇院經理韋斯沃羅什斯基那裡得到的，後者非要在下個演出季節推出一部柴可夫斯基的歌劇不可，因為儘管沙皇的評語非常冷淡，報紙上的評論極盡貶低之能事，柴可夫斯基的芭蕾舞劇仍然帶來了巨大的票房收入：所有的演出票券都銷售一空，觀眾喜歡《睡美人》。

這一切都已經很遙遠了，都已經滑落到一個毫無危險的可愛的地方去

了。在這兩個月狂熱的緊張工作中，柴可夫斯基完全沉浸在普希金的中篇小說中，極富戲劇性的激情氛圍之中。莫德斯特就是根據這篇小說在為他寫劇本，一個有些冗長的腳本（有時他得做些刪節），不過它並沒有因此完全失去普希金原作的巨大生命力。這裡有奔騰的激情，有最強烈的愛和節日的輝煌，但隨即到來的卻是震驚、奔流的鮮血、絕望、瘋狂和毀滅。

貧窮而魯莽的青年赫爾曼對紙牌遊戲的熱情比對少女麗莎的愛還強烈。當柴可夫斯基認真考慮，長久以來《黑桃皇后》這個素材中到底是什麼這樣吸引他時，他不得不對自己說，或許就是這個年輕的主角悲劇性的宿命般的激情——對牌桌盲目的激情。因為柴可夫斯基對感情的揮霍深有體會，知道人到底為哪一種假象無意義地浪費、毫無益處地犧牲自己的激情，這幾乎是無所謂的。赫爾曼的悲劇感動了他，因為他完完全全是可以理解的。

橫在這個青年和他的女孩麗莎之間的是麗莎的祖母，老伯爵夫人，一個可怕的白髮老人。她就是那個——失去了理智的赫爾曼這樣認為——知道能讓人大贏一場的三張紙牌的秘密的人。為了知道這個秘密（必要情況下要動用威脅手段），這個瘋狂的人在夜裡闖進了老人的臥室。受到巨大驚嚇的她還沒來得及張嘴說出那個幸運公式就死了。希望破滅了，餘下的是絕望；接著便是良心的折磨，最終是瘋狂或死亡。這齣悲劇是在遊戲廳中結束的。在此期間，老伯爵夫人的幽靈已經見過精神錯亂的赫爾曼，並把關於那三張不可置疑的紙牌的秘密說了出來。用那三張牌中的兩張，赫爾曼就可以為自己贏得一份財產，不過他還想用第三張把他的財產無限擴大，但出於可怕的疏忽，他沒有把該亮的那張牌亮出，而是把黑桃皇后扔到了桌子上，於是他輸

掉了一切。當他把匕首刺進自己的心臟時，那個可怕的伯爵夫人兼祖母的幽靈得意地出現在舞台上。

這次，聚積在胸中的情感，這渴望在樂音中獲得解脫的情感，轉變成了多麼驚人的成果啊！這次柴可夫斯基極為滿意，對他所創作的東西都感到震驚。他激動地想：「那個威嚴的遙遠的他這次破例對我格外仁慈。他給了我最奇特的樂思，我多麼感激他啊！譬如老伯爵夫人這個動機──這個動機，它包含著那三張紙牌的秘密，只有三個音，由低音提琴撥出的三個低沉的音，就像幽靈在敲一扇緊閉的門。這是一個多麼令人窒息的動機啊，只要一想到它，我就感到害怕！赫爾曼，我可憐的著了魔的人，他的毀滅讓我感動得流下眼淚。在此之前還有多少可愛的、出色的東西啊！麗莎和她的女友們的遊戲，一場化裝舞會，其終曲是女皇卡特琳娜的入場，給人留下的印象非常深刻；赫爾曼的發瘋和幽靈出現時給人帶來震驚。不，這次我絕不會事後再說，什麼都是不成功的；相反地，我堅持這次異乎尋常的好。」

他絲毫沒有認識到，在完成一部作品之後他常常有這種強烈的滿足感，但不用多久，這種感覺通常就變成了最痛苦、最誇張的懷疑。相反地他倒得意地想：「在這個醜陋的貴得要死的旅館公寓，它讓我完全一貧如洗了。天哪，每天要27里拉。度過的這幾個星期寂寞的日子，這充滿了絕望的幾個星期，肯定沒有白過。其實它本來還會更糟糕呢，好在我有拿薩（Nasar）在身邊。」

拿薩是莫德斯特年輕的僕人，陪柴可夫斯基來到佛羅倫斯，因為阿列克賽不得不留在莫斯科照顧他乾咳的妻子。對這一改變柴可夫斯基不會感到不

滿，雖然拿薩有點懶散，卻是個乖巧、耐心而且從任何方面來看都很討人喜歡的小伙子。莫德斯特很善於和年輕人打交道，這一點人們不得不承認。

「這個可憐的人肯定一直很想家。」柴可夫斯基在夜色中的義大利的陽台上想著。「他一定被我各式各樣的情緒折磨得很痛苦，但他一點也沒表現出來。他每天都那樣，有些憂鬱的快樂，總是殷勤周到，總是微笑。我對他的存在深表感激。沒有他我大概根本無法完成我的工作。他是我身邊的一小塊俄國，是故鄉美好而熟悉的一部分。現在我還想帶他去羅馬，但願羅馬能給他帶來一點快樂。我們很可能在那裡住上幾個星期，也許只住幾天。在羅馬我可能會感到非常不舒服，那裡有那麼多苦澀的回憶等著我。我上次去羅馬已經是很久以前的事了，當時是莫德斯特陪我去的，如今已經過了這麼久了。我們還是當時的我們嗎？啊，我覺得我們徹底改變了，逝去的時間有著無聲而巨大的力量，它使我們都不再是自己，而是成為另外的人。是的，在羅馬我會日日夜夜地回想以前我在那裡的情形。難道我就擺脫不了過去的事情嗎？為什麼它們這樣抓住我不放？我永遠也不會解放自己嗎？我就沒有今天了嗎？我的今天到底是什麼？」

「我的今天到底是什麼？」柴可夫斯基在他貴得要死的義大利旅館公寓的陽台上苦思冥想著。他年輕的僕人已經睡了，和他隔著兩個房間，發出輕輕的鼾聲。「我有足夠的力量抓住今天，享受今天，愛今天嗎？」孤獨且正在變老的人想著，「難道我的感情在現在面前不起作用嗎？我的現在叫什麼？」

他所有的力量都剛剛從一項艱巨的工作、一種過度的緊張中走出——渴

望解脫的情感已經變成了巨大的成果；現在他感到既疲憊又激動；他整個人都被淘空了，但隨時準備進行新的冒險。他把疲憊不堪的臉伸向這個春天的夜，這個陌生國度三月的夜，星光燦爛，花香芬芳。他疲倦而躍躍欲試的心卻問道：「我的現在叫什麼？」

這時，弗拉基米爾這個名字從陌生的夜空中向他走來。它使芬芳的黑夜充滿了光輝和嘹亮而優美的聲音，這聲音就像鐘聲一樣在沉睡的佛羅倫斯上空飄蕩。

再做一次決定吧，你這顆疲憊不堪而躍躍欲試的心！再做一次決定吧，這次要徹底！你練習和準備的時間已經夠長了！這次你可要全力以赴！不要反抗！

你問了，這就是答案。它如此強烈地到來，都快讓你頭暈目眩了。它來了，那是你胸中的一陣迷幻，一個閃亮，一陣突然而至的痛。

真痛啊，你不由得把沉重的手按在心口上，臉上流露出偉大、狂熱、痛苦的表情。與此同時，你低下了額頭，面孔扭曲著，彷彿一道太過刺眼的光使你什麼都看不見。這道光出現在黑暗的夜空之中，用它無情的明亮改變了一切。

7 弗洛羅夫斯克的幸福時光

　　弗拉基米爾‧達維多夫到弗洛羅夫斯克四個星期了。他5月初剛到的時候，小樹林邊上還有些雪呢，但現在是6月的頭幾天，清涼的春天就已經接近初夏了。有時在弗拉基米爾和柴可夫斯基下午出去做長長的漫步時，他們就會感到相當熱，有一次弗拉基米爾還把夾克脫掉了。

　　這幾個星期真幸福，無論是對柴可夫斯基，還是對他可愛的外甥來說都是如此。那是多少天親切熱烈的暢談，多少天的工作、遊戲、玩笑和散步啊！上午，柴可夫斯基作曲，他正將《黑桃皇后》改編成鋼琴曲，為一部六重奏打初稿；弗拉基米爾則坐在花園裡那條做得很粗糙的長椅上，這條長椅他已經在夢中和想像裡見過很多次了。現在在他旁邊，未經過任何加工的粗糙木頭上擺著厚厚的書和筆記本。弗拉基米爾剛剛完成他的首批考試：他不再是中學生，馬上就是大學生了，秋天一到他就是個真正的大學生了。這個出身良好的激動的年輕人對什麼都感興趣，不過他想學法律，並不是因為這東西對他有特別的吸引力，而是因為他必須選擇一個專業。

　　柴可夫斯基肯定了外甥理智的決定，他覺得自己出於教育的原因應該這麼做。然而他內心裡卻希望弗拉基米爾在上大學期間能夠改變自己的決定，

成爲一名作家或者音樂家，而不是把自己培養成爲一名律師。

經過這幾個星期激動的暢談，柴可夫斯基對鮑伯的看法再次有了巨大的改善。其實他對鮑伯的看法一向就很好，只是現在染上了狂熱的色彩。在早晨、下午和晚上的長談中，深受感動的柴可夫斯基有了這種感覺，弗拉基米爾表現出了他的聰穎、溫柔、詼諧與深刻。對此這位著名的舅舅感到非常幸福。現在他對弗拉基米爾的期待和期望很多：這個健談的、帶著一種笨拙的優雅風度的侍者終有一天會成爲一個極其特別的人物。

他感動的心這樣告訴他：這次我的感情沒有白費，沒有虛擲。一個配得到它的人接納了它，一個親戚理解它。在那許多的陌生人身上——興奮的柴可夫斯基這樣想——我只是爲這一個人，這個近親做著演習。迄今爲止所有的一切都只是心靈的準備和漫長的演習：阿普赫亭以及他後面的人——他們每一個對我來說都是那麼陌生，真是不知有多陌生啊！英俊的司羅迪對我全然就是陌生的，陌生得我今天站在他身邊就像站在一個受尊敬的音樂家同行身邊一樣。所有這些心靈的冒險都是多麼短暫啊！

現在，當我認真考慮這些事時，我發現這都是我的過錯。因爲我的感情從來不夠強大，它總是失敗。它總是很快就在陌生人身上點燃，卻從不保持忠實。弗拉基米爾的目光和聲音常常就和我親愛的母親的一樣，他讓我想起了薩莎和年輕可愛的弟弟莫德斯特。我們有著這麼近的血緣關係。

整整四個星期過去了。今天是最後一天，明天弗拉基米爾就要回卡門卡，因爲生病的母親要他回去，她只想讓她的寵兒來照顧她。早晨七點半，柴可夫斯基醒了，他驚詫地想：「這是最後一天了。我可不願去想這個。我

要像對待所有別的日子那樣對待這一天，就像以後還有許多這樣的日子一樣。再過25分鐘鮑伯就要進來叫醒我了。我要裝著還在睡覺的樣子，那樣這個儀式給他帶來的快樂就更大了。我不要想這是最後一次。」

他只能想這個。「不再有鮑伯與我分享的日子將會怎樣呢？一定是毫無樂趣的。我的心已經這麼習慣你了。你坐在房前的木椅上，旁邊是你厚厚的書和筆記本，我聰明的人！我透過窗戶就可以看見你。當書讓你感到無聊的時候，你就把它闔上。你邁著一雙長腿從窗邊跑過，進去廚房。你想知道中午吃什麼。我聽到你和阿列克賽哈哈大笑。如果你不再在我身邊，情形會如何？沒有你的日子真是無趣。」

八點鐘，弗拉基米爾小心地打開了柴可夫斯基臥室的門。他踮著腳尖來到床邊。柴可夫斯基眼睛閉著躺在那裡。小伙子向他俯下身來，用嘴唇碰著他隆起的佈滿皺紋的額頭，在這額頭上方，稀疏的灰白頭髮像羽毛一樣鬆軟而混亂。「八點了。」弗拉基米爾說。這時柴可夫斯基睜開了一雙深藍色的溫和地冥想著的大眼睛。「真的已經八點了嗎？」他問道，微微嘆息，做出驚訝的樣子，就像誰把他從美妙的晨睡中喚醒了那樣。

「你睡得好嗎，彼埃爾？」弗拉基米爾問。

柴可夫斯基躺在枕頭上微笑著說：「好極了。」他用指尖觸摸著年輕人修長的涼手：它和母親的手多像啊──人應該追隨他的母親。

「今天早上你的心臟怎麼樣啊？」弗拉基米爾問著，一臉的調皮相。

「你肯定是想嘲笑我。」柴可夫斯基極力讓自己露出嚴厲的眼神。「我的心臟沒毛病。」

Peter Ilych Tchaikovsky

「昨天晚上你可又說你的心臟幾乎完全停止跳動了。」弗拉基米爾認眞地說。他的手指撫弄著柴可夫斯基的手指。

「是的。」柴可夫斯基說，「昨天我的心疼得厲害。有時它會突然停止跳動，而且一停就是幾分鐘。今天早晨它跳得挺快的。」

「你大概又要先看《聖經》，然後去花壇了？」弗拉基米爾問，從床邊向後退了一步。

「當然了。」柴可夫斯基回答，「我肯定要做這些事。」

「一個可笑的壞習慣。」弗拉基米爾微笑著。此刻他已經到了屋子中間。他已經穿好了去花園幹活兒的衣服。在衣褲外面他扎了一條粗糙的藍色亞麻布圍裙。

「這甚至是個不錯的壞習慣。」柴可夫斯基坐起身來，認眞地說：「你什麼都不信，這簡直太蠢了。」

早飯前他們總是在花園裡幹活半小時。不是播種或除草，就是拔草或翻土。他們一邊用鍬、耙和噴壺忙碌著，一邊唱著歌。

早飯後，鮑伯坐到花園長椅上看他厚厚的書，柴可夫斯基在音樂室裡工作。這幾乎是他的一種迷信：在弗洛羅夫斯克，任何一個上午都不可用在工作上，儘管這是鮑伯在這裡的最後一個上午。其實這件事他也不願去想。柴可夫斯基試圖在《黑桃皇后》的總譜中忘記它，但他做到了嗎？他無法在鋼琴旁坐下去。他站起來，走到窗邊站住。他看見弗拉基米爾正坐在外面粗糙的木椅上，被隨風晃動的矮樹叢擋在淡淡的陰影裡。男孩左膝高高抬起，涼鞋後跟蹬在木椅邊上，手臂摟著小腿。他右手端著書。一個光斑在他全神

貫注地低著的額頭上跳動著，眼皮和低下去的橢圓臉卻掩埋在暗影裡。

柴可夫斯基站在窗邊觀察著弗拉基米爾。鮑伯，這個他信任的親人。「沒有你，我的日子將會怎樣？沒有你的日子真是懶散無趣啊……」

一點整他們開始吃午餐，柴可夫斯基讓廚娘做了鮑伯最愛吃的飯菜。阿列克賽面色莊嚴地把它們端上來：用一種配有蘑菇的白汁做的魚和按奧地利食譜製作的麵點。男孩和老人的胃口都很好。這間寬敞通風的餐室同時也是起居室，窗戶敞開著，一陣陣花香從花園裡飄進來。弗拉基米爾把夾克脫下來，敞開的襯衫把他的脖子露了出來。

「請你原諒我這麼隨便地跑來跑去，」他很有教養地對舅舅說，「但我很高興現在是夏天。」

「我也高興。」柴可夫斯基說。

弗拉基米爾在吃飯期間一直在說太陽，陽光如此充足，讓他心中充滿了感激。「我受了那麼多寒，」他說，「整個冬天我都在咳嗽，而冬天又那麼漫長。現在終於暖和起來了，真是太美了。」

午飯後是長時間的散步。當柴可夫斯基一個人在弗洛羅夫斯克的時候，散步時總是在各個口袋裡裝上許多小紙條；走路時他就把各式各樣的樂思或者一段書信記下來。「明天我又得把紙條裝到口袋裡了。」他想到。

弗洛羅夫斯克的風景很單調，到處都是平坦的，幾乎有些荒涼，但柴可夫斯基喜歡草原上寬闊的視野。他喜歡一叢叢櫟樹和林邊小而昏暗的潭。「真讓人難過。」他說，「這裡也開始無情地伐木了。他們會像在邁達諾沃一樣：他們破壞我美麗的風景，他們想把我從這裡趕走。」

面對日益減少的森林，每次散步幾乎總是以這句怨言開始，但今天，當柴可夫斯基再次說起它時，卻只是一語帶過，彷彿是為了義務的緣故才說的。弗拉基米爾說道：「幸運的是我們的櫟樹還在。」於是他們就為自己的櫟樹歡喜起來。

　　他們又走了幾分鐘，一句話也沒說。鮑伯割下一根長樹枝，一邊走一邊在身邊的沙路上勾畫著。「你的表情很嚴肅。」柴可夫斯基說，因為弗拉基米爾在低頭走路。「你肯定又看了一上午讓人不開心的東西，是什麼？又是你的那些新派法國人？」

　　他們常常就法國自然主義者展開爭論。弗拉基米爾為其具有社會批評色彩的極端思想所吸引，非常崇拜左拉（Zola）和他的流派；而柴可夫斯基卻很討厭他們「藝術上的幼稚」，他覺得這和「維克多・雨果的作品中反覆出現的空話、修飾語和對照」一樣糟糕。

　　「生活肯定不是一件輕鬆有趣的事，」他解釋說，「但也不像這些自然主義者寫的那樣泥濘，那樣骯髒。最近我看了左拉的《愚蠢的人》（La Bête humaine），真是無恥！一本充斥著下流話的偵探小說！這些人的風格就是一個讓人討厭的絕招，就是把一切都罩上一層骯髒。也正是因為這個原因，它才這麼容易模仿。」

　　「那你就模仿一下吧！」弗拉基米爾要求道，「我想聽聽你怎麼諷刺他們！」

　　柴可夫斯基笑道：「這再簡單沒有了！」他在草原小路上站住。「一個左拉派的人會怎麼描述我在弗洛羅夫斯克孤獨的晚餐呢？」他機靈地問道。

「大概是這樣的。」於是他就開始滔滔不絕地說起來，同時做出一臉苦相：

　　他把一塊餐巾隨意地繫在脖子上，開始大快朵頤。貪婪的、嗡嗡作響的蒼蠅到處飛來飛去，黑乎乎的顏色令人不安。屋裡悄然無聲，只有惱人的咀嚼聲作響。空氣中彌漫著一股潮溼、惡臭、令人作嘔的油膩味道，不知是什麼食肉動物的氣味。一點光亮也沒有。一絲殘陽似乎不經意地闖入空曠低矮的房間，亮光中可以看見正在喝湯的主人那張蒼白的臉，還有僕人的臉，蓄著卡爾梅克小鬍子，愚蠢而諂媚。真是一個白痴服侍著另一個白痴。九點鐘，死一樣的沉寂。疲倦的、昏昏欲睡的蒼蠅不那麼騷動了，四下散去。那邊，透過窗戶可以看見怪模怪樣的、巨大的紅色月亮正從燃燒的地平線上升起。他吃著，沒完沒了地吃著。後來，他的肚子塞滿了，臉上紅撲撲的，繼而目光畏畏縮縮地站起身來，走了出去。

　　「太漂亮了，你真行！」弗拉基米爾笑道，「完全再現了你家裡的氣氛！」他挽住柴可夫斯基的手臂，繼續向前走。「你應該寫一部社會小說，不該總是作曲！」

　　「謝謝了，」柴可夫斯基打住他的話，「或許『社會』也會表示感謝的。如果它真的像那些現代批評家描述的那樣的話，生活就比我們所了解的要痛苦、無恥得多了。」

「也許它真的比你所了解的要痛苦無恥得多。」弗拉基米爾嚴肅地說道。他用美麗靈活的嘴繼續說下去。柴可夫斯基很喜歡聽他講話，儘管他知道將會聽到什麼，但是他喜歡弗拉基米爾熱情洋溢的快速的演講，還有與此相伴的有點笨拙的小手勢。他非常喜歡出現在弗拉基米爾溫柔的金褐色眼睛裡的熠熠閃光，現在小鮑伯變得非常激動。他大聲說：「事實上無論把這個社會描述得多麼黑暗，多麼骯髒，都是不夠的！它的制度是不公平的，它唯一的法律是剝削和壓迫！」

他肯定從那些大厚書裡，那些法國小說和在秘密印刷廠裡製作出來的政治宣傳小冊子裡學到了些什麼。他很受感動，有時完全就被那些極端的輿論所左右；在他年輕的頭腦裡，各式各樣的東西強烈地攪在一起。

如果有人以榮譽和良心擔保，認真地問他是否想徹底改變現存的一切，是否想要一場革命，他大概會陷入尷尬，因為他完全是個正直的男孩。他不得不承認，他身為一個富裕人家的孩子，一個著名的舅舅溺愛的寵兒並沒有什麼好抱怨的。人大多只能在某種程度上反對自己的利益。弗拉基米爾不是一個積極的革命者，他不屬於任何組織，但他受到了革命思想的影響，有時還深受觸動。在這些革命思想裡不僅有虛無主義——無政府主義因素，也有社會主義思想。他相信透過絕對的因果關係而產生的自動的進步，希望這進步能有革命的速度、巨大的強度。這一速度將意味著流血的災難、熊熊的火焰，意味著取消和毀滅現存的一切，一個可怕的誘人的目標而已，至於那之後會怎樣，很少有人會去想。這個年輕的頭腦想得更多的不是繼之而來的新秩序，而是狂亂、壯麗、混亂的無秩序，就是革命；必須通過革命才能創造

新秩序。

在這個混亂而興奮的腦袋裡，泛斯拉夫主義和雅各賓派的希望與理想混在一起；一種模糊而狂熱的愛國主義和一種國際主義並存，在他巨大的熱情中，這國際主義首先指的就是法國。他的唯物主義——對達爾文和馬克思有一些粗淺的了解——洋溢著詩意的激情。抒情詩的熱情自有其說服力，充滿讓人一知半解的口號和灼熱的情感。

年輕人對自己說的東西深為相信，不過這並不會妨礙他迅速地把它遺忘。有時接連數日，乃至數周，他都和無憂無慮的同伴一起玩樂，只盡每日的義務，很少去顧及社會秩序和他們的未來。而在某些時刻裡，多愁善感又使他對世間大事的任何一種，哪怕只是過得去的發展都沒有信心。這時他陰鬱的心就會覺得生命的咒語不會解除，除非消滅生命本身，而且任何一個更好的組織都無法減輕這咒語的魔力。接著他又不由地想道：如果人意識到了這一點，該怎樣開始生活，又該怎樣利用自己的生命呢？後來的人，那些建設未來的強者，不會認識、也不會感受到這一點。「而我卻屬於一個該詛咒的階級，屬於完全失落的一代人。」

這種情緒也會過去的，它和無憂無慮或者革命情緒一樣沒有根基。年輕的心對各種影響都是敞開的，即使那些帶來天光或者一種味道、一縷風的氣息的東西也會闖進去，它在夜晚的感覺和在中午或者上午的感覺不一樣，但它的感覺總是直接、強烈而且完全真實的。

柴可夫斯基喜歡觀察這種情感的變幻——由渴望迅速變成柔情，從柔情變成傷感，從傷感變為快樂，就像人喜歡看水面在陰雲和晴空下的顏色變換

Peter Ilych Tchaikovsky

一樣。能夠親眼看到如此真摯的努力，如此驕傲的衝動，如此燦爛的快樂，又如此純潔的悲哀，讓他深為感動，儘管這顆波動且年輕的心努力思考並因之而激動的問題對他來說很陌生，也是無所謂的。

柴可夫斯基以一種幼稚的信心相信「進步」，就像相信一件重要也可能是偉大的事業一樣，只不過那是別人要解決的問題，他對此並不感興趣。當弗拉基米爾控訴起壓迫和極度的不公時，柴可夫斯基或許會膽怯地反對說：「但我們已經不再生活在中世紀了！再也沒有刑求和農奴制度……」對此弗拉基米爾只會發出痛苦的笑聲：「你不知道我們的秘密警察的方法——那不比刑求更好。至於今天那些被壓榨的赤貧者是否比以前的奴隸或者農奴的情況好得多，我們姑且不談！」

「肯定有嚴重的社會弊端。」柴可夫斯基若有所思地承認。「那些受苦的人讓我很難過，只要一想到他們，我的心就會緊縮在一起。沙皇應該知道這些事——我肯定，他對此還一無所知；沙皇如此遙遠，如此高高在上，哀怨聲他是聽不到的。我們應該向他說明！」

他裝得比真實的自己更無知、更幼稚幾分，出於一種狡猾的考慮，他想觀察小鮑伯的強烈反應。事實也的確如此，鮑伯做出一副嘲弄的表情，幾乎毫無敬意。「沙皇！」他用力甩了一下手裡的長枝條，空中立刻響起一個尖利的聲音。「他是最糟糕的！」

「也許他是個多疑的人。」柴可夫斯基承認。「他這樣做沒有道理嗎？你得想想：虛無主義者殺了他的前任，這肯定是個巨大的罪過，因為恰恰在這一天亞歷山大二世要給我們的國家一部憲法。虛無主義者還試圖把冬宮炸

上天——你想一想，整個美麗的多宮啊！」

「真遺憾，它沒真的飛上天。」弗拉基米爾乾巴巴地說，然後他微笑起來，露出漂亮的牙齒。「亞歷山大二世所謂的憲法可能會是個不錯的東西！可是亞歷山大三世連這個都沒給我們。獨裁者不會自願交出他們可怕的權力——任何東西都不會自願交出來的！哼，我希望亞歷山大三世也像他的前任一樣死掉。」年輕的弗拉基米爾喊道，雙眼熠熠閃光，現在，他臉上的表情真帶有一絲殘忍。「由於他的過失已經流了太多的血，以他的名義做的惡事更是太多了，他必須為之贖罪，邏輯和歷史的公正都要求這樣！」

為了進一步刺激身邊這個小伙子，以欣賞他極度激動的表演，柴可夫斯基用一種友好隨便的譏諷口氣說：「沙皇陛下自然不太懂音樂，他更喜歡最糟糕的法國人。但至少他還時不時為幾個窮苦的俄羅斯藝術家做點什麼，我們不該不知感激。例如他還給可憐的柴可夫斯基支付一筆養老金……」他很高興看到弗拉基米爾憤怒地聳聳肩，眼裡閃動著神秘的火焰。

他們在草原間或小樹林裡散步，年輕人邊說邊做著手勢。他所說的肯定和一份非法革命報上的社評沒有太多差異，而且肯定不會比之更好，但他每句話都表現出一種或許天真卻肯定真實的憤怒，一種或許幼稚卻完全本能的強烈厭惡。此刻他把西伯利亞所有的災難都細數出來，慷慨激昂地譴責帝國主義政治罪惡的野心、官員的腐敗、秘密警察的卑鄙、教區牧師的虛偽、貴族和富人的驕橫。「這一切就存在於這樣一個世紀裡，」最後他以一種加重的痛苦語氣說，「這樣的一個世紀你卻稱之為進步的世紀！」

老人傾聽著他的話，半感興趣、半受震動，對他在演講中所付出的努力

感到有趣；他感到了隱藏在這努力背後的強烈的激動情緒，與此同時，那喚起如此無可爭議的激動的恐怖事實又使他深受觸動。

「你竟然知道這麼驚人的事！」終於柴可夫斯基說道，「對這一切我都一無所知——我的生活遠離人群，完全為自己活著。大概這樣對我的工作更好，而我這個可憐的人唯一能為這個備受痛苦的世界所做的終究只有工作了。或許這個任務就交給你們年輕人，是的，鮑伯，你這一代把我們老一輩沒有做好的事做好，使一切變得合理。」

這次他說得非常認真。年輕的鮑伯深吸一口氣，非常認真地回答說：「上帝保佑我們成功！」

「你看！」柴可夫斯基邊喊邊笑，「現在你可是呼喚上帝了！」

「這是個慣用語！」弗拉基米爾氣惱地說，「我們必須靠自己的力量完成任務，或者我們根本就無法完成！」

這時低矮的村舍連同小花園出現在他們面前，長長的散步結束了。

*　　*　　*

阿列克賽已經在露台上準備好了下午茶。郵件已經到了，在玻璃杯和花瓶之間擺著報紙和信件。柴可夫斯基請求弗拉基米爾給他讀一下。「只讀最重要的！」他要求道。「別的都無聊透頂——即使最重要的也沒意思。」他在躺椅裡舒服地伸展四肢，瞇眼看著太陽；用雙手把茶杯捧在高高翹起的膝蓋上。

「把那幾個可愛的小東西給我拿來！」他用一種溫柔討好的聲音向僕人發出請求。有時對朋友他也是這樣說話的，對僕人他則一向如此。「我忘了把這個造物之王抱到胸前。」所謂的造物之王是五隻小狗，幾天前剛剛在弗洛羅夫斯克出生──準確地說，牠們還沒見過世界之光，因為可怕的強光使牠們的眼睛睜不開。阿列克賽給他們拿來一個小籃子，裡面裝滿了柔軟的綠絨毛，那些剛出生的小傢伙就趴在裡面，就像趴在一片綠色草地上一樣；牠們一個個擠在一起，像褐色的絲絨般柔軟細膩的縮成一團，瞇著眼睛，嗅聞著、喘息著。

「牠們多迷人啊！」柴可夫斯基的心深為感動，牠們的樣子令他感到陶醉。「牠們比鮮花誘人得多！牠們往那兒一躺，看起來比最美的花圃還美！」他俯身看著牠們，弗拉基米爾也彎腰來看小籃子裡的東西。

「我至少要把三隻放到懷裡！」」柴可夫斯基說道，「因為我年紀大了，所以我有優先權。你最多得到兩隻，未成年的小鮑伯！」他們倆把手伸向柔軟的褐色花圃裡，那些雙眼朦朧、渾身亂動的小東西被抱起來；柴可夫斯基把三隻小狗放到臉頰和脖子邊上，弗拉基米爾把另外兩隻放到懷裡。「牠們的爪子多柔軟啊！」」柴可夫斯基動情地說，「聽牠們呼吸多美妙啊！」

鮑伯說：「現在我們得看看報紙和信裡都寫了些什麼！」他開始讀起來。他右手拿起信件，左手撫弄著小狗光滑的皮毛。

信是柏林和巴黎的經紀人寄來的，一個忙碌的、有著強烈行動慾的經紀人甚至從紐約寫信來：他敦促柴可夫斯基在美國進行一次大型巡迴演出。

「你真想去美國嗎？」鮑伯問。

柴可夫斯基慵懶地伸伸腰：「我不知道……如果你一起去的話……」鮑伯笑了，接著他又打開其他的信。有一封是出版商于爾根遜寫來的，一封是皇家劇院經理的，一封是第比利斯的歌劇指揮寫來的。「這些人這麼殷勤地為我操心，可真夠可愛的，我現在根本沒有興趣像雜技演員一樣走遍世界。我喜歡待在這裡……」他愉快地看著自己吐出的煙圈。

有一封信弗拉基米爾沒有打開。「是梅克夫人的。」他把信遞給柴可夫斯基。他馬上打開信，信很長。與此同時，鮑伯打開了那些報紙——他們訂了一份巴黎報紙，一份聖彼得堡日報。

「巴黎歌劇報裡有什麼消息？」柴可夫斯基從梅克夫人的信中抬起頭來問道。

「我正在研究德國皇帝的一篇演講。」弗拉基米爾說，「俾斯麥被開除後，這位年輕的先生要採取什麼政策呢？」

「你竟關心這些事，我聰明的寶貝！」柴可夫斯基微笑道。

「不管怎樣，看起來法國想和我們結成同盟，因為我們和德國的協議沒有延期。」弗拉基米爾邊看報紙邊說。

「噢！」柴可夫斯基突然喊道，梅克夫人的信一下子從他手裡滑落。「我想，牠能看到些什麼了！」不過他指的既不是威廉皇帝，也不是沙皇，也不是法蘭西第三共和國的總統，而是在他脖子上爬的一隻小狗。

弗拉基米爾立刻跳了起來，他必須查明這個小動物是否真的能看到些什麼。他朝柴可夫斯基俯下身來，把手臂放到他肩膀上。

「他看我來著！」柴可夫斯基聲稱。「這毫無疑問是可能的：牠充滿表

情地看了我！」弗拉基米爾笑起來，他的笑臉和柴可夫斯基的臉很像。柴可夫斯基突然一怔。「這是怎麼回事？」他驚詫地想。「這幾乎是不可能的。這真的是一個完全幸福的時刻嗎？」

＊　＊　＊

一直到吃晚飯的時候，弗拉基米爾都在看雜誌；柴可夫斯基則在忙著回信。晚飯要在房內吃。黃昏時潮濕的草地上就已經升起了霧氣，現在空氣又濕又冷。阿列克賽再次把小主人弗拉基米爾愛吃的菜端上來，臉上布滿了尊嚴的皺褶。

飯一吃完，鮑伯就說：「現在要是能玩球就太好了。」

「可是天已經太黑了！」柴可夫斯基說，「已經看不清楚球了。」儘管如此，他們還是要出去試試。柴可夫斯基太喜歡看弗拉基米爾帶著球跑了。他喜歡弗拉基米爾笨拙而又優雅的跳躍，他在球擦身而過時笑著發出的喊聲——那是一種帶著一絲狂野的、近乎於危險的快樂而刺耳的喊叫。這個嚴肅的男孩在遊戲時完全變成了一個放縱的孩子。

在暮色中，他們很快就看不清飛動的皮球了，於是他們決定回到房中。

「我們來點音樂吧。」弗拉基米爾提議說，「臨走之前我可以再聽一次莫札特吧。」這是他第一次提起他要走了，而且帶著一種有些不自然的輕快。柴可夫斯基的心猛地一縮。

阿列克賽在鋼琴邊上點起蠟燭。柴可夫斯基在樂譜櫃裡尋找著《後宮誘

逃》（*Entführung aus dem Serail*）的總譜。「只有這部歌劇我們沒有從頭到尾彈一遍了。」他們在許多個夜晚裡演奏過莫札特——在這幸福的四個星期裡的許多個晚上。

弗拉基米爾坐好，當柴可夫斯基爲他彈琴的時候，他總是坐在這裡，大沙發椅的位置正對著鋼琴，當彈奏者把視線從樂譜上抬起來時剛好可以看到傾聽者的臉。柴可夫斯基多麼喜歡讓音樂專門爲這對小巧卻美麗異常的、敏感而容易感動的耳朵響起，它們就像珍貴的貝殼一樣從濃密的深色頭髮中露出來。「我的歌曲的最可愛的耳朵。」彈奏者由衷地在心裡對傾訴者說。對方則以穩重的微笑作爲回答：它讓柴可夫斯基想起了什麼？想起了那個英俊的陌生人亞歷山大·司羅迪的微笑。是的，弗拉基米爾有些地方和那些觸動過他感情的人很像——這感情完全是爲弗拉基米爾準備的，這個把陌生人的魅力和近親與知己的感人特徵合爲一體的人。

柴可夫斯基彈奏著。這部心愛的歌劇的旋律讓他心醉神迷；他的心如此沉醉，就連他沉重的雙手都變得異常輕盈。彈奏者用柔和的、壓低的聲音說出哪裡是詠嘆調，哪裡是合奏和合唱。

「眞美，簡直是太美了！」當第一幕結束時他說。弗拉基米爾已經坐到他身邊，感激地撫弄著他像羽毛一樣鬆軟的灰白色頭髮。「完美得幾乎讓人悲哀。」

「爲什麼完美的東西讓人悲哀？」年輕的弗拉基米爾輕聲問道。他臉上流露出幸福的表情：這段音樂讓他異常快樂。

「這你不必明白。」柴可夫斯基說，目光從弗拉基米爾身上滑過，直盯

盯地看著正前方，十分怪異。突然他的臉色陰沉下來，補充說：「但是在它讓我陶醉的時候，我卻很痛苦。爲什麼？因爲我感到，我永遠，永遠，永遠也無法企及它——在這個世界上，在這一生中我永遠都做不到。它在我面前完全是無法企及的——我常常覺得它在用自己所有無可挑剔的悅耳音調來嘲笑我。」

「請你別這樣說！」弗拉基米爾用修長的涼涼的手指——母親的手指，那些陌生男孩的手指——撫摸著他。柴可夫斯基的臉上仍是一片悵然若失的表情。

「無法企及，無法企及！」他憂傷地說，雙手捧著臉。「因爲這是一片天堂。我們這樣的人能唱的，在最好的時刻裡也只是對天堂的渴望，僅此而已，永遠都是這樣。也許這只是一種安慰。」他突然露出一絲惡意的微笑：「也許這是一個小小的安慰，今天活著的任何人，任何一個同代人所擁有的都只不過是這種渴望，而且只是在最好的時刻裡。我們每一個人都出生得太晚，都問題重重，我們每個人都身受同樣的道德斷裂之苦。我們中任何人都不該自以爲是『大師』、『經典作家』和完美者，就像某些人所做的那樣，譬如那個自負的德國人，那個約翰內斯·布拉姆斯。在我們這個時代，如果誰斗膽做出完美者的姿態，那他就很容易成爲討厭的、甚至有些可笑的人。如果這個布拉姆斯就是大師，那我也是大師了！」

他帶著一絲緊張的怒意說著，額頭上出現深紅色。「如果這個狂妄的德國人是大師，那我也是大師了！」他激動地重複道。隨即他沉重的大手砸向莫札特總譜，大聲喊道：「但是在他面前，在這個天才，這片真實、天真、

光彩奪目的天堂面前，我們每一個人都是微不足道的！」

　　鮑伯說：「你現在看起來真是兇得可怕！你臉上這樣的表情和你額頭上粗粗的血管會讓我害怕的！」他邊說邊用指尖撫摸著柴可夫斯基隆起的額頭上那根粗粗的憤怒的血管。「我不願意看你這樣的表情！」男孩撒嬌地說，「現在我來給你彈點東西，好讓你再笑起來，因為我演奏的時候總是會有些滑稽的東西。」

　　「你真好！」柴可夫斯基很高興，在鮑伯的指尖的撫摸下和撒嬌的話語中，他的額頭很快就平整了。「我該聽些什麼呢？也許是段圓舞曲？我很想聽你彈一段可愛的約翰・史特勞斯！」他已經讓出了鋼琴旁的座位。弗拉基米爾坐在轉椅上，面對著闔上的莫札特總譜。他的雙手有力地彈起了琴鍵。

　　「現在，老彼埃爾，這個讓你高興嗎？」他笑著說，上身隨著《藍色多瑙河》（*The Blue Danube*）的節奏搖擺著。「我覺得它讓人精神振奮，給人安慰──要是我彈得再好些就好了！」

　　柴可夫斯基卻用低低的有些沙啞的聲音說：「接著彈，鮑伯！」

　　「你的耳朵不疼嗎？」弗拉基米爾越來越用力地敲著鍵盤。「我在虐待你可憐的鋼琴！」

　　「接著彈！」柴可夫斯基再次請求道，用手臂攬住他的雙肩。

　　鮑伯的臉頰在彈奏中變熱，把額頭向鍵盤探得更深，他說道：「你知道我現在想幹什麼嗎？現在我真希望有個女孩在這裡。我要和她跳舞，你可以給我們伴奏。」

　　柴可夫斯基沒有回答。他慢慢地把手臂從弗拉基米爾的肩上放下來。

「但是弗洛羅夫斯克沒有女孩。」年輕的鮑伯說，圓舞曲在他手下變得越來越輕，越來越慢。

「沒有。」柴可夫斯基生硬地說。

「那個德國女廚對我來說就太胖了。」鮑伯笑道。

一刻鐘後他們分開了。他們的談話再也無法變得熱烈起來。告別時柴可夫斯基吻了一下男孩光潔發亮的額頭。「謝謝你給我的一切。」他說。

「應該說謝謝的是我。」弗拉基米爾回答，臉上又露出了嚴肅的微笑。

弗拉基米爾一走，柴可夫斯基就開始恨弗洛羅夫斯克，恨這裡的鄉村別墅、花園、長椅和草地上的散步，他迫切地渴望在別的什麼地方，只要不在這裡。但他強迫自己待下去，在隨後的幾個星期裡，這種恨意日益加強。留在這裡讓他多麼痛苦啊！他的生活幾乎只剩下了痛苦。不管他往哪裡看，到什麼地方，他都在思念鮑伯；無論在哪裡他都想念鮑伯的笑聲和談話。

此外還有各式各樣讓人不快的事。六重奏的進展非常緩慢，郵差也帶來讓人不愉快的信件。干擾是以善意開始的：一位愚蠢的女士迫切地請求柴可夫斯基在她兒子洗禮時做他的教父，如果他拒絕，這位討厭的女士就將痛苦地生病，而且很可能會死去。繼而干擾又從那些經紀人讓人迷惑的信件到他和同事之間發生的最討厭的誤會和摩擦，最後發展為一個最讓人震驚的消息，它就像一道閃電劈進了弗洛羅夫斯克。

梅克夫人用相當簡短的語句通知她的知己，她的生意徹底破產了，經濟上完全崩潰，不得不遺憾地從現在開始不再支付她曾經保證終身為他提供的六千盧布的年金。

這是多麼大的打擊，多麼可怕的事啊！最初柴可夫斯基震驚得連動都不能動了。這個大靠山取消了和他的協定！他失去了最穩定、最讓人愉快的收入！也許他現在甚至應該給這位知己支付些錢了：因為如果她變得窮困了，他就有義務去幫助她——這是他的本能立刻想到的。「我面對的是些什麼問題啊！」震驚的人苦苦地思索著。「這一切我絕對不能在這裡決定。因為現在我已經害怕弗洛羅夫斯克了。這段時間已經過得這麼不愉快了，現在這麼不幸的消息又找到了我。到別的什麼地方去，隨便什麼地方，只要不在這裡……」

他動身去第比利斯。朋友們熱情地邀請他去那裡，另外他也非常喜歡高加索山腳下的這座城市，從那裡可以俯瞰一片肥沃而多情的黃色平原——條條古老的東方窄巷蜿蜒曲折於庫拉河與山坡之間。許多東方民族在這裡相遇，混居。

「在這裡我至少和在巴黎的大街上一樣高興。」他對接待他的主人、第比利斯歌劇院指揮、作曲家伊波利朵夫—伊凡諾夫（Ippolitov-Ivanov）說：「在漢堡，一位老先生對我說，我是亞洲人；他真的一點也不傻，或者不比布拉姆斯大師傻，這位大師指責說，我是個法國人。我的愛從塞納河延伸到庫拉河，從大劇院延伸到這些嘎嘎聲不斷的小巷。我喜歡這裡的味道，都是那些神秘的香料的氣味。我喜歡如此地接近波斯……」

在第比利斯，柴可夫斯基對梅克夫人那封災難性的信做了答覆。這是一封非常冗長的回信，開頭是這樣的：

親愛的可敬的朋友！您在上一封信中告訴我的事情給我帶來了巨大痛苦，不過不是爲了我自己的緣故，而是爲了您的緣故。這不是空洞的客套話，請您相信我！當然，如果我說，如此徹底地減少我的收入對我的物質境遇沒有影響，那我就是在撒謊了。不過這一影響或許並不像您想像的那麼嚴重。在過去幾年裡，我的收入有了巨大增長，今後很可能還會迅速增長。如果那些讓您感到壓抑的無止境的煩惱和憂慮中有一小部分是因我而起的，那麼我請求您，看在上帝的份上，請你相信，在想到我突然減少的收入時，我絲毫沒有感到痛苦……糟糕的是，您在習慣了富裕的生活之後，竟不得不面對匱乏。一想到這個，我就難過……

信以這種充滿同情的口氣繼續下去。第比利斯城異域風情的魅力已使柴可夫斯基精神振奮，興奮無比。此時的他能夠找到對朋友的困難處境表示震驚的、溫暖的話語，也能找到美好的措辭，對她在這麼多年裡給予他的好處表示感謝。但是他沒有寫下任何讓對方感到他要把自己所接受的那麼多錢還給她一些的話。這樣的提議——現在他這樣說服自己——一定會讓知己受到極大傷害，她會覺得他的做法有失禮貌，不合適；儘管如此，爲了不傷害他，她也許會收下這筆錢，不過那樣的話他在信中寫的「突然減少的收入」就顯得過於嚴重了，幾乎有些讓人難以忍受。總的來說，柴可夫斯基對自己這封動情且措辭巧妙的長信感到非常滿意。

Peter Ilych Tchaikovsky

在他把信寄出幾天後，細心的朋友把梅克夫人的真實情況告訴了他。她根本沒有變得一貧如洗，也沒有遭到任何損失，她的經濟狀況和從前一樣好。這位知己說自己破產了，完全是在撒謊。她只是不想再支付年金，不知出於什麼原因她對此感到厭倦了。於是她便隨便找了一個最愚蠢、最容易識破的藉口，找了一個極其無力的理由。其真偽很快就會水落石出。然後她就嘲弄地靜觀其變了。她大膽地以最粗魯的方式傷害柴可夫斯基，不加掩飾地侮辱他。很明顯地，她一點也不在在乎這位知己。

如果說，梅克夫人冷靜的拒絕信讓柴可夫斯基感到驚詫無力的話，那麼這個消息，他被惡意地欺騙了，則使他陷入憂鬱和憤怒之中。他從來沒有受過這樣可怕的傷害，儘管在漫長而艱苦的生命中他曾受過各式各樣的傷害。這肯定是最嚴重的一次。他所能做的只有躺在床上痛苦地哭泣。

這位可靠的朋友背棄了他。「最好的朋友」傷害了他，給了他一個巨大的侮辱。這麼說他從來都不是「最好的朋友」。想到這一點真讓人不寒而慄。偉大的知交——完全是空想！拯救了他的生命並使他擁有許多美好歲月的最美好、最純潔的善舉原來是一位貴婦人短暫的奇思怪想。梅克夫人曾經聲稱自己熱愛並景仰柴可夫斯基——啊，他還竟然當真了！多麼悲哀，多麼荒唐的誤會啊！梅克夫人從來沒有愛過他，這一點現在已經顯露無疑。很可能在最近幾年裡她已經非常不願意支付這筆讓人愉快的年金了。她肯定嘲笑過他，因為他帶著天真的信任接受了這麼多錢，她坐在鄉村宮殿裡，這位心懷惡意、神經衰弱、年高望重的婦人，嘲笑著愚蠢的柴可夫斯基，他接受了她彷彿是別有企圖才給予他的施捨。啊，要是能把一切都還給她就好了！但

是不能這樣想：因為那樣他就會落到乞討的地步，必須當掉鋼琴和地毯，把皮衣和錶拿去抵押。但是他還想留著那塊美麗的錶，那個護身符。儘管現在發生了所有這些不幸，他也不想放棄這絕美的東西。

「我要給她寫信，就像什麼事都沒有發生一樣。」在長時間的思考之後他這樣決定。「我不知道她這樣卑鄙、惡毒地欺騙了我。我和善地給她寫信──這肯定是最有教養、最聰明的。這樣這一折磨人的情況或許就沒那麼可恨了。我不能在我再也不會從她那得到錢的時候終止我們持續了這麼多年的書信往來，那就太粗俗，太丟人了。」

柴可夫斯基緊咬牙關，重新給梅克夫人寫信，信中的口氣是和善的，內容也是無關痛癢的。梅克夫人沒有回信。他給她寫了三封信。這位不忠實的知己仍然保持沉默。對他為使這一尷尬事不至留下重大傷害而做出的頗有謀略的努力，她的回應只是陰鬱的不可捉摸的沉默。

這就是結束了。她強迫他把自己視為她的敵人，就在她不再送給他錢的時候。她惡意的沉默迫使他扮演了一個庸俗的不知感激的角色。她給他們長達十三年的友誼添上了這樣的尾聲。「我覺得自己就像一個被拋棄的吃軟飯的人！」柴可夫斯基厭惡地想。「唉，多麼痛苦的終曲啊！」

什麼時候有過不同的結局呢？每一個關係的結束都是痛苦而平庸的。為什麼對梅克夫人的回憶就該比對安東尼娜或者對黛絲麗的回憶更甜蜜呢！每一段關係都留下一種苦味，就像一片苦藥草在舌頭上留下的味道一樣。

Peter Ilych Tchaikowsky

8 家人遽變

　　庫拉河岸邊美麗可愛的第比利斯城熱烈歡迎他們著名的客人，作曲家柴可夫斯基。迄今為止，柴可夫斯基一生中只有一次成為這樣大型的讚美的對象：第比利斯的喜悅和第一次布拉格之行的勝利慶典同樣熱情洋溢，有著同樣的光輝。這是莫斯科和聖彼得堡所沒有給他的。

　　1890年10月20日，由俄國音樂協會第比利斯分部主辦的大型柴可夫斯基音樂會，以對作曲家狂熱的喝采而結束。音樂會結束後，藝術家協會舉辦宴會，人們開懷暢飲，歡迎詞、祝酒詞一個接一個，一個發言人還沒坐下，另一個就已經站起來了，讚美著柴可夫斯基的天才、善良和崇高。這是一個輝煌的慶典，人們一直宴飲到清晨。年輕人用鮮花裝飾著柴可夫斯基的灰色頭髮；在這位被讚美的對象發熱的、變成深紅色的額頭上晃動著一大朵玫瑰。

　　當一位東方先生用相當雜亂無章的話讚美偉大的音樂家時，柴可夫斯基極力整理起自己模糊的思緒。「這裡的一切肯定極其光榮，」他想，「遺憾的是讓我頭疼。明天我會多難受啊，喝這麼多酒，真是瘋了！不過我真希望那個可恨的、不忠實的、非常無恥的知己娜婕達看到我現在的樣子。就在她使我受盡屈辱的時候，人們卻用鮮花、花環、奉承的話和各式各樣的奢華來

讚美我，就像墜入了一千零一夜的童話裡一樣。是什麼給我帶來這樣的光榮，這麼多的敬意？是那個小小的事實：我能夠把我的痛苦和屈辱化爲音樂。是的，娜婕達，我知道這個秘密，我善於做這個，我能轉化一切，這是一種煉金術，一種魔術技巧，一點也不難而且其樂無窮。即便是你給我造成的讓人極不愉快的事，我親愛的無恥的娜婕達，我也會把它變成旋律——你注意了，它們聽起來會有多美！它們會再次給我帶來榮譽，人們會再次爲我戴上花環，把我當作偉大的藝術家來讚美。沒有人，也沒什麼會傷害我，因爲我知道那個魔術訣竅……但是現在我卻覺得很難受。我這麼戴著花環，看起來一定很蠢，我的燕尾服也被葡萄酒和煙灰弄髒了……」

幾天以後，許多非常興奮卻又滿懷告別的傷感情緒的人把作曲家送到火車站。在月台上，音樂協會的代表、指揮家、歌唱家、音樂學生、記者、經紀人、景仰者和無所事事的人彼此擁在一起。柴可夫斯基站在敞開的車窗旁邊，向眾人告別。「再見，我的朋友們！」他聲音柔和地說，他用這樣的聲音討取人們的喜歡。「你們對我非常好，我永遠也不會忘記。」人們用揮手、歡呼、眼淚和興奮的呼喚聲來回答他。

「旅途愉快，柴可夫斯基，再創作許多動聽的作品！偶爾也想想我們，偉大小兄弟！」氣氛讓人非常感動。

柴可夫斯基伸開雙臂，做出一個熱情洋溢的告別姿勢。月台上的女士們一陣歇斯底里。接著他回到自己的車廂裡，有些疲憊不堪。

這次旅行是去基輔。他要去卡門卡探望生病的妹妹薩莎，這是他此行的正式名義。那麼此行的真正目的何在呢？沒有弗拉基米爾的幾個月過得很糟

糕。柴可夫斯基決定，把現在已經成為大學生的年輕鮑伯帶到莫斯科和聖彼得堡。

去基輔的旅途很長。柴可夫斯基有足夠的時間喝大量的法國香檳酒，一路上他抽了120根長嘴香煙，讀了一位非常有天分的俄國新作家契訶夫（Chekov）的中篇小說和兩部長篇偵探小說；動手為《哈姆雷特》（Hamlet）的音樂寫了點筆記，這是他答應演員盧西恩‧吉特瑞（Lucien Guitry）為其義演而作的，不過他真是一點兒興趣也沒有。他痛苦地想著，最近的一部六重奏完全失敗了，這是令人憂鬱的走下坡的徵兆，意味著藝術上衰退的開始。他想拒絕柏林音樂會經理人沃爾夫（Wolff）為他安排的音樂會，再也不旅行，只是在鄉間生活，只待在弗洛羅夫斯克，和鮑伯、阿列克賽及小狗們在一起。

漫長的旅途，人就像待在監獄裡一樣坐在這個裝著軟墊的小隔間裡，和恐懼與憂慮、沒完沒了的香煙及香檳酒關在一起！當虔誠而令人敬畏的基輔城的尖塔和金色的穹頂終於在丘陵之間出現時，他是多麼高興啊！每當他到達基輔，鐘聲總是敲響，音調莊嚴而動情。一想到自己很快就要看到弗拉基米爾，那可愛的面龐、聰明的人、自己的近親，他的意識也變得一樣莊嚴而動情。

很快他就失望了。坐車從卡門卡到基輔來接他的不是鮑伯，而是他的哥哥，達維多夫夫婦的第一個孩子，一個留著大鬍子且身體強健的年輕人。

「鮑伯在哪裡？」柴可夫斯基問道，一邊無助地向四處搜尋，他的目光把自己的震驚暴露無遺。

「媽媽今天不肯放弗拉迪出來。」這個身體強健的年輕人解釋說。他穿著長統靴、馬褲和一件寬大的短上衣，柴可夫斯基覺得他看起來就像一個管家。「媽媽的情況相當不好，她要弗拉迪來照顧她。您就得湊合著跟我在一起了，彼得舅舅。」柴可夫斯基覺得他健壯的外甥有些幸災樂禍並惡毒地冷笑。

亞歷珊卓夫人在昏暗的房間裡接待了她的哥哥。她仰躺在床上，一動也不動，枯瘦的雙手交叉著放在艱難地呼吸著的胸膛上。「她的臉變得多尖了！我一點都認不出來她了。不過，這雙眼睛我還是認得的，但是她的嘴唇多薄，繃得多緊啊！」

薩莎的表情痛苦而漫不經心，她在見每一個來訪者時都是這樣：每個人都會干擾她正在和上帝進行的親密的、抱怨的、溫柔的、自以為是的曠日持久的交談，這交談便是她漫長的日日夜夜的唯一內容。

「你怎麼樣了，親愛的薩莎！」哥哥問道。他想：「啊，她以前接待我的時候跟現在多不一樣啊！逝去的時間和神秘莫測的疾病把她變成了什麼樣子啊！」

「還是老樣子，」亞歷珊卓夫人回答說，仍是一動也不動，「就這麼沒完沒了。」

「你很快就會好起來的。」柴可夫斯基怯生生地安慰著她說。

她沒有回答，或者只是露出一個難看的微笑。

「你的醫生好嗎？」尷尬地站在病床邊的哥哥詢問道。

她回答說：「我再也不看醫生了。」接著她的身體就被一陣乾咳搖動起

來。她必須坐起來，柴可夫斯基扶著她的後背。「謝謝！」她的聲音裡有了一種較柔和的口吻。她看著柴可夫斯基。是的，她聰明的深色眼睛仍然那麼美，儘管現在深陷在有著深深陰影的眼窩裡：那是親愛的母親的眼睛，她的孩子弗拉基米爾的眼睛。

「可憐的薩莎！」柴可夫斯基說，震驚中一時忘記了病房中常見的虛偽的美化現實的交際手段。

薩莎看著他，她的目光是審視的，帶著一絲友好的嚴厲。當她深色的眼睛出神地、帶著責備地停在他臉上時，她慢慢地抬起消瘦的手。「我親愛的，」她一邊說一邊搖了搖頭，像是在溫柔地譴責，「你也沒變得年輕啊。彼埃爾，老彼埃爾，多少歲月過去了……你看上去像個老頭。」

他試圖微笑，但他的臉在這一刻——他覺得這一刻是偉大、動人而艱苦的——受不了這樣的偽裝。他感到現在，就在這裡，他是這麼久以來第一次看到自己的妹妹亞歷珊卓——薩莎，他親愛的母親的女兒，他親愛的弗拉基米爾的母親。難道她不曾是他不安的、充滿痛苦、困難和懷疑的青春時代的知心朋友嗎？他曾在她那裡尋求安慰，那是多麼久遠的事了，彼埃爾，老彼埃爾——多少歲月過去了……在此期間他已經失去了妹妹，和她沒有了聯繫。現在他們突然再次離得這樣近，薩莎和彼埃爾，他們彼此那麼了解，他們的心充滿了共同的回憶。他必須品味並利用這次相遇：薩莎病了，要節省自己的力氣，誰知道這幾分鐘會耗去她多少力量，可能她很快又要回到無聲的曠日持久的交談中，回到她與那個尊嚴且遙遠的主進行的神秘莫測的固執爭論中。

「你有時還會想到我們的母親嗎？」她問，她審視的、友好而嚴厲的目光仍然停留在他的臉上。

「我每天都想到她。」哥哥輕聲說。

「現在我很快就要見到她了。」薩莎靜靜地躺著，目光從哥哥身上移開，轉而看著天花板，眼睛閃閃發光。「我可以向她轉告些你的消息。」她說，臉上露出了笑意，彷彿她開了一個小小的玩笑。

「你相信我們會再見嗎？」柴可夫斯基壓低聲音問道。

她露出一絲狡黠的有些高傲的微笑，就像一個對一件重要的事非常了解，卻佯裝保密不肯洩露任何消息的人的微笑一樣。

「噢，」她叫道，激動地把頭在枕頭上挪了挪，「這並不那麼簡單……當然，我們肯定會再見的……但是你明白嗎？跟我們所想像的不一樣，完全不一樣……」她不說話了，她的臉上露出一種愉快的幾乎是狡猾的表情。柴可夫斯基感到有些怕她了。

在他沉默時，亞歷珊卓夫人用一種突然改變的、莫名其妙的乾巴巴的聲音說：「你來是想把弗拉基米爾從我身邊搶走。」

柴可夫斯基無法阻止自己的臉變紅。「你怎麼能這麼想呢！」他聲音沙啞地說。她擺了擺手打住他的話。

「弗拉基米爾是個大男孩了。」尷尬中，柴可夫斯基站起身來，在房間裡踱了幾步。「他不能永遠待在卡門卡。」

「當然，當然！」薩莎回答道，一動不動地仰面躺著。「他應該去看看世界，這你會安排的。我很高興看到他這樣。另外，你來得正是時候。一切

都有它的意義和聯繫，因為我現在不需要他了。」

「沒人想把他從你身邊搶走。」柴可夫斯基重複道，劇烈地喘著氣。

「今天我就可以不需要他了。」妹妹再次以溫柔的固執說，「我已經到了這個地步，我成功地走到了這個地步。」然後她就不吭聲了。她瘦削的臉、緊閉的雙唇都給人一種可怕的難以接近的感覺。

柴可夫斯基在她床邊站住。「我會對他好的！」他突然向她許諾，一邊低下額頭。

她的微笑不是帶著嘲弄嗎？「但願他會對你好！」她充滿同情地說，卻不無惡意。當他向她抱怨阿普赫亭或者別的什麼人的時候，她就是這樣對他說話的。「別忘了，」她又說，「他很年輕，我們卻是老人了。」然後她又不說話了，老哥哥也沒什麼好說的了。

隔了一段很長時間後她說：「你走吧，我親愛的！你要跟那個男孩打招呼。我也累了。」他覺得她的臉再次變得陌生了。

他俯身去吻她蒼白而瘦削的手。「請原諒，我讓你受累了！」他輕聲請求道。她只是高傲地垂下眼皮作為回答。他慢慢地朝門走去。

在緊挨著病房的小前室裡，弗拉基米爾正孤獨地挺坐在一把窄窄的椅子上。當柴可夫斯基小心翼翼地把他母親的房門關上時，他站了起來。柴可夫斯基朝年輕的鮑伯走過去，擁抱了他。

「你覺得媽媽怎麼樣？」鮑伯問，「她今天怎麼樣？」

「我和你母親談了很長時間。」柴可夫斯基邊說邊把一隻沉重的大手放到了弗拉基米爾那深色的、柔軟的鬈髮上。「我們談論了你的事。」

「我要進去見她嗎？」弗拉基米爾飛快地問。

「不用。她現在想一個人待著。」

「但願她睡了。」弗拉基米爾說。

「她不反對你和我去聖彼得堡。」柴可夫斯基說。

弗拉基米爾睜大美麗的金棕色眼睛。「去聖彼得堡……」他重複道，深吸了一口氣。蒼白的臉上，一雙眼睛熠熠閃光，眼前出現了什麼呢？和著名的舅舅在一起生活，音樂、美麗的女人、政治鬥爭、討論、惡習和奢侈；首都，在夢想和想像中他已經熟悉了它的魅力和冒險。「我現在真的要去那裡了……」他說，臉上露出略帶醉意的幸福的微笑。

弗拉基米爾和他著名的舅舅離開了基輔附近卡門卡的鄉居。他可憐的母親還在那裡一動不動地躺著，固執地忍受著痛苦，把她和尊嚴且遙遠的主的無聲對話進行到底。

弗拉基米爾在聖彼得堡度過了這個冬天，其間陪著著名的舅舅去了趟莫斯科或弗洛羅夫斯克。現在他真的身處其中了。他覺得大城市裡的生活，在受人熱愛、讚賞的柴可夫斯基身邊的生活，在越來越扣人心弦、越來越驚人的現實中，與他在無數夜晚、無數上午時分的夢想中所描畫的一樣有趣而令人興奮。整個冬天都是一個節日，一次讓人著迷卻也累人的冒險。青春的熱望和激情帶著同樣的貪婪撲向享樂和問題。高雅的夜總會，醉醺醺的軍官把香檳酒瓶往牆上扔、法國女歌手舞動大腿，幾乎像那些秘密的政治集會一樣令他興奮，他在參加這樣的集會時心中不無懼意，儘管如此他還是去了，連他自己都感到奇怪。

這個男孩彷彿處於一種不斷沉醉的狀態中，完全沉溺在和伙伴們對上帝及世界展開的激烈討論中，沉溺在盛大的歌劇之夜和音樂會，以及跟柴可夫斯基極其熱烈的談話、女人的眼神、手勢和香水中。這個冬天過得就像一個太過美麗的夢：每天都充滿了印象、事件、意外以及巨大或淡淡的喜悅。卡門卡的冬天是多麼漫長啊！在這裡，雖然一天天都有無數的事情發生，但一個個星期，一個個月都像長了翅膀一樣。現在已經是1891年3月了。

　　柴可夫斯基在弗洛羅夫斯克待著，破例的是一個人，因為他必須集中全部精力工作：為一部芭蕾舞劇和一部獨幕歌劇寫初稿，這是皇家歌劇院經理委託給他的任務。現在他只想在聖彼得堡住上幾天，然後他可能會經柏林去巴黎，然後在勒阿弗爾乘船去美國；經過長時間的鬥爭和詳盡、多變的通信，他終於還是決定踏上旅途，去美國進行大型巡迴演出。

　　「一定會很可怕的。美國人只是想嘲笑我。他們邀請我去，還給我這麼多錢，這肯定是個誤會。他們以為我代表著新俄羅斯音樂。這是因為他們沒看過凱薩·居伊充滿智慧的文章：紐約的先生們不知道我根本不是一個土生土長的斯拉夫人，而是一個由巴黎的芭蕾出品人，一個感情做作的德國人和一個野蠻的亞洲人生出來的一點也不高貴的混血兒……不過我需要錢。」最後他說，同時生硬地笑了一聲。

　　他在羅西亞飯店的房間裡組織了一次小小的慶祝活動，這是他在長時間的分離前，即去美國之前，為鮑伯和他的朋友們舉辦的一次私人告別慶祝會。青年人從歌劇院裡過來——幾個大學生、幾個音樂家、幾個軍校學生，穿著晚禮服或者軍服。僕人阿列克賽和飯店的一位侍者四處遞著放有香檳酒

杯和魚子醬的托盤。看到阿列克賽又打開一瓶香檳酒，柴可夫斯基匆匆地想了一下：「天哪，明天早上我將看到怎樣的一份帳單啊……和鮑伯一起過的這個多天是我一生中最昂貴的一多……也許也是最美的……《黑桃皇后》給我帶來的豐厚收入都到哪兒去了？都沒了，都沒了。于爾根遜給我預付了五千盧布，但我還剩多少戈比？如果我不能從美國帶回一大堆美元，我大概又是個破產的人了，必須把一切都典當出去，皮衣和錶……」

一個年輕人打開了窗戶。他說：「外面已經能感覺到一些3月的味道了。春天剛到的時候最美了……」說話的是年輕的呂特克伯爵（Count Lütke），一個高大優雅的小伙子，戴著單片眼鏡，一張鵝蛋臉美麗卻相當空洞。他和他的弟弟——他也在這一小夥人裡——是鮑伯的好朋友中最時髦、最喜歡享樂的。他們有自己的馬和汽車，有實實在在的債務和真正的情婦，在宮廷中得到過接待，是首都的花花公子：弗拉基米爾心底裡對和他們的交往感到驕傲，儘管他也因為他們雖生氣勃勃卻毫無修養以及他們輕浮的生活方式而看不起他們。

突然間，他們都說起了聖彼得堡的春天，說它開始的時候有多麼美麗，多麼動人。一個精神恍惚的小伙子，穿著一件不很合身的在一個小裁縫那裡做的燕尾服：「啊，現在白夜很快就要到了，我們可以在涅瓦河畔的天幕下做午夜散步，天和水閃著一樣的光，空氣中彌漫著酸澀的陌生的花香……迎面走來的是誰？一個這麼苗條的姑娘！娜絲滕卡（Nastenka）！」

所有的年輕人都發出了感動且陶醉的笑聲。這個穿著便宜西服上衣的愛做夢的人所暗示的美麗故事他們每個人都看過，那是杜斯妥也夫斯基出色的

Peter Ilych Tchaikovsky

愛情小說《白夜》(*White Nights*)。在這些青年人中,了解這樣的東西是理所當然的事,就連時髦的呂特克兄弟都必須裝出他們非常了解的樣子。即使對那些多愁善感的危險的情緒,對那些古怪的人——他們說自己「根本不是眞正的人,而是一種邊緣生物」奇特的、心醉神迷、溫情脈脈而又毫無希望的生命感受,他們也要表現出一定的興趣,因爲他們覺得這很重要。這些怪人生活在聖彼得堡那些中了魔的角落裡。「那裡照耀的是另一個神秘的太陽。這些角落裡的人,親愛的娜絲滕卡,彷彿過著一種完全不同的生活。」但是在這些角落裡,或者說偏偏在這裡,人們可以看到甜蜜酸澀的、矜持、羞澀、充滿溫柔誘惑的俄羅斯初春,它對冷漠蒼白的聖彼得堡城施了魔法,使之變得極具魅力,就像一個不起眼的、醜陋且蒼白的少女突然有了朝氣:她獲得了顏色和生命,一夜之間就變得漂亮起來,她蒼白、鬆弛的面頰上出現了血色。當然,這只是一種短暫的幸福,哦,它不會長久,當人想抓住它的時候,它已經溜走了。

「除了《白夜》,我沒在任何地方見過對這種讓人痛苦的春天充滿魔力的描述。」夢想者說,他不屬於花花公子之流,他肯定覺得自己是那些憂鬱、饒舌、沉醉而且像傻瓜一樣不幸的杜斯妥也夫斯基怪人的一個。

「我第一次看完這本小書,就深深愛上了娜絲滕卡。」弗拉基米爾承認道。他的嘴很靈活,濃密的頭髮垂在晚禮服的高領上,一張瘦削的臉顯得特別柔和,但也有些疲倦。「是的,我很清楚這一切是怎麼發生的,而且有多甜蜜。這種氣氛下,夜裡,在運河岸邊,通常這個時候在那裡是碰不到人的,但娜絲滕卡卻出現在我面前。啊,很快她就要向我講述她不幸的青春的

故事了；講她祖母的故事，她不得不整天和祖母在一起，講那個帶她去歌劇院、向她許諾忠誠的年輕美男子的故事；他消失了，她等待著他……」弗拉基米爾感動得不出聲了。

他的一個朋友笑著說：「小鮑伯愛上了聖彼得堡的每一個娜絲滕卡。到現在，當一位女士看他時，他還臉紅呢；如果她對他微笑起來，他大概會不知所措、心醉神迷地鑽到地底下去。」

「他現在也臉紅了，因為我們說起了這事。」呂特克兩兄弟中的一位興味十足地斷定。

「你喜歡聖彼得堡的女人嗎？」柴可夫斯基用一種溫柔的壓低的聲音問。「她們比弗洛羅夫斯克的女人更讓你喜歡嗎？」

大家都笑了，因為想到弗洛羅夫斯克的那些女人是很滑稽的。一個穿著軍校制服的年輕人大聲喊道：「他當然喜歡聖彼得堡的女人了！有那麼一個姑娘，他到處都帶著她，這個姑娘出身名門，非常高雅、高貴！」

弗拉基米爾臉紅得更厲害了，他拚命向那個小伙子揮手，示意他不要再說了。「算了，算了！」他幾乎有些惱火地補充說，「春天讓你們都這麼饒舌！」

「冬天還沒結束，這裡的氣氛就已經像5月了。」柴可夫斯基臉上露出一絲痛苦的微笑。「你們這麼急著擺脫冬天，你們已經和它完全斷絕了聯繫，但這卻是一個相當好的冬天……」他幾乎是懇求地看著弗拉基米爾。

「這個冬天非常美。」弗拉基米爾證實說，同時正視著柴可夫斯基的眼睛。

「一個盛大的演出季節。」呂特克兄弟之一像行家一樣滿意地斷言。

「不過也有騷亂的時候！」弗拉基米爾笑道，柴可夫斯基輕聲和他一起笑著。

他們突然七嘴八舌地說起剛剛結束的演出季節中發生的事件。這個演出季節的幾個高潮他們都親身經歷了，例如重要的《黑桃皇后》首演，在12月初，那是一級的社會事件，一個巨大的成功；或是《哈姆雷特》的演出，盧西恩·吉特瑞在米歇爾劇院的義演，配的是柴可夫斯基的音樂；或是愛國婦女協會舉辦的高雅的慈善音樂會，在這次音樂會上，柴可夫斯基不得不在一群一無所知、傲慢無禮的觀眾面前指揮演奏《第三號組曲》，完全無法和著名的歌唱家雷司澤克（Reszke）兄弟以及更著名的梅爾芭（Melba）夫人相比。

他們都參加了這些上流社會的音樂盛會，柴可夫斯基給他們弄來了贈票，或者像呂特克兄弟那樣在自己的包廂裡。但是一個更小、更親密的圈子，弗拉基米爾和他最要好的朋友，卻也親眼看到了發生在幕後的某些非正式事件：例如當《黑桃皇后》從演出計畫中撤下時，柴可夫斯基抓狂了；畢竟在這部歌劇上演期間，門票一直銷售一空。當時在憤怒的被害妄想中，柴可夫斯基聲稱，他受到了可恥的不公正對待，對此沙皇本人要負責任。「沙皇看不起我！」柴可夫斯基大叫，臉色變得深紅，兩隻腳用力跺著，眼裡溢滿了淚水。「沙皇總是看不起我，對《睡美人》他也非常嘲笑。他根本就看不起俄羅斯音樂，只有上演義大利或法國作品時，才能在劇院裡看到陛下。是的，當梅爾芭或者佩迪（Patti）演唱時，皇家包廂裡才有人。」

除了震驚的劇院經理韋斯沃羅什斯基之外，柴可夫斯基和幾個最好的朋友也都聽到、看到了柴可夫斯基這次完全失去控制的、幾乎帶有叛亂性的爆發。那是可怕的一幕，聖彼得堡和莫斯科的上流社會及音樂圈都在談論這件事，人們把它當作這個演出季節最刺激的事件。

　　此刻，年輕的呂特克伯爵模仿著經理韋斯沃羅什斯基，大驚失色地跑到沃倫佐夫伯爵（Count Voronzov）那裡，沃倫佐夫伯爵又和奧博倫斯基伯爵（Count Obolensky）一起商量如何解決這一非常棘手的事。接著沃倫佐夫又來到經理韋斯沃羅什斯基這裡，安慰地向他保證說：奧博倫斯基伯爵在上次宮廷舞會上，在沙皇陛下面前談到了作曲家柴可夫斯基；作曲家柴可夫斯基可以相信，他所寫的東西，皇家包廂都仁慈地表示感興趣。那裡的人對他的芭蕾舞劇《胡桃鉗》（Nutcracker）和獨幕歌劇《尤蘭塔》（Iolanthe）寄予厚望，並發表了這樣的看法：「這將是下一個冬天的最強音。」接著沃倫佐夫伯爵就用他那極為優雅的方式委託經理韋斯沃羅什斯基：「告訴他，人們盛讚他。每個星期天人們都要求樂團演奏他的芭蕾舞曲，人們還常常談論《黑桃皇后》，對它讚不絕口。」

　　在整個事件結束時，韋斯沃羅什斯基經理像父親一樣擔心地說到了柴可夫斯基「莫名其妙的不幸的性格」。「為什麼您要用幻象來折磨自己呢，我親愛的？」這位友好的資助人問。

　　呂特克伯爵能夠極為滑稽、極為準確地模仿這些高貴先生們的說話方式，令柴可夫斯基和所有在場的年輕人都非常開心。但是在提到他的新作《胡桃鉗》和那部小歌劇時，柴可夫斯基變得嚴肅起來。

Peter Ilych Tchaikovsky

「經理給我這個任務我一點也不覺得愉快。」他說，「我老了，不中用了，但儘管如此，我幾乎是唯一能上莫斯科和聖彼得堡歌劇院劇目表的俄羅斯作曲家，其他的都是外國人。那些根本不能上演的音樂家該會多麼痛苦地抱怨啊，而我的歌劇在演出十三場後被從劇目表上拿下來，我就已經發怒了。我常常擔心他們會恨我，我對他們都是一個障礙，我擋了他們的路。」

年輕人激烈地反駁他，其中態度最為急切的是弗拉基米爾。俄羅斯最著名、最受人喜愛的音樂家柴可夫斯基在大歌劇院的節目單上獨領風騷，這有什麼奇怪的。沒人會為這個生氣。另外，所有音樂家都喜歡他，他是最願意幫助別人、最討人喜歡的同行。

柴可夫斯基仍然一副若有所思的憂鬱模樣，「你們這麼說，真讓人高興。」他低下高高的額頭，冥思苦想著。「但是我非常清楚，很多人輕視我，恨我。人們覺得我鄙俗地迎合了大眾的口味，從而排擠了那些更嚴肅、更嚴謹的作曲家。」

隔個很長一段時間他又說，思維相當混亂：「但是現在我要去美國了。究竟為什麼呢？」他一邊用手指擺弄著香煙，一邊想：「究竟為什麼呢？為了榮譽，還是真的只為了錢？還是為了讓鮑伯單獨和他那位出身名門的寶貴的姑娘在一起？我根本不知道她的存在。在那個不知趣的小伙子提起她時，他的臉變得那麼紅。也許他已經秘密訂婚了。我對他的了解多麼少啊，而我們還生活在一起。我看著他，彷彿他是我的私有財產，而他卻離我那麼遙遠。我的私有財產和我離得不知有多遠……他穿燕尾服顯得多瘦啊！一段時間以來我時常聽見他咳嗽，他必須非常注意自己的身體才行……」

一股悲哀之情突然強烈地從沉默的柴可夫斯基身上散發出來，令年輕人變得拘束起來。談話再也無法進行了。那個穿著廉價燕尾服的夢想家坐到鋼琴旁邊彈起來。他技術很好，敲擊鍵盤的姿勢也很優美。

　　「這大概是魯賓斯坦的吧？」兩個呂特克中的一個用平淡卻有些細弱無力的聲音說。

　　「當然不是！」弗拉基米爾反對說。「這是蕭邦。」

　　柴可夫斯基站在通往他臥室的門旁邊，小心翼翼地把門打開。

　　「你想走了嗎？」坐在門邊的弗拉基米爾問道。他現在看起來眞的相當疲倦而消瘦。他用指尖撫摸著柴可夫斯基垂在身邊的手，與此同時他忍不住咳嗽起來。

　　「大城市的生活對他的身體不好。」柴可夫斯基想，「這個冬天他有些吃不消了，他勞累過度，對自己的力量高估了。我讓他過上了這種生活，對他來說也許根本不是什麼好事。」然後他說：「你們接著玩。我累了。另外我也受不了蕭邦，他使我生病。你好好玩，我親愛的，和你的朋友們。桶裡還有香檳酒。」

＊　＊　＊

　　去美國的路很遙遠。漫長的旅行從熟得不能再熟的一段路開始：聖彼得堡到柏林。

　　兩邊掠過的風景呈現一片荒涼，夜幕降臨了。服務員走進車廂裡的小隔

間來鋪床。該睡覺了，可是他的頭很疼。

「我爲什麼上了這輛火車？它要把我帶到哪裡去？只是帶我離開我的弗拉基米爾。爲什麼我還叫他我的弗拉基米爾？他有自己的女人，一個寶貴的、出身名門的女人。我的私有財產和我離得無比遙遠。啊，當他還是卡門卡的大男孩，在弗洛羅夫斯克作客時，我們的關係不是這樣，那時他那麼天眞、充滿信任地想得到我的喜歡，四處搜集關於我的生活的消息。是我把他帶到大城市裡的。現在他幾乎不再需要我了，現在他有那些女人了。」

「我要在柏林待一天。每個旅館的房間裡都有信紙。我把一張白紙放到面前，在上面寫滿黑色的字，好讓鮑伯來看，知道一些我的事。他一定要知道，我多麼想念他。我在柏林旅館的信紙上寫下：『鮑伯，我寵愛你！我眞可憐啊，面對這荒涼的永無止境的時日，我才如此徹底地感覺到對你的愛如此強大。』這一切我都要寫給他，他應該看到，應該知道。弗拉基米爾，我陌生的財產，咳嗽得太厲害了。他穿燕尾服顯得那麼瘦，我必須關心他的身體。他應該成爲一個不同尋常的人，一個詩人或音樂家。他也許活不長，他的姐姐薇拉也很年輕就死了。上帝總是很早就把祂最嫵媚的孩子帶走。不，我不願想這個。鮑伯必須長壽，鮑伯是我的繼承人……我想不出什麼來寫《胡桃鉗》，我已經才思枯竭，我完了。鮑伯愛聖彼得堡的所有娜絲滕卡，有人說起她們時，他臉紅了……」

在巴黎，莫德斯特到北站來接他的哥哥。柴可夫斯基有些漫不經心地擁抱、親吻了他。莫德斯特打從心裡盼望著這次相見；現在他不由得馬上斷定，這位了不起的哥哥情緒不好，而且也不友善。當柴可夫斯基臉色變得深

紅，額上暴起青筋時，莫德斯特就會怕他。

「旅途愉快嗎？」弟弟怯生生地問。

「謝謝。」柴可夫斯基說，「你看起來已經完全像個巴黎人了。」

莫德斯特蓄起了山羊鬍和一抹薄薄的長長的髭鬚。他的雙排扣大衣敞開著，拄著一根手杖，一副高高的立領，帽子時髦地戴在頭上。這種世界都市的外表非常精心地配合著巴黎街道的風格，和他那張善良、柔和的面孔形成了滑稽的對比——那是一張柴可夫斯基的面孔，性感的嘴唇、憂鬱的眼睛和隆起的額頭。

「人總要盡可能入境隨俗嘛。」莫德斯特用他特有的慢吞吞的口氣說。

「我不理解，人怎麼能自願在外國待這麼長時間。」柴可夫斯基激動地說，「哪怕只是不得不遠離俄羅斯一個星期，思鄉之情都會讓我無法喘息。」

「但是巴黎這兒這麼美，其實你也總是在外國生活的。」

「那是另外一回事。」柴可夫斯基好鬥地說，「人永遠都不能把那叫作自願。不是我病了，就是我不得不為了職業的緣故而旅行。」

兄弟倆都知道，這是謊言，莫德斯特覺得指出這一點不合適。

「你們文學家大概完全失去了愛國主義情感。」嚴厲而緊張的柴可夫斯基說。

莫德斯特搖著頭說：「上帝啊，你今天多可笑啊！」

他們雇了一輛出租馬車。在去利舍龐澤飯店的路上，柴可夫斯基仍然很激動，話很少。

「你現在幹什麼呢？」經過長時間的沉默，他近乎威脅地問弟弟。

「這你知道的。」莫德斯特說，「我的劇本……很快就寫完了。我給這裡的幾個朋友念了其中的幾段，他們覺得這次我的劇本真的寫得不錯。」

「我們也得談談我們新歌劇的劇本。」柴可夫斯基目光有些呆滯地望著前方，他大概在路上又喝得太多了。「另外，我在這不會有太多時間和你聊天。我有很多事要做。」

他看到可憐的莫德斯特大吃一驚，與此同時柴可夫斯基的心也猛地一縮。「為什麼我要讓他痛苦呢？」他突然一驚。「我必須這樣受苦，這一刻讓我如此痛苦，但這並不是他的過錯……」柴可夫斯基愛他的弟弟莫德斯特，就像父親一樣為弟弟操心，他帶著虛榮心和柔情關注著弟弟的發展和他在文學上的成就，把弟弟視為自己最親近、最忠實、最可靠的朋友。如果他折磨弟弟，就像現在這樣，那麼他首先就是在讓自己痛苦。

在隨後到來的鬧哄哄的日子裡，莫德斯特和柴可夫斯基一樣痛苦。柴可夫斯基幾乎馬不停蹄地奔走。他再次去拜訪公爵夫人們和樂評家們，因為3月24日要舉辦他的大型音樂會。他要和指揮家科隆納及出版商馬卡爾先生進行商議，還有接見、排練和新聞發佈會。柴可夫斯基穿著黑色的西裝上衣，顯得筋疲力盡，聲音裡總是帶著激動的口氣。他的每一天都是在車上、前廳、沙龍、音樂廳、休息廳、昂貴的飯店和劇院包廂裡度過的。

曾經非常盼望了不起的哥哥到來的莫德斯特，如果能夠在比較親密的圈子裡看到他幾個小時就已經很滿足了：他們在利舍龐澤飯店裡與在巴黎舉辦音樂會的鋼琴家索菲・蒙特（Sophie Menter）見面，和虛榮心很強的年輕的

薩伯尼可夫，以及曾經在莫斯科音樂學院工作、現在在科隆樂團演奏的小提琴家尤勒斯・科努司（Jules Conus）見面。在這些不安的日子裡，這是最美好、最平和的時刻。沒有音樂，薩伯尼可夫似乎連半個小時都活不了，他在鋼琴邊即興演奏著諷刺滑稽的作品；索菲夫人笑著，聊著，聲音迴響在飯店的所有接待室裡。她把自己的手帕、香水、粉撲和小包隨意散落在椅子上和地毯上；她總是丟點什麼，或者忘記點什麼，然後她就絞著自己的雙手，訴說自己的丟三落四。

這次音樂會比兩年前在「小城堡」中舉辦的兩次大型柴可夫斯基晚會成功得多。柴可夫斯基離開巴黎，他希望能夠到一個盡可能陌生、沒有認識的人的城市裡工作，也希望能稍微休息一下。這次他的庇護所不再是馬格德堡或漢諾威，而是魯昂。但是旅館到處都是相似的。柴可夫斯基坐在一張窄小搖晃且粗糙的畢德麥雅風格的書桌旁，面前放著《胡桃鉗》的筆記。

他努力作曲，但是芭蕾舞劇讓他噁心。「我這個老傻瓜怎麼就得想出些小曲調，好讓那些姑娘穿著外表華麗的小裙子在舞台上蹦來蹦去呢！」他厭惡地想。「這是我的事業嗎？我的天才——如果我配得上這樣稱呼的話——那它退化、降格為可憐的程式了。另外，無論如何我都不會在說定的日期裡寫完這個該死的芭蕾舞劇和那部歌劇。我要給劇院經理寫信，告訴他我要到1992~1993年的演出季節才能把東西給他。做這個值得嗎？如果我注定要再次做點什麼配稱音樂的東西的話，那應該完全是另外一種東西，有著另外一種完全不同的音調……也許我還得做一次大的懺悔，我還得向這個世界做一次表白……」

他沒有工作，卻喝起了香檳酒，又給弗拉基米爾寫起信來。兩天後，莫德斯特來到魯昂。柴可夫斯基對這次拜訪感到有些吃驚。他感覺到，莫德斯特到這兒來是想告訴他某些事。弟弟的表情很莊重，當柴可夫斯基問他心裡裝著什麼事時，他卻不肯正面回答。「噢，沒什麼特別的。」靦腆的莫德斯特聲稱。

　　「你需要錢嗎？」柴可夫斯基詢問道。

　　「不，不需要。」莫德斯特說。

　　「你的東西寫不下去了？」

　　「還行。」莫德斯特說。「還是讓人滿意的。順便說一句，這幾天我要回俄國。」

　　「你終於還是想家了？」柴可夫斯基問這句話時，心裡不無一絲得意。

　　「是的，」莫德斯特說。「我想家了。」

　　談話就進行到這裡，靦腆的弟弟又離開了魯昂，沒有洩露那個讓人不愉快的秘密，儘管它的陰影在他善良、誠實且根本就不愚蠢的臉上顯露無遺。

　　幾天後，柴可夫斯基帶著相當絕望的情緒前往巴黎。在利舍龐澤飯店他才得知，莫德斯特前天已經動身回俄國了。「為什麼他突然這麼著急？」柴可夫斯基驚訝地想。現在他開始想念莫德斯特了，他後悔在過去的幾個星期裡對莫德斯特那麼不耐煩，那麼激動。沒有自己的好弟弟，他覺得自己在巴黎更孤獨了。他不快地在林蔭大道上閒逛著。

　　歌劇院附近有個閱覽室，那裡也擺放著俄國報紙。柴可夫斯基有時就到那裡度過一個小時。閱覽室裡擠滿了人。這裡唯一的俄國報紙正在一位肥胖

的患哮喘病的女士手裡。柴可夫斯基不得不耐心等待。他翻看著幾份巴黎的幽默小報，對這種商品的製造者感到惱怒，因爲他們以不斷更新的變體來向讀者展示裸露的女人胸脯和光著的大腿，並且爲此而編造愚蠢而低級的藉口。那位患哮喘病的女士終於站起身來。柴可夫斯基靈巧地把那份莫斯科報紙拿過來，一個沒有刮鬍子的大學生也正焦急地等著看呢。報紙已經是幾天前的了。

他的目光落到了一個大幅的鑲著黑邊的訃文上：「亞歷珊卓・伊里尼什娜・達維多夫昨天在基輔附近的卡門卡去世了。」

薩莎死了。弗拉基米爾的母親死了。妹妹死了，他和她有著成百上千個共同的回憶。她把所有的回憶都帶走了。她到母親那裡去了，聽話的孩子都應該追隨自己的母親，永遠追隨——薩莎和彼埃爾是從他們的范妮那裡學到這個道理的。

柴可夫斯基動也不動地坐在人滿爲患的巴黎閱覽室裡。在他旁邊，一群法國先生正激動地討論著一個政治醜聞。歌劇院廣場上的喧鬧聲透過虛掩的門傳進來。柴可夫斯基用再也看不清東西的眼睛盯著這份莫斯科報紙，那個沒有刮鬍子的大學生還焦急地等著看呢。

「這就是莫德斯特折磨人的秘密了：爲了告訴我這個消息，他去了魯昂，但他沒忍心把它說出來。他大概以爲，如果我知道這個消息，就會放棄美國的巡迴演出。我會回卡門卡，去安慰鮑伯。鮑伯肯定會哭。我還從來沒見過鮑伯滿臉淚水的樣子。如果我現在回卡門卡，我一定會看到他淚流滿面的。奇怪，我卻哭不出來。」

柴可夫斯基慢慢站起來，搖著頭穿過閱覽室朝出口走去。他翕動著嘴唇，就像一個自言自語的老人。「奇怪，奇怪。」他咕噥著。人們看著他的背影，微笑著。

是否該發個電報，放棄美國的巡迴演出？這個誘惑一度非常強大，但柴可夫斯基不可以接受這個誘惑。他需要美元，他已經指望這筆收入很久了。如果他輕率地放棄這麼好的賺錢機會，他該怎麼繼續資助莫德斯特和弗拉基米爾呢？先坐車去勒阿弗爾，4月8日乘坐法國輪船「布雷塔涅號」去紐約，到「新大陸」的旅行，令人難以置信的徹底的地點轉換刺激著他，儘管他心中也不無懼意。他突然想：「也許我在這片開闊水域的另一面會呼吸得自由些。也許在這個據說有著無限可能性的國度裡又會變成完全不同的一個人。這個國家應該很了不起。它洋溢著青春和力量，這肯定也會讓我振奮起來。我真想知道那邊的人會怎麼接待我。如果他們馬上發現邀請我是個誤會呢？現在他們肯定已經弄清楚我是誰了：不是偉大的作曲家，就連真正的俄國人都不是，而是一個完全二流的人，由迥然不同的憂鬱元素所構成。那邊的人肯定已經知道這一切了。也許他們會善意地不讓我馬上感覺到這一點……」

柴可夫斯基希望在美國的駐留能使他振作起來，不過一路的航程卻沒有滿足他的願望。布雷塔涅號是艘巨大、美麗的輪船，就像一個高雅的旅館一樣舒適。柴可夫斯基卻覺得無論是待在艙室裡、吸煙室裡，還是待在餐廳裡、甲板上，都那麼難以忍受。

在旅行的最初幾天裡，大海很平靜，現在起伏的巨浪卻使輪船搖晃起來。柴可夫斯基並沒有暈船，連他自己都感到驚奇，不過他很害怕。這艘布

雷塔涅號雖然裝配得高雅而舒適，但畢竟只是一艘極小的船，在這無邊無際又可怕的顛簸不安的水面上是那麼無助。

這艘布雷塔涅號可能會沉沒：柴可夫斯基十分嚴肅地考慮到這一可能性。難道他不曾在許多時刻裡衷心呼喚過死亡嗎？這個神秘的寵兒，難道他不曾祈求它的到來嗎？此時它很可能已經離他很近了，而他卻害怕了。人性的矛盾既可笑，又恥辱。

柴可夫斯基無法在搖晃的餐廳裡待下去。他覺得在外面狂風怒吼的黑暗中，波濤正打算把廚師、服務員、所有盤碗和用餐的人當作宵夜吞下去，而裡面的人卻還在吃著由八道菜組成的套餐，這簡直不合適，也很荒唐。

另外，他覺得和自己同桌吃飯的先生們今天晚上特別讓人難以忍受。他們是：一位加拿大主教，他從羅馬來，在那裡他領受了教皇的恩賜；他的秘書；和一對來自芝加哥的夫妻，以及他們的兩個未成年的女兒。他們的談話圍繞著一個不幸的旅伴，昨天他從二等艙的甲板上跳進大海，淹死了。此事在船上引起很大騷動，汽笛響了，輪船停了下來，救生船被放下去，但自殺者卻始終沒有找到。在他的艙室裡，人們發現了一張紙條，上面的字幾乎看不清，最後人們猜出了其中的德語單詞：「我是無辜的……那個男孩哭了……」從這些詞裡看不出任何名堂。那個不幸的人很可能是個精神病患者。

「願上帝憐憫他可憐的靈魂。」這位神父說。「這個不幸的人犯下了最嚴重的、不可寬恕的罪過。在所有深重的罪孽中，最令上帝生氣的就是自殺。」

那位來自芝加哥的夫人讓大家考慮，是否可以把精神障礙作為減輕罪孽

Peter Ilych Tchaikovsi

的一個原因。對此那位主教並不感興趣，他認為自己必須說，在涉及到一個本質惡劣、邪惡的天性時，一種輕率的現代觀點太喜歡說到精神病了。他的秘書點頭加以肯定。

柴可夫斯基站起來，請求各位允許他先走一步：他感覺不舒服。面對波濤洶湧的海面，誰都對此表示理解。他邁著重重的腳步走上樓梯，來到甲板上。他那麼同情那個不幸的人，除了跳入洪流，他不知道還有什麼出路——柴可夫斯基對此人懷有怎樣兄弟般的同情啊！那兩句簡單的話：「我是無辜的……那個男孩在哭……」在他眼裡彷彿是一個改寫過的秘密，柴可夫斯基卻知道其中艱深而嚴肅的意義。

在想到這個不幸的二等艙的兄弟，想到上帝——根據那位加拿大主教的觀點——可能不會憐憫他的靈魂時，柴可夫斯基甚至忘記了自己對海難和沉船的恐懼。他在黑暗的甲板上來回走著，此時這裡已經空無一人。

風和波浪在為他唱著什麼歌？也許還是那首歌，其意義他一直想從火車車輪的響聲中破解出來。「現在我知道它是什麼意思了。」在黑暗的甲板上散步的人想著。「這是那些失落的面孔的歌。這是那些面孔的歌，它們都已沉沒或者滑走、滑落、消失，讓我再也無法留住，也無法抓住。有多少面孔離我而去，朝向幽靈或者一種完全陌生的生活，那裡的一切我無權參與。黛絲麗的面孔不是和薩莎的一樣失落了嗎？可憐的安東尼娜還在不知什麼地方生活著，她不是也像我早已死去的可憐的范妮一樣滑落到這樣的地方了嗎？阿普赫亭對我來說不是同樣和尼古拉·魯賓斯坦或者親愛的科泰克一樣消失了嗎？有一次阿普赫亭這個罪惡天使試圖再生，重新跟我玩他那個誘惑人的

遊戲。他以一個異常迷人的孩子的形象出現，先是在梅德拉諾馬戲團的休息廳裡站在我對面，後來在一個吧台邊。但是我讓這個面孔，這個對我有著特別吸引力的面孔從我身邊滑走了。對我比較重要的許多面孔都滑走了，例如親愛的愛德華・葛利格，他用自己勇敢而倔強的音樂給我鼓勵，使我振作；例如司羅迪，那個美麗的陌生人的、被虛榮心那冷漠的火焰照亮的面孔；我的朋友畢羅那緊張的、留下無數痛苦烙印的臉，尼基許的臉，布索尼的臉。爲什麼我再也沒見過善良的布羅德斯基？他可是我的朋友啊！我的生活分裂爲一個個時期和斷片，它被過去腐蝕、破壞。那個不相識的知交，那個不忠實且殘酷的娜婕達的臉也滑走了，她已經徹底消失，沉入了深淵。啊，離我最近的，此刻在所有面孔中離我最近的還是母親的臉，嚴肅而迷人的、敦促的、誘惑的臉。我就像在清一色的幽靈中間活動，在我周圍只有死人。我究竟有多大年紀了？我一定很老了，是所有人中最老的一個。哪一個活著的人還能在我身邊待下去呢？弗拉基米爾，我心愛的孩子。但是他的面孔現在不是也歸入那些失落的面孔的行列，加入到幽靈的輪舞之中了嗎？我眞不幸啊，這張最熟悉的面孔已經差不多陌生了。我的小弗拉基米爾已經在尋找他想愛的人——他愛的是別人，而不是我這個老頭子。我不能沿著這個思路想到底，這種想法完全充滿了絕望，它肯定會讓我不知所措，讓我踉踉蹌蹌地掉進大海——掉進這驚人的大海，那個迷惘的兄弟，那個『無辜』的人就跳進去了；掉進這個深淵，那些失落的面孔的歌就是從那裡傳出來的。」

柴可夫斯基決定去探望他那些二等艙的朋友：那會使他想些別的。在從魯施到勒阿弗爾的火車上，他認識了一個移民到美國的巴黎辦事員。這是一

個英俊又好動的小伙子，柴可夫斯基很喜歡和他聊天。另外二等艙裡還有六位年輕的女士，打扮得很花稍：她們是「六隻蝴蝶」，要在經理的陪同下去紐約，在那裡的雜耍劇院唱歌、跳舞，顯示她們的大腿。柴可夫斯基覺得這些人比那個加拿大主教以及屠宰場主人的一家更可愛。

他在經理那間狹窄而煙霧彌漫的小艙室裡找到了六個快樂的女士和英俊的辦事員。六隻「蝴蝶」中的一個正跟著吉他唱一段下流的分節歌曲。辦事員愉快地咂著舌頭，而那位經理卻保持著客觀而冷靜的態度，是的，他甚至要對他可愛的保護對象的語言技巧作些批評。

柴可夫斯基的到來引起一陣歡呼。這使他不得不馬上讓人送些喝的來。聽他立刻讓人送來兩瓶香檳酒，好幾隻「蝴蝶」都來親他的鼻子和臉頰。辦事員斷然說，我們的俄羅斯老叔叔是個出色的傢伙。那個語言技巧不夠好的可愛的人又唱了一首歌，其中猥褻的噱頭唱得非常清楚。柴可夫斯基問他們是否也很害怕沉船。大家都笑了。最後，出於禮貌，辦事員承認：今天晚上大海的「風浪的確有點大」。然後大家就打起牌來。柴可夫斯基以驚人的速度輸給辦事員和經理好幾百法郎。

這時他已經喝得相當多了，竟向辦事員傾吐起自己的心事來。他告訴辦事員，他感到孤獨，非常想家，十分害怕陌生的國家美國。辦事員同情地看著他。「好了，老兄，」最後他說，「以您的年紀，這是非常自然的事情！」柴可夫斯基想到，他的生日快到了。他該有多大年紀了？51歲。在辦事員眼裡，他是一個白髮老人。

那位經理說：「抬起頭來，老兄！」接著給他倒了一杯香檳酒。一隻

「蝴蝶」調皮地過來撫摸、親吻這個俄羅斯老叔叔的臉和腦袋。她的口紅在柴可夫斯基隆起的額頭上留下了一塊紅印，就像一個血色的痣。

＊　＊　＊

　　他的海上旅行還在繼續。大海平靜了下來，布雷塔涅號沒有沉沒。幾天後它駛進了紐約港。在這艘法國輪船上出現了許多女士和先生，他們是來迎接柴可夫斯基，這位來自古老的大陸和行將結束的世紀名人的。紐約音樂廳劇團主席莫里斯‧雷諾（Morris Reno）先生，代表美國的音樂界歡迎作曲家來到合眾國的土地上；美麗、苗條、灑脫的雷諾夫人作為一個女士俱樂部的代表向他獻上一大束紅色玫瑰花。記者們問柴可夫斯基夫人到美國的第一印象是什麼，柴可夫斯基保證說，他沒有帶柴可夫斯基夫人來，記者們臉上明顯露出了一絲失望。柴可夫斯基被雷諾先生和夫人架到一輛出租馬車上，在諾曼第飯店下了車。他的房間、帶廁所的浴室和巨大的壁鏡讓他驚訝不已。

　　這個年輕、充滿力量、迅速發展的大陸帶著狂熱的好奇心，接待這位歐洲榮譽的承載者及晚期的音樂大師。渴望爆炸性新聞的、天真而沒有分寸的新聞界一下子就撲向了這位著名客人的私生活。這位柴可夫斯基是誰？關於他有什麼好講的？他的作品在這裡非常著名。柴可夫斯基可以斷定，紐約人比巴黎、柏林或者維也納人更了解、更真誠地熱愛他的音樂。現在人們想獲取事實、軼事和冒險，以及他生活中刺激的、感人的和可笑的東西。

　　柴可夫斯基的相片，這位留著圓圓的一圈灰白鬍鬚、有著高高的額頭、

柔軟嘴唇的老人的肖像出現在日報的頭版上。現在這位被展示的人要自己給他的照片提供文章：記者們圍住了諾曼第飯店，但他們不得不既感動又失望地離去。他們無法走進這個包裹嚴實的生命，大概這個生命所流露出的一絲深重的憂鬱還觸動了他們當中最懂懂的人。失望的記者們對自己說：遺憾的是這位著名的客人沒有戲劇性的傳記，無法從中找出很多聳人聽聞的東西。在他們朝百老匯大街方向走去時，他們一點也沒料到，在這單調的生命歷程中會有那麼持久的好奇心，絲毫沒有料到它悲劇性的法則，感人的偉大。另外，雙方都不了解，也誤解了對方：柴可夫斯基對他作客的國度有著先入為主的觀念，他不大理解這個年輕的大陸的激情，它的英雄主義，它強大的美麗和它嶄新的生活情感；同樣地，那些從百老匯大街來的記者們，也不大理解這位俄羅斯作曲家的精神與人性的存在形式。

紐約把這位著名的客人拖入了它的忙碌中。它向他傾瀉著敬意和愛的證明，它給他帶來了喧鬧、有些生硬的溫柔和無比的殷勤。這個備受讚美的人連一小時的安靜時間都沒有，如果他有那麼一點自己的時間，他就會在他的諾曼第飯店把它用來哭泣：他為疲憊、思鄉和不知所措而流淚。他自己的榮譽現象不停地讓他感到迷惘、恐懼——它讓他感到厭惡，而它也的確讓他感到得意；連他自己都感到驚奇的是，它有時也讓他感到幸福。

在美國的這段生活，是他生命中一段既輝煌又滑稽的插曲，它以驚人的速度朝向一個終結的、黑暗而神秘地誘惑著他的點奔去。夜裡，當他疲憊地從歡樂與祝賀的氣氛中回到家裡時，他試圖集中心思進行回憶，好給莫德斯特或者弗拉基米爾寫一封信，但是一個個印象卻在他頭腦裡混亂地交織在一

起……雷諾先生舉辦了一個大型晚宴，他們從七點半吃到十一點，每位先生都得到了一朵鈴蘭，每位女士都得到了一支玫瑰——這在莫斯科和聖彼得堡最高雅的王族裡也沒有過！此外，每位客人在得到一套餐具的同時，也得到一張作曲家柴可夫斯基的照片，這盛大的宴會就是為了向他表示敬意而舉辦的。和冰凍甜品一道上來的是小糖塊，上面用精美的字體刻著這位受人讚美的作曲家的作品主題：無論是對作曲家，還是對客人，這都是一份可愛的小禮物。

有一位頭髮灰白的小個子先生對柴可夫斯基尤其殷勤，他就是安德魯‧卡內基（Andrew Carnegie）。他擁有的財產不下四千萬，儘管如此，他卻非常和藹可親，甚至很詼諧；另外他似乎非常喜歡音樂，尤其是俄羅斯音樂。著名的卡內基大廳就是用他的名字命名的，現在這裡正在舉辦該廳的落成典禮，典禮上自然少不了國歌和莊嚴的講話；他也是各種圖書館和其他文化機構的創立者。他是一位非常有影響力也非常重要的先生，對一個友好的人，人們在說起他時總說他是慈善家和藝術資助者。對這個年輕的大陸的巨富來說，做出一些人類的朋友和藝術愛好者的姿態大概是合乎禮儀的：這是一種「赦罪」，是他們為自己從社會中賺取了巨資而向社會支付的回報。

關於這位有魅力的、興致盎然的熱愛音樂的小個子卡內基，柴可夫斯基聽說過他最為驚人的事：例如，他強迫自己龐大企業中的工人去圖書館，那是他作為慈善事業為他們創辦的。為了讓工人沒錢去喝罪惡的酒，他給他們的工資特別低，他想透過這種方式教育他們把業餘時間用在讀書而不是喝酒上。而他在工資上省下來的錢，可以再建新的圖書館，自己也可以留下一

點。真是一個非常奇特的人！他不和柴可夫斯基談關於他金錢的事，而是說起了俄羅斯教堂合唱團，他打算讓他們到美國來。

在這裡，各式各樣的人都對柴可夫斯基特別關注，例如，斐迪南·邁耶爾（Ferdinand Mayer）先生，「克納伯與邁耶爾鋼琴公司」的經營者，他帶這位俄國人參觀了紐約的許多名勝：第五大街的宮殿、百老匯大街新建的十三層樓房、布魯克林橋、屋頂花園、和配有游泳池及最現代的體育器材的運動員俱樂部。他還邀請柴可夫斯基去著名的「代爾莫尼克」飯店，去吃一頓有牡蠣和香檳酒的昂貴晚餐。柴可夫斯基自問，為什麼邁耶爾先生對他如此殷勤？幾天後事情明朗了，原來這位好客的先生是想讓作曲家柴可夫斯基給「克納伯與邁耶爾鋼琴公司」的鋼琴做一份鑑定：要把他們的鋼琴讚美為世界最佳產品。為此才有那些參觀旅遊和昂貴的晚餐，那不是白給的，一切都要報酬，一切都有其代價。

要是他會做生意，決定在這裡待上幾年，那他很快就會賺很多錢，也就終於能大力支持弗拉基米爾和莫德斯特，並且能夠償還梅克夫人一度塞給他的所有的錢了。女鋼琴家奧斯·德·歐赫（Adele Aus der Ohe）就是一個例子，四年前她赤手空拳地來到這裡，現在已經在大型的州際巡迴演出中積聚了25萬美元的財產，真是位不知疲倦的女士。是啊，誰會像這位女鋼琴家一樣有這麼大的力量，一個柔弱而堅韌的人！高大而肥胖的柴可夫斯基覺得這短短幾個星期給他帶來的要求，就已經快讓他應付不了了，他每天必須至少痛快地哭上一次才能承受這一切。

在巴爾的摩、華盛頓和費城他必須擔任指揮，在此期間他參觀了尼加拉

瀑布，然後又回紐約待了幾天。在聽到有人說俄語時，他的思鄉之情最為迫切，隨即對熟悉的弗拉基米爾聲音的渴望就會像突然生病一樣降臨到他身上。（為什麼我走得離你這麼遠？沒有你的日子真是無趣。）

幾個俄國人來諾曼第飯店拜訪他們了不起的同胞。他們身上似乎有一個陰暗的秘密：這些人大概是流亡者，無法在祖國生活的反叛分子、沙皇的敵人——誰知道呢？也許他們參與準備或者甚至參與了那些刺殺活動，這些虛無主義者和無政府主義者。跟他們在一起，柴可夫斯基覺得不大舒服，不過仍對他們非常友好，在他們請求資助的時候，他還送給他們一些錢；第一，因為他們艱難而不同尋常的命運吸引著他，感動著他；再者，就是因為他知道，這些被驅逐者的許多觀點和全部的激情都和年輕的弗拉基米爾相同——弗拉基米爾是在狂熱的誇誇其談，而他們卻是在為信仰而鬥爭，為信仰而承受痛苦。

當柴可夫斯基在百老匯大街上遇到一支遊行隊伍時，他不由想到了弗拉基米爾和他的革命言論；遊行隊伍非常長（五千人，這是後來有人告訴他的），他們舉著紅旗和大牌子，上面寫著：「同志們，我們是自由的美國中的奴隸！我們不想再做超過八小時的工作！」「我應該問問那個小卡內基，這些抱怨是否有道理。」受到震撼的柴可夫斯基想，「甚至在自由的美國似乎也不是一切都如人所願的。我聰明的寵兒很可能是對的，這個進步的世紀還有著極其野蠻的特徵。」

但他卻忘了和卡內基談論這些卡內基非常在行的事，儘管在這位百萬富翁為作曲家舉辦的一次大型告別宴會上他本來是有這個機會的。在這次宴會

上，卡內基公開把他稱爲「音樂的無冕之王」。這次慶祝活動是美國之行爲柴可夫斯基獻上的最後一批慶典之一。現在他還要在作曲家俱樂部指揮一次音樂會，做一系列告別訪問。

當他坐車四處奔走完，終於疲憊地回到飯店時，大廳裡已經有採訪記者和索取簽名者在等候他了。一位崇拜他的女士遞給他一個相當大的自由女神石膏像，作爲告別禮物。「但是這個東西是不准帶進俄國境內的。」筋疲力盡的柴可夫斯基試著開個玩笑。另外一位女士帶著謀殺似的表情向他拋來硬硬的一小束玫瑰花，正打在他臉的正中，傷了他一隻眼睛。與此同時，這位好鬥的女士尖聲用憤怒的罵人聲音喊道：「大師萬歲！」柴可夫斯基站在飯店大廳中間，被記者、女士和攝影師們團團圍住，一隻腫脹的眼睛在流淚。突然他不由得想到了布拉姆斯和他那頗有男子氣概的女崇拜者史密斯小姐。「唉，『大師』在這個時代是多麼荒唐的角色！」他一邊用手帕擦拭著那隻眼睛，一邊暗自感嘆道：「榮譽就像是對我們爲之付出、爲之受苦的譏諷。」

柴可夫斯基乘坐一艘德國輪船「俾斯麥侯爵號」離開美國，這艘船是頭一次在紐約－漢堡線上航行。柴可夫斯基試圖在路上工作，爲一部新交響曲——第六號交響曲打草稿。但是他覺得自己已經被掏空了，出現在他過度勞累的頭腦中的節奏與和聲都不是他要尋找的，沒有表達出他的意思。不，他不可以就此滿足，他的任務不是這樣的：他要做一次完整的懺悔，一次全面的自白，要開始一次長長的哀訴，要暴露最隱秘的東西。人必須走到這最後、最極端的點，但現在還沒走到那麼遠，還遠遠沒有達到這一點……。

第四樂章

Adagio lamentoso

9 失去護身符

　　地點與面孔不斷在變換，它們滑過去了，它們消失了，柴可夫斯基注視著它們，目送著它們，用他溫和的冥想著的目光。他走過了一站又一站。他的生命中不該有安寧：這是一個毫無仁慈的規律的要求。他動盪不安的生活驅使他越來越快地朝一個朦朧的目標，一個神秘的滿足走去。這個朦朧的目標預先就投出了它的光芒和陰影。

　　在這單調的動盪中，在這傷感的忙碌中，有一個點是不動的，他叫弗拉基米爾。不管這個聰明的寵兒，可愛的、心愛的年輕親戚，是否和他舅舅度過了白天，反正夜裡，在睡著之前，柴可夫斯基都把那張可愛的面孔、瘦削的身形呼喚到自己跟前。鮑伯用溫柔而熟悉的聲音說著、唱著，送他進入渴望的夢鄉。他渴望安眠，而且他不僅僅把它視為一夜的安寧，而是把它視為安寧本身，視為最終的和平，最後的休息——視為死亡。

　　每天，這個個子高高的、動作笨拙但優雅的小伙子都要把這位正在變老的人搖入死亡的假寐中，這是他日復一日的義務，就像宮廷的侍童一樣。在這個過程中還可能發生這樣的事，這個陌生而有著親屬關係的男孩面孔漸漸發生了變化，有了另一張臉的特徵，一張最熟悉、最深愛的臉。站在床邊的

人，那個用催人入眠的聲音說話閒聊的人和另外一個人的身體合而爲一：那是女性的母親的身體。它有著侍童的優雅，有著母親的溫柔與嚴厲。弗拉基米爾和母親變成了一個人。母親的美麗和男孩的魅力出現在一個不再是女性、也不再是男性的青年男子形象上面。啊，它在招手，人該跟著它走。它催促著，引誘著。人該聽母親的話，乖巧的孩子都學過這個。面對她的催促和引誘而表示反抗，這是最嚴重的罪過。沒有你的日子是犯罪。弗拉基米爾和母親在神秘的雙重體中統一了他們溫柔而嚴厲的愛的命令。

可愛的外甥自然無從知道這位受人尊敬的資助者、深愛的舅舅、出色的朋友和他的面孔與聲音所做的這種極爲奇特的遊戲。難道他能知道，他夜裡便以母親般的死亡天使的形象，在這位正在變老的人的寢室裡飛過嗎？如果他得知這一情形的話，他大概會大吃一驚，也許會有些害怕。但狡猾的柴可夫斯基什麼也沒向外甥透露。他小心翼翼地把白天陪在他身邊、讓他振作的年輕鮑伯，和在他睡覺前出神的十五分鐘裡出現的那個神秘的、有著雙重面孔的青年男子分開。對夜裡的弗拉基米爾，死亡的侍童，他感到一種摻著敬畏的、帶著懼意的、激情洋溢的、陶醉的愛；但對活生生地呼吸著的鮑伯，他感到的卻是最自然、最充滿感激的柔情。

在每一刻他都對鮑伯心懷感激，因爲鮑伯把熱情和青春充沛的生命力帶進了這個正在衰老的人陰鬱的存在裡。他帶來了充滿激情的興趣、享樂的追求、求知慾、對現存事物感情激烈的批評，以及他的快樂和他可愛而年輕的嚴肅態度。

這個邁達諾沃的高個子男孩來了，滿腦子都是激情洋溢的想法，滿箱子

都是新書。年輕人讓這所寂靜的房子充滿了他們的笑聲和討論。這裡再次開始了遊戲和長長的散步。阿列克賽必須再次端上小主人愛吃的菜。弗拉基米爾覺得在邁達諾沃比在弗洛羅夫斯克還美。柴可夫斯基不論在哪兒都不會待很長時間，他已經把弗洛羅夫斯克的莊園賣了，因為那裡殘酷的伐木干擾著他，讓他痛苦，他暫時又住到邁達諾沃的房子裡，這裡的森林早就沒什麼好砍的了。

在一個每塊石頭、每根草都不由讓他想到過去的、消失的生活的地方，這個過分認真地搜集回憶的人能夠感到快樂嗎？只有當鮑伯和他的朋友來這裡看他時，他才感到快樂。他們一走，憂鬱和無聊就再度襲來。當他再也忍受不了這份孤獨的時候，他就到莫斯科或聖彼得堡去看那些年輕人。接下來就是愉快而花費昂貴的日子。

人們在這兩個首府的所有劇院、所有高消費的酒店裡，都能看到這群引人注意的有些奇怪的人：一個鬍鬚灰白的人帶著一群吵吵嚷嚷的大學生、學音樂的學生和軍校學生，偶爾還有莫德斯特在場。柴可夫斯基喜歡被年輕人利用。每到這時，他對自己的作品總是要價驚人的高。出版商于爾根遜常常一臉嚴肅。如果不馬上交出那部芭蕾舞劇和獨幕歌劇，就要出現財政危機了。柴可夫斯基不得不違心地回到邁達諾沃，繼續寫作這兩部預定的作品。

他對芭蕾和歌劇的反抗仍然很強烈。他痛苦地工作著，而這痛苦其實只有更嚴肅、更高級的東西才配擁有。如果他必須再次使出全部的精力——要寫出點什麼，他就不得不動用全部精力——那麼他也只是為那部、那唯一的一部作品才願意這樣做的。這部作品現在還在他心裡，在他的意識中：那是

支終結性的、總結性的歌。他一次又一次地把他在那艘越洋輪船上狹窄而搖晃的艙室裡所做的交響曲的筆記拿出來，又不得不一次又一次失望地把它放到一邊。不，這不是第六號交響曲。它還沒有來到他的心靈深處，他還沒有接收到它，他等待著它，就像等待一個奇蹟。他再次投身到義務工作，投身到雖然簡單，卻讓他承受這麼多痛苦的素材當中。

自然地，偶爾他也成功地寫出些極其迷人的東西——他這樣斷定，連自己都感到吃驚，例如《胡桃鉗》中的《花之圓舞曲》（*Valse des fleurs*），難道這不是一個神奇的念頭，不是一小段音樂送給他的一份非常甜美可愛的禮物嗎？

柴可夫斯基為了到邁達諾沃來看他的胖胖的拉羅什演奏了《花之圓舞曲》。「真迷人。」胖胖的拉羅什說。他的冷漠使他很少作出熱烈的讚美。「你這個灰白的腦袋還想得出這麼可愛的東西來，老彼得！」

老彼得平靜地兀自笑著。「是的，它真美。」他終於說。「我有教人高興的一面。這樣一段旋律聽起來都很悅耳，不是嗎？我知道它聽起來很可愛，人們不會很快忘記它，從劇院回家的路上還會哼起它。正因為這個原因，所以有些人一聽到它，就要擺出一副高傲的面孔了，無論是嚴肅的俄國人，還是嚴肅的德國人。」

「那些嚴肅的俄國人和德國人你更可以不去理會了。」胖胖的拉羅什說。「你比所有這些人都更有價值，因為你想出了這些東西，相信我，我的直覺非常靈，我那麼早就預言了你的成就，我的老頭。」拉羅什很少連續說這麼多句話。

「凱薩‧居伊會聳聳肩，布拉姆斯大師也會聳聳肩。」柴可夫斯基絕望地斷定，「兩個人都會說，這是巴黎人的膚淺東西。那麼也許我身上真有點巴黎人的特徵呢。難道這是個恥辱嗎？如果人偶爾用一段花之圓舞曲給人們帶來些快樂——在他們從劇院回家的路上，他們還可以吹吹這支曲子，這難道就是個恥辱嗎？」

「這不是恥辱，相反的它是個特別的功績。」胖胖的拉羅什莊重地說。

「偉大的圓舞曲之王約翰‧史特勞斯並沒有白白地發現我，並把我帶到公眾面前。」柴可夫斯基說。在想到這位維也納大師時，他臉上露出了友好而喜悅的笑容。「這自有它的意義。」沉思了一會，他微微一笑，補充說。

兩個老朋友無言地對坐了幾分鐘。「當然，這些小把戲不是我現在真正應該做的。」終於柴可夫斯基說，就像是經過長久的思考之後做個總結似的。「你該相信我想做的是完全不同的東西。」

拉羅什點點頭。柴可夫斯基從來沒向他講過自己一直在考慮的計畫，那個寫一部偉大的總結性的交響曲的計畫。兩人認識已經很長的時間了，彼此非常了解，他們能夠猜出對方的想法和觀點。

「是的，是的。」拉羅什又停了一會說，悲哀地點點沉重的頭。「如果人總是可以做自己想做的事情的話……比如說我，在漫長的一生中，我沒做成一件我想做的事，絕對一件都沒有。當時在音樂學院，我們剛認識的時候……你不管怎樣偶爾還做出些什麼，但我真的什麼都沒有做出。那幾篇關於音樂的文章算什麼？不值一提，不值一提。現在我們坐在這裡，我們兩個老傢伙，喝著伏特加……」這個胖胖的人不吭聲了，他若有所思地把肥胖而憂

鬱的臉轉到一邊，他的眼睛疲憊地對著香煙的煙霧眨巴著。

柴可夫斯基非常清楚他爲什麼不喜歡這個忠實而正直的朋友經常出現在自己身邊。他身上散發著一種令人癱瘓的無望。哪一天要是和他一起開始，那一天就已經失敗了一半。因爲這個肥胖且多愁善感的人在吃第一次早飯時就說：「我們究竟爲什麼起床？我們同樣也可以躺在床上的。那樣甚至要理智得多。」然後他患疑病似地抱怨說身體的哪個部位覺得怎麼疼，整整一天他就這麼無精打采地在一把躺椅裡度過。

柴可夫斯基身受這一情境所苦。看著這樣一個大有價值的人自我放棄、自甘墮落，他感到很沮喪。這位青年時代的朋友的觀點和惡習對他來說並不是不可理解的，也絕不陌生，但這就越發讓他討厭了：胖胖的拉羅什放任自己沉浸其中的情緒，正是柴可夫斯基每天所抵抗並每天都戰勝的東西。

此外這個懶惰而憂鬱的大塊頭還帶來了不幸。這個秋天，就在他住在邁達諾沃的那幾個昏暗的星期裡，發生了那件讓柴可夫斯基大爲震驚，深感痛苦的糟糕事。

他美麗的錶，那個最珍貴最漂亮的東西，柴可夫斯基並非總是帶在口袋裡。偶爾在出門時，他會把它放在床頭櫃上，這樣當他回來看到這個優美的東西時，就會感到雙倍的喜悅。拉羅什很少和他一起下午出去做長距離的散步，在大多數情況下，他都懶得做這樣的事。今天柴可夫斯基卻說服了他一起去散步了。沉默的散步持續了很長時間，當他們回家的時候，天已經黑了。柴可夫斯基走進他的臥室換鞋。他的目光首先在床頭櫃上尋找那個最美麗的東西。他輕聲發出一聲驚呼，用顫抖的手指在纈草瓶、照片和法語書之

間翻起來：錶不見了！

震驚的柴可夫斯基一下子意識到，它已經徹底地消失，永遠地丟掉了。「我再也不會見到它了。」他喃喃地說。隨即把阿列克賽、廚娘和拉羅什叫了進來。大家談論著這件事情，激動地猜測起來，接著向警察局報了案。

由於對阿列克賽和廚娘不能有絲毫的懷疑，就只有一種解釋了：一定是什麼人從外面進到了房裡，小偷肯定是從鄉村大道上來的。阿列克賽真的忘了關上臥室的窗戶。一個靈巧的男人很可能爬上圍牆。然而無論是在牆上，還是在窗框上、房間裡，都沒有找到痕跡。什麼東西都沒丟——除了那個最美麗的東西；什麼東西都沒動過，其他東西也沒弄亂。彷彿闖入者僅僅只是想要那個錶：他好像知道它的位置，靈巧地一把就把它拿走了似的，而且它是他大膽且卑鄙的遠征的唯一目標。

「我再也看不到我的錶了。」柴可夫斯基艱難地控制著自己的情緒，對警察局的先生們說，眼裡充滿了淚水。

「老爺請相信，我們一定盡一切可能為您找回您的東西。」這位官員說。

「謝謝。」柴可夫斯基說。當警察一走，他就痛苦地哭泣著對拉羅什說：「這個錶丟了，我非常清楚地感覺到了。我再也不會高興地看到阿波羅和美麗的奧爾良少女了。啊，真讓人難過。啊，難過極了！」

「我們送您一個新的。」拉羅什安慰著他，就像安慰一個孩子一樣。「我到我們的朋友那兒去募捐，我們給你買一個更漂亮的！」

「但這個是我的護身符！」極度傷心的柴可夫斯基哀訴著，「它丟了，

這一定意味著非常可怕的事情。現在我也很快就要完了。」

「你怎麼這麼迷信呢！」拉羅什用有些顫抖的聲音說。他自己半生都是在擺撲克牌和對各種陰森可怖的跡象和象徵的恐懼中度過的。「沒有這個錶，你一樣還會活上三十年。」

「你知道我怎麼想，我不得不擔心的是什麼嗎？」柴可夫斯基表情神秘地把朋友拉到身邊。「這個小偷，這個竊盜者，他是梅克夫人的使者！這位知己想把我手中最美麗的紀念品搶走。她當然知道這個錶是我的護身符。她派來行竊的這個使者，是個殺手！」

「這完全是你的想像。」拉羅什說，他的臉因為害怕而露出一副茫然失措的表情。「警察會找到真正的小偷的。」

「啊，警察。」柴可夫斯基輕蔑地說。

第二天，警察帶著一個衣衫襤褸的小伙子出現在柴可夫斯基家裡。這是他們在鄉村大道上抓來的，由於沒有別的嫌疑犯，他們就認定他是偷錶的賊。他們給他戴上手銬，很可能也打過他：小伙子有一片嘴唇裂開了，流著血，一隻眼睛腫著。

「這個傢伙不肯承認。」一位警官邊說邊把小伙子推到房間裡。「但是我們有充分理由認為他是嫌犯。」

柴可夫斯基一看到這個受折磨且愚笨的人，就感到有些噁心和一種令人窒息的同情。

「請您放開他！」他要求那位警官，並揮手示意那個小伙子走近些。

「你偷了那個錶？」他輕聲問，同時用深藍色的、溫和地冥想著的目光

打量著這個衣衫襤褸的人。

　　小伙子一下子跪倒在他面前，接著就彷彿突然陷入了極度興奮的狀態，來回搖晃起上身。他伸出被銬住的雙手。「原諒我吧，先生！」小伙子叫道，嘴唇上的傷口猛然綻開，血沿著嘴和下巴流下來。「原諒我吧，仁慈的先生！是的，是我幹的，我真不幸啊，我是個罪人，上帝把我驅逐出來，我受到了詛咒，犯了嚴重的過錯！」與此同時，他還不停地在一種絕望的痙攣中來回搖晃著上身。他的叫聲和手腕上鏈子的響聲混合在一起。

　　警官們的臉上露出了勝利的微笑。柴可夫斯基用低低的聲音問：「那錶在哪裡？」小伙子突然安靜下來，用極為驚訝且充滿譴責的目光仰視著柴可夫斯基。「它不在我手裡了。」他說，露出一臉愚蠢而狡猾的奸笑。

　　「好吧，」一位警官喊，「我們會讓他說出把錶藏到哪去的！」他邊說邊把那個小伙子拽起來。「站起來！」他衝著小伙子喊。「別再演戲了！」

　　另一位警官向柴可夫斯基鞠躬：「明天我們就會把您的東西拿回來。」與此同時，他的同事把那個小伙子往門外推去。小伙子回頭用他那隻腫脹的眼睛懇求地看著柴可夫斯基。

　　「你們別再打他！」柴可夫斯基衝著離去的警官喊，「我要求你們不要打他！」

　　二十四小時以後那兩位警官又來了。這次沒帶那個小伙子。「從他嘴裡什麼也問不出來。」他們報告說，粗魯的臉上露出一絲疲憊。「他一定是個精神病，要麼就是個極其狡猾的惡棍。當我們在警局裡想再次審問他時，他突然做出一副彷彿什麼都不知道的樣子。他否認了一切，聲稱他從來沒聽說

過一個錶的事。在這期間他還告訴我們，他是上帝面前的一個罪犯，要進地獄。從他嘴裡的確問不出什麼來了。」

柴可夫斯基請求警官把那個小伙小放了。「我知道，我的錶永遠都回不來了。」他難過地說。「這個可憐的人可能真的沒偷。」

「那我們拿他怎麼辦呢？」筋疲力盡的警官們問。累人的毆打行為和目睹他們的犯人陷入宗教興奮狀態的情景使他們筋疲力盡，變得溫柔起來。

「這裡有些錢給他。」柴可夫斯基說。想到那片流血的嘴唇和被糾纏成一團的頭髮遮蓋著的低矮的額頭，他既痛苦，又感動。「他應該去買衣服和吃的東西，也許他會找到工作。」

警官們拿著錢走了。他們考慮著是否真該拿出其中的一部分給那個小伙子，好讓這個討厭的傻子從這裡消失。

這個護身符回不來了。阿波羅和深受喜愛的奧爾良少女，從柴可夫斯基的生活中消失了。

「我本該永遠不再回邁達諾沃的。」柴可夫斯基對拉羅什說，「現在我恨這裡的一切。這是一座受詛咒的房子。在我出去巡迴演出的時候，讓阿列克賽把它賣掉或者租出去。以後我也許會在克林定居……」

「為什麼偏偏在克林？那可是個糟糕的小地方！」

「我習慣了這個地區。」柴可夫斯基說。「克林當然很糟糕。可是它正好在莫斯科和聖彼得堡之間，這樣弗拉基米爾可以來看我。阿列克賽也喜歡那兒。如果我死了，就把那所房子留給他。」

最近幾天裡他哭得很多，睡得很少，一點也沒作曲。他的臉上露出了病

容，看起來很憔悴；他的嘴唇和雙手都忍不住要顫抖。

「從他們把那個流血的小賊帶走以後，這麼長時間你到底寫了什麼？」拉羅什想知道。

「我寫了我的遺囑。」柴可夫斯基回答。

這位青年時代的朋友若有所思地透過被脂肪擠得細細的眼睛看著他。「啊，是這樣。」他終於說。「誰是那個幸運的繼承人呢？」

「不是你。」柴可夫斯基說。

* * *

10月底，各大首府的演出季節又開始了。「我們也一塊乾！」柴可夫斯基決定。「每個秋天、每個多天都上演同樣的喜劇：人們以爲可以大大地提高自己的聲譽，就不辭辛苦地工作，卑躬屈膝；當春天到來時，人除了變得更老、更疲憊、更筋疲力盡以外，別無所獲。我們就一起乾吧！」

他在莫斯科和聖彼得堡指揮演奏。觀衆鼓掌歡呼，女士們拋著鮮花。批評家們寫著貶低的評論文章：他們從來都是潑冷水的，當《黑桃皇后》在莫斯科首演後也是如此。與此同時，柴可夫斯基認爲特別失敗、此時卻不得不排練的另一部作品交響幻想曲《沃伊沃德》（Voyevde），卻得到了各家報紙的一致好評。「人完全可以相信這些人的錯誤直覺。」柴可夫斯基惱火地說，「《沃伊沃德》純粹是糟糕透頂。」首演結束後他絕望地把總譜從中間撕開，但它已經有副本了。

我們一起乾吧！在基輔舉辦音樂會，在華沙舉辦音樂會；參加了漫長的晚宴，聽充滿敬意的講話，然後在孤寂的旅館房間裡崩潰，最後是給鮑伯寫信。「啊，我親愛的！我再次數著——就像去年，就像以往那樣——離我旅行結束的日子還有多少天，多少小時，多少分鐘。我所有的思緒都圍繞著你。因為每次在我痛苦、在我強烈地思念家鄉、在我思想變得憂鬱的時候，一想到你在那裡，在不太遙遠的將來我就可以再見到你，我眼前就彷彿出現了一道陽光。請不要以為我的話很誇張。我一次又一次從這個簡單而偉大的事實中汲取安慰。是的，一切都很痛苦，而且常常難以忍受，但這不會帶來什麼損害，因為鮑伯存在。在遙遠的某個地方，在聖彼得堡，鮑伯正坐在那裡用功讀書。再過一個月我就要見到他了。」

這封信上蓋的是什麼郵戳？是華沙的戳，日期是1891年12月29日。這個戳也可以是「漢堡」的，因為在那裡，我們這位充滿渴望的旅行者的心情，跟在華沙、基輔或者隨便別的什麼地方沒什麼兩樣。

在漢堡，柴可夫斯基要指揮演奏他的《尤金‧奧涅金》，但德語版的劇本讓他感到很陌生，所以他就讓歌劇院年輕的管弦樂團指揮來指導排練。

「我完全信任您。」柴可夫斯基說。「您將比我做的要好得多。我感覺，您會做的好得多。」

年輕的指揮一聲不吭地鞠一了躬。他熠熠閃亮的目光透過厚厚的眼鏡觀察著這位著名客人的表情。這雙眼睛讓柴可夫斯基不安起來：它們似乎包含著一個嚴厲的要求，一種無情的期待。這個不愛說話、幾乎不懂禮貌的年輕人——他長著一張稜角分明的臉，從額頭上可以看出他酷愛腦力思考——身

上有著某種讓人害怕，幾乎讓人感到窒息的東西。夜裡，在藝術家常去的酒館裡，他會卸下重負，表現出一副閒適態度；白天，在排練期間，他那極度嚴肅的表情緊張得幾乎像是在發怒，不會露出絲毫笑意。

這個極為年輕的指揮叫古斯塔夫・馬勒（Gustav Mahler），承擔了《尤金・奧涅金》的音樂指揮工作。儘管他狂熱地細究演出的每一個細節，這部「抒情戲劇」在漢堡的演出效果仍是一般。首演結束後，柴可夫斯基用他那吃力卻討好地說出的、柔和而像唱歌一樣的德語，感謝這位不愛說話的年輕指揮，為《尤金・奧涅金》所付出的一切努力。在年輕的指揮和正在衰老的作曲家握手的時候，劇院經理伯利尼就站在旁邊，那樣子就像一個無憂無慮的馬戲團團長。隨後老作曲家就動身去巴黎了。

他想在利舍龐澤飯店等著去荷蘭進行巡迴演出，但幾天後，不安和被他稱為「思鄉」的折磨人的渴望就變得越來越難以忍受了。另外和科隆納先生的一場爭吵也讓他沮喪起來：這位先生曾經向他許諾在大歌劇院上演《黑桃皇后》，但儘管柴可夫斯基多次督促，演出終於沒能成行。這時柴可夫斯基就感到再也不能在巴黎待下去了。他憤怒地表示，當法國人在「牧羊人遊樂場」中衝著小丑杜洛夫和他那230隻受過訓練的老鼠歡呼的時候，他們對俄國人的友好態度就已經用盡了。他取消了阿姆斯特丹和海牙的音樂會，決定再次回邁達諾沃，因為他在克林還沒有找到合適的房子。現在他想工作了。對工作的需求在他心裡突然變得強烈起來。《胡桃鉗》和《尤蘭塔》還等著配器。

*　*　*

　　難道開始那部最偉大的收山之作，那部總結性的、結束性的作品，那哀訴與懺悔，那重要的自白，《第六號交響曲》還沒有到來嗎？

　　時間匆匆流逝，越來越多的跡象顯示，他不會活很久了。

　　1892年以華沙、漢堡和巴黎傷感的參訪開始，接著在孤獨或在無所謂的人的陪伴下，或者和可愛的外甥一起度過。時間在旅行或者在莫斯科、聖彼得堡或是克林的新家裡度過。他的新家在城市最邊緣，在那裡，鄉村大道已經開始穿越田地——那是一所高大寬敞的房子，阿列克賽把它布置得很漂亮。他要開始爲最重要的作品確定最後版本了：柴可夫斯基以近於徹底的研究來對待它們。最後完成的時刻，解脫的日子，應該有一個收拾得乾乾淨淨的書桌，因爲一切都要在合適的位置上，任何東西都不該付諸偶然。

　　逐漸衰老的柴可夫斯基，覺得自己是個年邁的人，也就這樣給自己定了位——全力投入到審閱校對，投入到歌劇、交響曲和管弦組曲的最後改編中，就像在爲一次長期旅行做準備一樣。一切他都要自己做，最可靠的幫手克林德沃斯或者司羅迪對他來說也太欠準確，任何一個細小的錯誤他都不會放過。已經完成的工作不管多少都要以無可挑剔的形式交付到最高法院，最嚴厲的法官那裡：這是最後一絲傷感的虛榮心對柴可夫斯基提出的要求。

　　在此期間生活還在繼續，一個個事件似乎都具有了某種重要性。新作《胡桃鉗》在音樂廳進行首演：它得到了觀眾熱烈的掌聲，六部組曲中有五部不得不重演。這是1892年3月。芭蕾舞劇《胡桃鉗》冬天才公演，和歌劇

《尤蘭塔》一起彩排之後，沙皇陛下讓人把作曲家叫到他的包廂裡，用帶著鼻音的法語說了幾句肯定的話。

儘管他為滿足與解脫的時刻做著準備，而且僅僅為此而活著，但他仍在為自己的健康操心。他抱怨著自己的心臟病和胃痛，吞下了過多的小蘇打和纈草滴劑，又到維基去療養。是鮑伯陪他去的。讓鮑伯看看外國是件很美的事。在柏林，年老的舅舅和漂亮的外甥去看了華格納的《羅恩格林》，在巴黎則去了羅浮宮和「尚堂咖啡館」。鮑伯心醉神迷地享受著舅舅為自己提供的一切。遺憾的是，他總忍不住從柏林、巴黎和維基給聖彼得堡的一位女友寫信：不知是否還是那個溫柔和寶貴的人兒？當初他的朋友們還拿她開他的玩笑呢。柴可夫斯基克制著自己不去打聽。他不去看弗拉基米爾擺在床頭櫃上的照片，他試圖忘記涅瓦河畔的收信人的存在。幾天以來他都避免接觸自己的寵兒的頭髮或者手。他不由想到自己的第一次出國旅行：想到那個年紀較大的工程師和他那討厭的要求。想到這些他就心痛。

等待的一年過去了：柴可夫斯基向自己的內心傾聽著，不知自己是否能聽到那個聲音，那個圓滿的標誌——那最後的動機，那包容他作品中所有旋律的旋律，就像他對弗拉基米爾的愛，把他生命的所有情感都集於一身那樣。但他每天傾聽的地方依然悄然無聲。

一年就要過去了，這時那最後的、決定性的標誌出現了，柴可夫斯基終於接受了索菲·蒙特夫人常常衷心發出的邀請：他在蒂羅爾的伊特堡住了幾天。在此之前他在維也納逗留了一陣子，情緒很不好。他本該在那裡的「音樂與戲劇展覽會」上舉辦音樂會。「但是在維也納我很不幸，」柴可夫斯基

說，「我對這座美麗的城市的愛沒有得到絲毫回報。自從漢斯利克砍掉我的小提琴音樂會以後，我就失去了維也納這一地帶。」

在伊特堡，他向朋友們講述著這次他在奧地利首都的經歷有多麼可笑，多麼令人厭惡。「沒有一個人來接我，一開始就這樣！」他報告著，蒙特夫人、薩伯尼可夫、一位德國宮廷女歌唱家和一位巴黎樂評家做出憤怒的表情。「開始就這樣，接著又怎樣呢？我舉辦音樂會的地方竟是一個大啤酒館！你想想，那裡散發著油炸點心和炸雞的味道！我要在那裡指揮演奏！幸運的是我還沒有把行李打開！我跑回飯店。我的房門前，就在走廊裡，擠滿了一群人。不過他們絕不是為了歡迎我來的，他們是在等彼得羅・馬斯卡尼（Pietro Mascagni）大師，他的房間緊挨著我的。《鄉村騎士》（*Cavalleria Rusticana*）的作曲家目前大概是歐洲最受歡迎的人之一……。」

薩伯尼可夫說了一些關於馬斯卡尼聲譽的事，而索菲・蒙特則笑起炸雞和啤酒味，笑得眼淚都流出來了。那位德國的宮廷女歌唱家則大聲喊：「在一個酒館裡演奏！我認為這是對藝術的褻瀆！」她幾乎完全唱不出美麗的女低音了，只是偶爾還可以參加一下教堂音樂會：她剛剛在因斯布魯克參加過這樣一場音樂會。那位巴黎的樂評家嘲弄地說，這大概是日耳曼人的習俗。薩伯尼可夫說：「不過，我們不要貶低德國人。現在在慕尼黑人們又接受我了，真讓人興奮。」他剛剛在慕尼黑舉辦過音樂會，距離在佛羅倫斯的下一場音樂會還有兩天時間，於是他就到蒂羅爾他的女友和大師家裡來了。蒙特夫人忍不住對他最新的蕭邦曲目單進行了批評。薩伯尼可夫在鋼琴旁坐了半天時間。吃飯時他臉上還露出焦急的表情，修長的手指在桌布上動個不停，

彷彿它們已經等不及要去觸摸鍵盤了。

「我很高興您有這樣的不幸！」蒙特夫人笑夠了以後說。「多虧它，您才終於到我們這來一趟。上帝啊，我肯定已經邀請您五十次了！我真的不再指望會看見您坐在這裡了！」

「我根本不知道您這裡有多美啊！」柴可夫斯基微微歪著頭，愉快地透過巨大的窗戶看著白雪覆蓋的山嶺。

「只可惜這裡太冷了。」宮廷女歌唱家抱怨說。她已經披上了兩條羊毛圍巾，現在正在織第三條。「我覺得伊特堡只有夏天的時候才真的很舒服。」她臉上露出一副悲哀而意味深長的表情。這位歌唱家每個季節都到索菲·蒙特的領地裡來，不管是否接到邀請。

屋主友好地先是衝著女歌唱家，然後衝著柴可夫斯基，最後朝李斯特的白色大理石半身雕像微笑著。她說：「我覺得這裡正是在一切都被大雪覆蓋的時候才最美了……假期裡那一幫人就來了……那時這裡就經常熱鬧得像一個大火車站的候車廳，而且是在兩輛快車之間。」她愜意地在靠背椅裡伸展開四肢，把自己更嚴實地裹在長長的絲製晨衣裡。「噢，這些客人。」她笑著搖搖頭，「裡面總有我根本就不認識的人！」

她一邊驚奇而愉快地回憶，一邊講著夏天到來的那些客人在伊特堡製造的熱鬧景象。講那些年輕人，他們突然出現在樂室裡，因激動而流著汗，他們是想讓大師看看自己有沒有天賦；講那些勇敢的女士和先生們，他們堅持要到山裡進行高山旅遊，結果卻得讓當地的登山嚮導把他們接回來。「真是不可思議！」蒙特夫人喊道，說起她的客人她從來都無法平靜。「噢，都是

Peter Ilych Tchaikowsky

些什麼樣的人啊！您認識這個人嗎？」她說著從白色的李斯特半身雕像下面的小桌子上拿起一張裝在鏡框裡的照片，遞給柴可夫斯基。

「不認識。」柴可夫斯基答道，「不過他很漂亮。」他的目光無法再從照片上移開。照片上的年輕人有一種令人不安而激動的魅力。首先引人注意的就是他向外凸出很多的、形狀很漂亮的後腦勺，黑色的像真絲一樣平滑的頭髮閃閃發亮；接著是長長的、低垂的睫毛下充滿悲哀的眼神，然後是一張無比高貴而敏感的臉，觀者能夠看到的只是年輕人的側臉，既賣弄風情，又多愁善感。「他真是俊美極了。」柴可夫斯基再次說道。「這到底是怎樣的一個東方王子啊？」

蒙特夫人忍不住開心地笑了起來。「這根本不是什麼東方王子，他是北方人，一位丹麥作家，有時候他夏天會到這裡來，一個讓人著迷的人，他叫赫爾曼・邦（Herman Bang）。」

「噢，這是赫爾曼・邦。」柴可夫斯基緩緩地說，目光仍然停留在照片上。「我聽說過他，他有時還到聖彼得堡去。不過我從來不知道他這麼俊美。」

「天哪。」蒙特夫人笑著，「他現在已經不是這樣了，不過不能這麼說。可憐的人啊，他的臉變得又黃又皺。儘管如此他仍然是不可抗拒的。上帝啊，他給我帶來多少快樂啊！他真是個不可思議的人，總是帶著多得不得了的手錶和各式各樣的首飾，當他從房間裡走過時，人們總是會聽到一陣輕輕的叮叮噹噹聲。如果他穿著晚禮服出現，他就會穿一件發亮的織綿馬甲，上衣袖子裡面還戴著長長的白色手套：長長的女士手套，您明白嗎，真是笑

死人！但他的眼睛還是那麼漂亮，當他用一種儘管天真無邪卻似乎無所不知的眼神看著我時，我就感到很不舒服。是的，我愛他，他讓人激動，而且非常有趣，是人能夠想像得出的最好的朋友。」

「他非常女孩子氣，還有些惡毒。」那位偶爾可以參加教堂音樂會的女歌唱家說。「我總有這種感覺：他在嘲笑我。」她露出自己最莊重的表情。

「可是他怎麼敢嘲笑您呢，我親愛的！」蒙特夫人叫道。「不，邦是個好人！」

那位法國樂評家在巴黎遇到過這位丹麥作家，薩伯尼可夫是在布拉格認識他的。每個人都知道他的一段軼事。「有些惡毒的朋友說，他是一位大公爵和一個侍女的私生子。」那位法國人微笑著說。索菲・蒙特可以模仿邦在講台上當眾朗讀時的全套動作。「他真應該去當演員，可憐的人！」她說。「他最好是去雜耍劇院或者馬戲團：那是他愛慕的氛圍。然而他是個高貴的人，您明白我的意思嗎？他臉上可以有如此嚴厲的、令人感動、幾乎是受驚的嚴肅表情，彷彿他看到了我們旁人都看不到的什麼可怕的東西。他肯定是個了不起的詩人——我對文學一竅不通，但我覺得他的書讓人感動。您從來沒讀過他的東西嗎？」

「沒有。」柴可夫斯基回答說。「但現在我很想看看他的東西了。」他再次看著那張照片。

「我給您找一本。」蒙特夫人說。「您肯定要哭得不行的。他太了解那些最讓人傷心的東西了……」

薩伯尼可夫突然請求允許他先行告退。「今天晚上我必須再練習五個小

時。」他匆匆地說。

慕尼黑侍者拿來了郵件。他生硬的說話方式總是讓女主人笑個不停。「這裡還有從俄國來的信。」他給柴可夫斯基先生鞠了一躬說。

「終於有信了！」柴可夫斯基急匆匆地打開弗拉基米爾的信。「請您原諒我在這裡看信！」他對女士們說，「我好長時間沒有家裡的消息了。」

第二封信是于爾根遜寫來的，第三封是莫德斯特寫的。第四封信上的地址寫得很乾淨，而且像孩子的字一樣清晰。柴可夫斯基覺得這個字體既陌生，又似乎奇怪地熟悉。他有些緊張地打開信封。在他讀信的時候，他的臉先是變紅，繼而又變得非常蒼白。「簡直不可思議。」他輕聲說道，直盯盯地看著信。

「是個不愉快的消息？」蒙特夫人問。女歌唱家則激動而滿心同情地觀察著震驚的柴可夫斯基：了解周圍的人所遭受的命運打擊已經成為她唯一的生命樂趣。

「一個來自死亡國度的消息。」柴可夫斯基站起身來說。

這封信是他年邁的老師范妮・杜爾巴赫寫來的。二十年來他已經把她歸到死人堆裡去了。但她還活著。她住在貝爾福特附近的蒙特貝里亞德，二十五年沒跟他聯繫了。現在她說話了。早已成為過去的東西現在又復活了。童年世界從滑落的時間深淵裡升起。范妮，老范妮，呼喚著她的學生。在她身邊的日子還是美好的。她請柴可夫斯基到她家裡去。「我想在死之前再看您一次。」她用清晰幼稚的字體寫道。

（這就是那個標誌。這個圓環合上了，他的時間到了。）

「這是來自死亡國度的消息。」柴可夫斯基再次說。

這一天剩餘的時間他是在自己的房間裡度過的。「我什麼時候能到蒙特貝里亞德呢？」他的心不停地考慮著這個問題。「我必須先去布拉格參加《黑桃皇后》的首演，然後還要解決巴塞爾的音樂會。從巴塞爾到范妮住的那個城市，到她長期一直神秘而隱蔽地生活的地方，肯定不遠了……。」

躺到床上，柴可夫斯基翻看著蒙特夫人讓侍者給他送來的那位丹麥作家的書，目光落到了這一段上：「據說，誰看到耶和華，死神就在向誰招手了。但我告訴你，如果一個人看到另一個人的靈魂深處，那他就要死了。同樣可以設想，如果一個人看到自己的靈魂深處，人就會認為，自己一聲不吭地把頭放到斷頭台上是個微不足道但卻必要的懲罰。」

柴可夫斯基闔上書，站起身，大步在房間裡走著。「為什麼我從來沒遇到這個無家可歸的斯堪的納維亞人？我和他一定是相互理解的。寫下這個可怕的句子的人是我的兄弟。兄弟應該相互認識。為什麼他們從來不曾相逢？我應該遇到他，那該是正確而美好的。可是現在已經太晚了。」

他在窗前站住。他的目光在陡然聳立的風景中尋找什麼呢？它像布景一樣造成一種巨大的效果，就像一個巨大的裝飾一樣聳立在那裡。在不斷下沉的夕陽餘暉中，山峰和白色的山坡都閃著橘黃色或血紅色的光芒，但從溝谷裡卻升起了深藍和黑色的暗影。習慣了遼闊而荒涼的平原的目光的哀訴被山嶺無情的美擊回了。在平原上，這目光可以長時間地漫遊、信步、停歇，最終還能得到些許休息。他愛這遼闊而荒涼的平原，把它視為自己的故鄉。平原是那樣柔和，而山谷這無情的美卻讓人感到痛。面對它太巨大太恣意的

美，窗邊的孤獨者不由得閉上了眼睛。

＊　　＊　　＊

這一年結束了，它幾乎已經溜走，陷入過去的深淵裡。然而它的最後一天卻帶來了他最深刻的冒險：一次走入死亡國度的旅行。

貝爾福特附近的小城蒙特貝里亞德的居民也就五千多人，街巷曲曲折折，還有一座令人崇敬的宮殿，昔日蒙佩爾加的伯爵們曾經住在裡面：這片領地屬於符騰堡。

蒙特貝里亞德的狹窄街道似乎荒無人住，他們的小塔樓、陽台和結凍的泉水彷彿陷入一種沉睡狀態。天很冷，小城的居民們都不敢出門。他從火車站過來，正邁著沉著的腳步，沿著舖得很糟糕的石子路走來。

柴可夫斯基向一個渾身瑟瑟發抖的小男孩打聽杜爾巴赫夫人住在哪棟房子裡。熱心的男孩便跑在前面給他帶路。這位穿著長長皮大衣的陌生先生給了小嚮導一份報酬。柴可夫斯基拉動沉重的、形狀古老的門鈴，門鈴驚人地發出一個響亮而清脆的聲音。清脆的聲響還沒沉寂，房子裡就響起了從樓梯上往下走的腳步聲。門開了，此時那個小嚮導已經不見了。

這一定是個夢！

站在門框裡的范妮，一點樣子都沒有變。這就是她的臉，以前一直是這樣；這就是熟悉的眼睛，還是同樣平坦的體型，令人喜愛的臉龐。她的頭髮保持著金灰色，現在是不是灰色了呢？柴可夫斯基看不清，眼裡的淚水模糊

了他的眼睛。他眼裡只有他一向認識的那個范妮。滑落的時間再也不算數了，它毫無痕跡地從這張安靜的面孔上滑過，早已墜落深淵的又成爲現實。

「您來了，親愛的彼埃爾。」范妮說，那神態就好像她幾週前讓自己的學生和被保護者出去做了一次短短的旅行：他第一次獨立出門，沒有女教師的保護，現在他又找回來了，於是她用溫柔而平靜的聲音說：「您來了，親愛的彼埃爾。」

彼埃爾，這位頭髮變得灰白、滿臉皺紋的學生，跟著他的范妮走上一段又陡又窄而且相當昏暗的樓梯。他低頭摸索著往前走，因爲他的眼睛模糊了，穿著一條簡單的灰裙子的她卻挺直著身體，還是她當年在沃特金斯克穿過的那件嗎？她仍然那麼苗條，這個60歲的人，而頭髮灰白的學生卻發胖了。她爲他打開通往她房間的門，裡面擺著她的小書桌，她就在那裡鉤織，爲學生批改作業。范妮的房間裡依然散發著柴可夫斯基在她沃特金斯克的房間裡就已經非常熟悉的氣味：那種顯示出潔癖、清新的衣物和一點薰衣草的氣味。

一聞到這股氣味，柴可夫斯基不由得閉上了眼睛。這肯定是個夢。四十五年的時光就這樣消逝了？它苦澀的內容被一筆勾銷、隨風飄散了？

「你那個美麗的音樂盒還在嗎？」柴可夫斯基想問。但這時他就聽到了那優美的旋律。是魔術師讓它發出聲音的嗎？

不，是一位老小姐把它弄響的，此刻她就站在離范妮和她頭髮灰白的學生很近的地方：是年紀有些大的杜爾巴赫小姐，范妮的姐姐。兩位考慮周到的女士已經一起想到爲自己的客人舉行這樣一個音樂盒迎接儀式了；姐姐特

意留在樓上的房間裡，好在客人進屋的時候撥響音樂盒。

　　一段《唐喬望尼》中受人喜愛的旋律動人地結束了，柴可夫斯基、范妮和她的姐姐都無聲地站在那裡：這段旋律依然是所有旋律中最美的，它的完美幾乎讓人心痛，它是永恆的榜樣，是永遠無法企及的，是一片天堂。

　　「你肯定還有奧爾良少女的圖片。」柴可夫斯基輕聲說。但在他看到這些圖片之前，他得向范妮的姐姐表示問候（他衷心地問候了她），喝一杯歐洲越橘酒（bilberry wine），並吃了至少兩塊餅乾。兩位老小姐抱歉地說，她們無法給他準備熱飯熱菜。「我們家的確太小了。」范妮解釋說。她和姐姐手拉手地站著。她和姐姐在這個房間裡度過了一生。這些歲月過得多麼平靜啊，已經有幾十年了。柴可夫斯基用這些年幹什麼了呢？他用怎樣的冒險填滿了這些歲月呢？那些冒險又給他留下什麼了呢？

　　范妮小姐說出了頭髮灰白的學生的感受，因為她說：「是的，這裡很平靜，一直都這樣。你都到哪裡去了呢？」她的聲音裡帶著一絲溫柔的譴責。柴可夫斯基臉紅了，不知該怎麼回答。這時范妮接著說：「我為您感到驕傲，我親愛的。人們給我看了報紙上您的照片。您成了多麼了不起的人啊！」她微笑著說，彷彿這話並不是非常認真，而是出於教育的原因說給一個失敗的學生的安慰。在這個房間裡，榮譽、傷感的補償和無家可歸者的標記意味著什麼呢？榮譽在這裡有什麼效力、什麼價值呢？它不是已經消失了嗎，連同獲得它並為它而受苦的那些時間？

　　柴可夫斯基就像在夢裡一樣回答著范妮提出的問題。他報告著尼古拉和希波利特的發展，說他們在哪裡生活，是否有孩子。他說起了薩莎和她緩慢

的死亡。范妮沒有打聽雙胞胎兄弟阿納托爾和莫德斯特，她不記得他們了，但她說起了母親。她從一只古老的小盒子裡取出母親的信。柴可夫斯基看到了母親的字跡。他的目光出神地看著發黃的信紙，看著熟悉的字跡。

「這封信是您親愛的媽媽臨終時寫的。」范妮說。「您看，那時她的手已經顫抖了。」

回憶就像被從一個魔盒裡放出來一樣從老小姐的小盒裡升起：這是小彼埃爾玩過的東西，一個娃娃，彩色玻璃球；這是他用優美的字體，用許多花飾和曲線畫在硬紙上的法語詩。這是給一位英雄少女的詩，那是彼埃爾已經忘記的別的詩，但現在，當他再次讀起它們時，一度墜落的地方和時間就隨著那些笨拙的帶著錯誤的詩行浮起——噢，過去神奇地回歸；噢，重新辨認出昔日的一切；噢，又回家了！這首詩是這樣的：

鳥之死

她睡在一個地方，沒有墳墓，

絲毫不像一個躺在沉睡的大地中的人。

不過，她對於上帝並非微不足道。

她對他有某種意義，她的生命並未失去。

可憐的小東西，不要害怕！

孩子們將把你放入冰冷的土中。

四周擺滿鮮花，

他們將為你造一座墳墓。

哦，善良的天主並將你遺忘！

哦，你，小鳥，你無法回憶起那個地方……

　　彼埃爾在哪裡？這是一個名叫蒙特貝里亞德的小城的一個狹小的房間嗎？他已經年邁，頭髮花白，而且這是1892年的最後一天。另一個世界從那個魔盒裡升起，它蔓延開來，隨著孩子為死去的鳥兒發出的哀訴的咒語而變成現實。

　　這個城市叫沃特金斯克，小彼埃爾躺在長沙發前厚厚的地毯上，美麗的母親剛剛從長沙發上站起來。母親無聲地走出房間，但范妮卻留在了這裡。她坐在窗邊的扶手椅裡做著手工。她觀察著小彼埃爾，他正用一支大鉛筆往一張硬紙上寫著單詞和符號：「鳥之死。」

　　「你沒聽見嗎，小彼埃爾？」范妮熟悉的聲音問。「你的母親要你別再寫了，到花園裡去和希波利特玩。如果你不聽話，你就再也聽不到音樂盒了。人應該聽母親的話。」

10 最後的悲愴

奧德薩城的風俗有些粗俗，不過非常眞誠。這裡的人在讚美一個受人喜
愛的人物並向他表示敬意的時候，一旦激動起來就相當難以控制。

柴可夫斯基在奧德薩城極受喜愛。他不知道爲什麼偏偏這裡的人對他有
如此的熱情；他親身體驗到了這一熱情，而且是在這個詞眞實而危險的意義
上體驗到的。

這個奧德薩城有一個粗野卻眞誠的風俗，那就是「拋」名人。也就是
說，兩排身強力壯的人相向而立並握住對方的手，然後迫使自己喜愛的客人
在這張有彈性的「床」上伸開四肢躺下。這位受尊敬的人在眾人高昂的歡呼
聲中被拋向空中，然後落在有彈性的「床」上，接著再次被拋起來。這一大
膽而滑稽的惡作劇至少要重複七次。

柴可夫斯基在這一歡快的民俗程序中嚇得臉都僵了。當他第一次被拋上
天的時候，他輕輕叫了一聲苦，然後就咬緊牙關一聲也不吭了，一雙眼睛卻
驚訝地大張著。那些拋他的男人以及周圍站著的人大吼著：「烏拉！」這也
是儀式的一部分。索菲・蒙特夫人和薩伯尼可夫也在圍觀的人群中，他們要
參加柴可夫斯基在奧德薩舉辦的音樂會。索菲夫人看到老朋友的慘狀笑得眼

淚都流出來了。「天哪，這可真滑稽！」她一次又一次地歡呼著。「這是多麼了不起的景象啊！」薩伯尼可夫似乎同樣異常開心，心中暗自渴望也能被「拋」一次。這大概讓人感到疼痛，而且有些嚇人，但它是這裡的一種榮譽儀式。

在奧德薩的日子裡，這個虛榮心強烈的人還有若干機會嫉妒他的庇護者和了不起的朋友的盛名。因為柴可夫斯基是人們崇拜的對象，就像「祖國的救星」那樣。與奧德薩熱情奔放的歡呼相比，布拉格、第比利斯和紐約的慶典就變得微不足道了。在這幾天裡，柴可夫斯基這位鬍鬚灰白且疲憊的老人，是這個大港口城市真正的英雄：孩子們在街上向他發出歡呼，報紙每天都有幾頁刊出他的消息。當他第一次走上指揮台指導排練時，整個樂團都起身向他致敬。1893年1月19日《黑桃皇后》首演結束後，喝采聲無休無止；座位上傳來了因興奮而發出的近似於怒吼的叫聲，老先生們無意義地搖晃著巨大的手帕，女人們撲向大師，親吻他的手。對這位「俄國貝多芬」，這位出色的讓人讚美不已的客人的熱情，如歇斯底里般感染了各個層次的居民：每個協會都想為向他表示敬意而舉辦宴會，每個富裕的家庭都想把他請到家裡作客。

柴可夫斯基對如此強烈的感情衝擊沒有任何思想準備。他所擁有的神奇技藝為他在這個大城市裡帶來了這麼多朋友，連他自己都感到驚訝：這個技藝就是把痛苦化為音樂。

周圍的人突然表現出對他這個人的強烈興趣讓他感動、激勵，也有些害怕。儘管如此，他唯一的想法還是：回家工作。因為他的心和頭腦始終在考

慮的僅僅是一項工作——那最偉大的、很可能也是最後一個，而且無論如何都是最最重要的一項工作。時間已經走完，標準已經出現，重要的懺悔時刻已經到來。

當我們用充滿敬畏和同情的目光觀看畫家庫茲涅佐夫（Kuznetsov）所畫的奧德薩的節日中的柴可夫斯基畫像時，我們看到的不是獲得巨大勝利的、虛榮的、得到滿足的英雄，而是那個不幸的陷入沉思默想的人，那個在如此巨大的喧囂中痛苦地沉默的人。哦，我們充滿敬畏和同情的目光看到的不是那個按照粗俗而真誠的風俗在奧德薩被「拋」的柴可夫斯基，而是那個頭腦中已經完成《第六號交響曲》的人：他一次就接收到了四個樂章，所有動機都一下子出現在他腦海裡——這是什麼時候發生的呢？他徒勞地等待了如此之久的奇蹟是什麼時候完成的呢？也許是在蒙特貝里亞德，在一個狹窄的小屋裡，那裡散發著乾淨的衣物和薰衣草的味道？那裡是受胎地？那兩個老小姐杜爾巴赫姐妹，是柴可夫斯基一生中最偉大的時刻的見證人？過去的一年的最後一天是決定和受孕的日子。

庫茲涅佐夫所畫的那個孤獨的人回到了克林，回到了那個孤寂小城的寂寞的房子裡。在港口城市奧德薩的歷險既使他深受震撼，又使他筋疲力盡。現在只有工作了，晚上有時給鮑伯寫封信，談談交響曲的進展：「一部標題交響曲，其標題對所有人都始終是個謎。」但弗拉基米爾，這位聖彼得堡的大學生，女孩子們的朋友，激動的討論和歡樂之夜的伙伴，會猜透掩飾在其中的意義嗎？《第六號交響曲》該是獻給他的。這個男孩會知道該如何對待這個由音樂構成的懺悔嗎？他有足夠的力量來承受這巨大的敬意嗎？他不會

Peter Ilych Tchaikowsky

在急促的充滿絕望的中間樂章和緩慢的終曲的痛苦樂音中感到窒息嗎？鮑伯，那個少年會知道該如何對待這位著名的舅舅、了不起的朋友其最後、也是最重要的禮物嗎？

它真的是獻給鮑伯的嗎？它不是為另一個弗拉基米爾，那個出現在夜裡，會唱那支搖籃曲的弗拉基米爾而寫的嗎？那個帶有母親特徵的青年男子？

柴可夫斯基每天晚上都在克林寬敞而有些空蕩蕩的臥室裡接待他，這個超越了性的死亡侍童。他傾聽著他的閒聊，他聽從他的暗示。他任他在歌聲和誘惑中把自己送入愜意的睡夢中。第二天早晨八點左右他一覺醒來，帶著某種傷感的朝氣開始一天的工作。

鋼琴上方掛著可愛的外甥的照片。這樣，柴可夫斯基並不是孤獨地度過寂寞的工作日的：他面前還有這個熟悉的、深愛的、年輕、清醒而聰明的面孔，不但有些消瘦，臉頰更太過清瘦蒼白。一頭濃密的鬈髮，光滑的額頭下閃著深沉的目光，一張健談的充滿柔情的嘴。如果沒有它，這工作的一天將是懶散無趣的。柴可夫斯基陶醉在這旋律中，愛這個既遠又近的人：妹妹的兒子、母親的孫子、自己的繼承人、死亡天使和生命的賜予者。用一種強烈的熱忱愛著他，這一熱忱令他心痛，也是他從來沒有過的，一輩子都沒有過。現在他卻再也無法把自己對作品和對弗拉基米爾的愛分開了：二者有力地結合在一起，共同創造了這幾個星期興奮的時光中他那心醉神迷的狀態。

任何外來的讓人分神的東西都意味著干擾和傷人的煩惱。這個世界還是帶著自己的要求和建議走來了，沒有人能擋住它的腳步；它總是特別積極地

努力爭取那個不依賴它、一時不想理會它的人。面對這個世界的要求和建議，柴可夫斯基總是很軟弱，另外他也認為，是它給了自己榮譽，自己必須向它做出讓步。

於是他再次中斷了這重要的工作，動身前往莫斯科，指揮演奏《哈姆雷特》幻想曲和《胡桃鉗》組曲。此外他還去了哈爾科夫，在那裡他得到了高度讚美。復活節時他來到了聖彼得堡。在那裡他到醫院探訪了多年沒見的老朋友阿普赫亭。他發現水腫使這個昔日那麼為人敬慕、渴望的人變得如此醜陋。他的臉看上去枯黃消瘦，四肢卻腫脹著。

「我發現，你在驚奇地觀察我。」病人聲音沙啞地說，一邊不愉快而且不信任地打量著來訪者。「是的，我一定給人留下一種噁心的印象。你先看看我的腳！」一種可怕的暴露慾使他把被子掀起來，露出淡青發白且腫脹的雙腿。「看上去挺可愛，是不是？」他發黑的嘴唇冷笑著。「全都中毒了。」他邊說邊觸摸著自己變形的腿。「都中毒了，你明白嗎？我全部的血。我一定得死！」他突然說。「我的血腐敗了，我完了！」

「非常正確。」柴可夫斯基用一種奇怪的冷酷態度說。「我們的時間到了。」

「你這麼說，」病人破口大罵，「是因為你還能四處跑，還能消遣，還很健康！血壞了的是我，不是你！」他喊叫著，臉扭曲著，彷彿他想控告命運如此卑鄙的不公。

「你不要這麼激動！」柴可夫斯基說，「我的日子也不遠了。」

「但我真想再活一段時間。」阿普赫亭輕輕地說，雙手攤在床單上。

「生活這麼美，這麼迷人——我現在才發現。也許我錯過了最美好的東西。如果我還活著的話，肯定還有讓人感到意外的事⋯⋯」

柴可夫斯基沒有說話。他用一種無動於衷的近於惡毒的目光看著這個醜陋的渴望生存的垂死者。這個人曾是他青年時代邪惡的誘惑天使，這個人把他引入了情慾的神秘園裡。他曾經為他而受苦，為他而發狂。噢，生命的短暫；噢，塵世中一切無聊而可怖的終結！「我為什麼坐在這裡？」柴可夫斯基想。病人兀自盯著白色的牆，彷彿看到了死亡可怕的面孔。「如果我想再見到我迷人而危險的阿普赫亭，那個克制地發出溫柔而嘲弄的笑聲的情人，我就去找梅德拉諾馬戲團那個墮落的年輕人。躺在我面前這張病床上的人，這個由痛苦和腐爛的肉構成的人再也不是昔日的他了⋯⋯難道我的生命真的只剩下可怕或者讓人感動的重逢和告別訪問了嗎？先是發福的黛絲麗，然後是垂危的薩莎，神化的范妮和這裡這個⋯⋯我不想再坐在這個病房裡了，我想出去，到陽光裡⋯⋯」

從變形的情人那裡離開幾小時之後，柴可夫斯基在聖彼得堡一家高級的咖啡館裡宴請一群最快樂的客人。他們是弗拉基米爾、莫德斯特和幾個一向自稱是柴可夫斯基的「第四號組曲」的年輕人，他們到處跟著大師而且讓他養活著。

今天他們要慶祝鮑伯剛剛通過一項考試，另外柴可夫斯基也馬上要再次出門旅行——在劍橋大學音樂協會成立五十週年之際。這所重要的英國大學授予了他榮譽博士學位。

酒店裡的聚會快結束時，人們變得極為放縱起來。呂特克伯爵竟然跳到

桌子上，用沉重的舌頭唱起了分節歌曲，而小康拉丁（Conradine）則醉得一塌糊塗，如果莫德斯特沒抓住他的話，他就從椅子上摔下去了。

在乘敞篷馬車回家的路上，柴可夫斯基一次又一次地向布克斯霍夫頓男爵（Baron Buxhövden）保證說，對這個糟糕的時代，對這灰暗的資產階級世紀來說，他是太過於光輝燦爛了。這個得如此奉承的人高高地昂著美麗的運動員頭。他濃密的頭髮呈現出金黃和淡黃色，挺直的鼻子，有力的嘴唇，明亮的眼睛。他一句話也不說，寬寬的雙手放在膝蓋上；只有一絲驕傲的微笑表明，他理解這著名的人對他強烈的奉承，也知道對此表示讚賞。突然間，柴可夫斯基中斷了自己滔滔不絕的殷勤話語，幾乎有些憤怒地喊道：「我在說什麼啊！他跟我有什麼關係？弗拉基米爾還在這兒坐著呢！」隨即他轉過上身，動作很大，很粗暴，把臉朝向自己可愛的外甥。外甥卻正和跟在慢慢行使的馬車旁幾步遠的一個小妓女開著玩笑。「明天晚上見，在歌劇院門前！」弗拉基米爾對那個姑娘說，聲音中那貪婪而溫柔的語氣對柴可夫斯基來說既新鮮，又嚇人。「這可愛的面龐迷戀著聖彼得堡所有的娜絲滕卡……」柴可夫斯基垂下頭，坐在那裡想，在年輕人中間，他突然一動也不動了。

現在他又要踏上旅途了。

一座座首府容光煥發，因為現在是5月。絕望的柴可夫斯基腦裡只有弗拉基米爾和那部交響曲。他在柏林逗留一天。菩提樹大街上一片蔥綠，女士們穿著色彩鮮明的新衣服，撐著陽傘散步；動物園裡，巨大而經過精密測量的花壇鮮豔奪目。柴可夫斯基在這裡待了兩個小時，突然他不知所措地哭了起來。他的行為令那些一身春天打扮的行人既感到驚訝，又有些厭惡。也許

是因為他想起了自己曾經在這裡流過的另外一些眼淚，那是多久以前的事了？當他終於回到旅館房間裡時，他立即開始給鮑伯寫信：「我以前還從來沒有這麼痛苦，沒流過這麼多眼淚。這是最純粹的精神變態……」

在柏林他就已經這樣痛苦了，到了英國又會怎樣呢？在那裡他可要經受住音樂會、晚宴和授予博士學位的儀式啊！

倫敦的樂季比柴可夫斯基迄今為止在兩個大陸的中心見過的一切都更雅緻、更華麗、也更豐富。人們在攝政王大街和海德公園中散步時使用的華麗車馬，使香榭麗舍大街、尼斯或者佛羅倫斯的車馬相形見絀。貴族和金融界的上流社會再次強迫這位正在衰老的人——為自己的安魂曲譜出的旋律正激動著他的心——走進他們輪番舉辦的昂貴而高雅的儀式中。

在倫敦逗留期間，柴可夫斯基的每頓午餐及晚餐都有人請，公爵夫人們和銀行家們爭搶著他。晚上他不得不觀看或者參與各式各樣的盛裝活動。劍橋大學的榮譽博士是樂季的風雲人物，也是最有力的誘惑。由於同樣接到劍橋大學邀請的葛利格因病未能前來，聖桑和柴可夫斯基就成為所有外國榮譽博士中最重要的名字，因為德國的馬克思・布魯赫（Max Bruch）在這個上流社會中沒留下什麼好印象。

當柴可夫斯基在那個重要儀式舉行當天——1893年6月13日——穿著長長的半白半紅的、袖子寬寬大大的真絲長袍，戴著鑲金邊的天鵝絨四角帽站在鏡子前面時，他忍不住笑了。他笑著對鏡中穿著華麗的自己說：「你取得了這樣的成就，老彼埃爾！你竟然可以打扮得這麼滑稽，這麼漂亮！為此你承受了所有這些痛苦三十年的時間：這可笑的帶金邊的帽子是世界對你的感

謝。」

他帶著緊張的好奇並摻雜著恐懼，經歷了這一儀式。所有參加者都極為嚴肅地對待它，長長的隊列穿過城市，還有參議院中複雜的授予儀式——和幽靈莊嚴而荒誕的隊伍沒什麼區別。繁複修飾的長袍和嚴肅的表情、鬍子和肚子、拉丁文的致辭和鐘鳴在他眼中都變成了離奇古怪的東西。他姿態莊嚴地站在其他榮譽博士之間——裡面甚至還有一位印度的土邦主——不由得想：「一個重要時刻，毫無疑問。（鐘聲敲響，百姓擠到門前，副首相用優美的拉丁文詞句讚美作曲家柴可夫斯基的功績。）遺憾的是我還是忍不住覺得所有這一切都有些可怕而可笑。榮譽的檢閱，我們再次經歷，這次的奢華達到了極致。一切都再次展示給我，一切都要再次參加：奧德薩那些民間友好的表示那麼激烈，事後我所有的關節都疼；這裡，榮譽美麗的儀式，給我留下一個相當陰森可怕的印象……如果我現在突然忍不住笑起來，那一定很尷尬——副理事長會露出驚訝的表情，人們會認為我瘋了……但我非常非常想哈哈大笑……」

在氣氛和諧的儀式結束之後是早餐，在副理事長家裡，所有榮譽博士和大學中身居要職者都穿著他們令人敬畏的戲劇化的服裝留了下來。早餐結束後是花園聚會，倫敦許多高貴的人物都來了。柴可夫斯基和聖桑挽臂在灌木叢、花壇和樹叢中散步。聖桑是柴可夫斯基的老相識了，兩位作曲家很久以前在莫斯科音樂學院一起工作過。

「我們現在穿著可笑的睡袍在這裡散步。」柴可夫斯基看著漂亮的草地心情愉快地說。「我真希望葛利格也和我們一起：我太想看這個可愛的小個

子穿著這身莊嚴的行頭是什麼樣子。」

「葛利格肯定會讓自己的長袍絆倒的。」《參孫和達麗拉》（*Samson and Delilah*）的作曲者笑著說，《尤金・奧涅金》的作曲者和他一起笑起來。兩個人漸漸墜入一種放縱的、近乎幼稚可笑的情緒之中。

「您還記得，」柴可夫斯基大聲說，「我們是怎麼跳芭蕾的嗎？誰都不可以看，除了尼古拉・魯賓斯坦，他用鋼琴給我們的優美舞姿伴奏。哦，您扮演的嘉拉提亞（Galatea，希臘神話中的海洋女神之一）跳得多麼賣弄風情啊！可是我的皮格馬利翁（Pygmalion，希臘神話中的塞浦路斯王）也不差——我們是迷人的一對！」他們一邊回憶一邊大聲笑著，兩位榮譽博士，兩位讓人敬畏的先生，在高度聞名的劍橋大學美麗的花園裡的漫步使他們非常開心。

「您能跳得相當高。」《唯物主義和音樂》（*Materidlism and Music*）及《和聲與旋律》（*Harmony and Melody*）的作者聖桑笑著說，「但是我的魅力絕對更大。」聖桑和柴可夫斯基一樣頭髮發白了，他稀疏的頭髮離高高的向後傾斜的額頭很遠。在他長長的、低垂的髭鬚和短短的剪成圓形的絡腮鬍上方，長長的彎鉤鼻一笑就起皺褶。

「您肯定沒有機會這麼放縱。」柴可夫斯基不無嚴肅地說。「最後還是您破壞了結束動作，您那麼愚蠢地絆了個跟蹌。」

「是您伸腳絆了我一下，我才跟蹌的。」聖桑試圖為自己辯解。在對二十年前到底是誰破壞了結束動作的爭論中，他們重新回到了其他人中間。

＊　＊　＊

柴可夫斯基，倫敦樂季的紅人，劍橋大學的榮譽博士，盡可能很快回到俄國。在聖彼得堡，來車站接他的是弗拉基米爾和表情非常嚴肅的莫德斯特。

「你走的這段時間，我可憐的彼埃爾，發生了很多不幸的事。」莫德斯特說。卡爾・阿爾布萊西特（Karl Albrecht），這位青年時代的朋友，尼古拉・魯賓斯坦的左右手，手工愛好者和哲學家，他去世了。康斯坦丁・施洛夫斯基（Constantine Shilovsky），在早已失去的時光裡，柴可夫斯基常常和他一起在歐洲旅行，他們甚至還在一起度過某些快樂的時光，他也去世了。

柴可夫斯基在世界上那麼多城市裡流過那麼多眼淚，但現在，當他聽說這些事時，卻沒有哭。他非常平靜，根本沒有打聽他的老朋友是在什麼狀況下死的。他深藍色眼睛裡閃著一絲奇怪的冷酷而幾乎有些得意的目光。「阿普赫亭死了嗎？」他問。

「還沒有。」莫德斯特回答說，「不過快不行了。」

柴可夫斯基沒有說話。他突然用有力的動作抓住年輕的弗拉基米爾的手臂。「你怎麼樣了，我親愛的？」他用沙啞的聲音問，一張蒼白、老而寬大的臉靠近可愛的外甥瘦削的臉。聽到這位著名的舅舅沙啞的聲音，弗拉基米爾竟害怕起來。

「我很好，謝謝。」他飛快地說，接著用一種裝出來的輕鬆說：「我昨天剛結束一門愚蠢的考試……真可笑，我不停地考試……不過也許今天晚上我們可以藉這個機會出去玩玩，呂特克和布克斯霍夫頓也想一起去……」

「我馬上就動身回克林。」柴可夫斯基決定，並用冷酷且閃亮的目光盯著對方可愛的面孔。「現在我必須工作。」

在吃晚飯的時候，柴可夫斯基突然問自己的僕人，多年來他已經是自己的伙伴了：「你的妻子在那邊過得怎麼樣？」

這位正直的僕人的臉立刻變白，繼而變紅。

「天哪！」他終於說，「彼得・伊里奇！怎麼能這麼說話呢！我們不想犯罪。我們怎麼了解我死去的納塔麗亞待的那個地方呢？我確信她在天堂，因為她是一個好女人，她的咳嗽使她受了不少苦。但是我們怎麼知道⋯⋯」

柴可夫斯基把餐巾放到膝蓋上，把倒好葡萄酒的杯子放到面前的桌子上，用一種非常快活的語氣說：「你覺得你的納塔麗亞現在待的地方很陌生嗎，我的阿列克賽？我不覺得。我這麼多朋友都聚集在那裡。他們使我熟悉了那個陌生地帶。我覺得那裡已經很熟了。在朋友們待的地方，我們就像在自己家裡一樣⋯⋯」他暗自發笑的方式非常可怕。僕人帶著受傷害的表情退了出去。

晚上，在睡覺之前，主人還對他說：「現在，在寫完這部交響曲之前，我再也不離開這所美麗的房子了。你聽見了嗎，阿列克賽？」

「當然，彼得・伊里奇，我聽著呢。」正直的僕人說。

柴可夫斯基工作著。面對弗拉基米爾那可愛的容顏的照片，他在鋼琴旁度過了整個白天，晚上和白天一樣寂寞。他大步在房間裡走著，翻開一本書，寫上一行，思考著，兀自吹著口哨或者朗讀。

晚春漸漸過度為炎熱的夏天。克林變得非常熱。柴可夫斯基一直沒離開

這個地方，連家門都很少出。交響曲在成長。「主人該散散心了。」阿列克賽說。「也許少主人弗拉基米爾該到我們這兒來看看了。」

主人卻不想散心，也不想誰來拜訪，連弗拉基米爾也不必來。柴可夫斯基面對他的照片進行著創作，那個帶有美男子和母親特徵的幻象則使舅舅入睡前的一刻鐘變得幸福快樂。這個有著母親特徵的情人在狹窄的鐵床邊飄過，招手誘惑著。「跟我來！」那熟悉的聲音喊著越來越迫切。這時柴可夫斯基回答說：「就來！很快就完了。再過幾個星期，這部作品就完成了，我生命的真正目的也就達到了。再等一等，可愛的容顏！再耐心等一會，親愛的母親！」

一度擁有強大誘惑力的阿普赫亭在聖彼得堡去世了。柴可夫斯基沒去參加他的葬禮。他留在炎熱的克林工作著。「作品在成長。但願它可怕的坦率不會讓世界感到恐懼，幸運的是，世界不會理解這份坦率。在這幅由音調構成的圖畫面前，世界將不知所措。曾經讓這個可憐的大地之子柴可夫斯基感動、受苦和快樂的一切，都將融匯在這幅畫裡。另外的那個，那個遙不可及者，一定會理解它，他將滿意地點頭。在緩慢的最後一個樂章裡，這個疲憊不堪的人為自己唱起了安魂曲。他的心渴望著那個昏暗地帶，那裡聚集著許多他親愛的人。在那裡，他將重新找到一張張失去的面孔。他的回憶，他精心收集保護的回憶會在那裡迎接他嗎？在那邊，在那個日思夜想的地帶，人還能繼續生存嗎？」當柴可夫斯基想到這個問題時，他就不由得高傲地微笑起來，就像他的妹妹薩莎，弗拉基米爾的母親，在病床上曾經露出的微笑那樣。

「但這個問題跟他有什麼關係，它的答案又有什麼價值呢？這裡有一個人忙著把自己生命的意義譜成音樂——這就是他的義務，他命定的任務，從來都不是別的什麼。當這個任務完成時，解脫就到來了。也許那解脫再次只是轉化而已——別問，可憐的心！別去找話語，也別去找解釋！這些話語有什麼意義？只要順從地按照最高法院的旨意去行動！抓緊時間完成任務！死亡還是轉化，這跟你有什麼關係？你要確信，你筋疲力盡的心將要瓦解。別懷疑，你將可以休息。轉化和解脫的區別在哪裡？憑你世俗的理解力和思維怎麼能理解這個呢？趕快！炎熱的夏天已經過很久了，第四樂章還沒配器呢。」

時間到了1893年8月12日。這一天，柴可夫斯基結束了他的總譜。這部作品寫完了。他可以寫獻詞了：「《第六號交響曲》——獻給弗拉基米爾·里沃維奇·達維多夫。」

*　　*　　*

當這個孤獨的人在克林完成自己的重要懺悔時，生活並沒有停滯不前；它還在繼續，帶著自己或大或小的事件。

鮑伯在大學裡讀完了法律專業。與此同時，教育家和戲劇家莫德斯特，對他的被保護者的教育也進行到了一定程度。康拉丁的父母認為他們的兒子已經足夠成熟，可以過大學生活了。莫德斯特動身去莫斯科，他的戲劇《偏見》（*Prejudice*）就是在那裡首演的。這部戲劇習作在報紙和觀眾中的反應並

不差。莫德斯特回到聖彼得堡,並在當地找了一棟房子,和外甥弗拉基米爾住在一起。柴可夫斯基出資布置這棟房子,為此他花了相當多的錢。他購置了美麗的波斯地毯、燈罩、羽絨被和花瓶。他似乎對布置這棟房子極感興趣,甚至什麼事都參與,自然是以一種奇怪的方式。在他買東西或者與人商談的時候,他臉上和目光中都帶著一絲呆滯。

他和莫德斯特談論一部新的歌劇腳本,但他的臉卻奇怪地呆滯著,眼神有些心不在焉地盯著前方。他們考慮的是喬治·愛略特(George Eliot,1819~1880,英國女小說家)的《教區生活場景》(*Scenesfrom Clerical Life*)中的一段素材。「這大概不是我們要找的東西。」柴可夫斯基說,臉上露出一個毫無生氣的微笑。他還和殿下康斯坦丁·康斯坦丁諾維奇親王,談論殿下好意向他提出的一個作曲建議:那是詩人阿普赫亭的一部遺作,一部「安魂曲」。

「殿下,認真考慮了一切情況之後,」柴可夫斯基最後說,「我認為我最好不做這個工作。文本很好,但我不能寫兩部安魂曲。」

「為什麼,兩部安魂曲?」沙皇這位有著音樂天賦的親戚問。

「殿下還不知道我的最後一部交響曲。」作曲家說。「如果我再把我的朋友阿普赫亭的詩譜成音樂,我就得重複自己的東西了。」

「您最新的交響曲是一部安魂曲?」親王想知道。

「是的。」柴可夫斯基說。

距離排練這部交響曲還有幾週時間。柴可夫斯基外出旅行去了。他去探望自己好久沒見的弟弟阿納托爾。「我是來告別的。」柴可夫斯基說。

「你要去哪？」阿納托爾問。

「很可能再去一次美國。」柴可夫斯基有些心不在焉地回答，哈哈笑了一下。「是的，人們給我提了一個很棒的新建議。」

他繼續坐車回克林，在那裡他對自己的文件進行分類整理，在阿列克賽的幫助下把房子收拾得井井有條。「主人想出門嗎？」阿列克賽問。

「也許再去一次美國。」主人說。

在莫斯科他住進了旅館。他把自己關在房間裡待了幾天，然後開始在城市裡做漫長而孤獨的散步。有時他會在克里姆林宮前的廣場中央動也不動地站上幾分鐘。

「這個廣場不是獨一無二的嗎？」他對一位過路人說。那人驚詫地點點頭。這位奇怪的老人接著說：「三十年前我就像著了魔似的站在這道克里姆林宮牆和我們最神聖的教堂的穹頂前。您知道嗎？我當時竟狂喜得哭了。啊，現在我又快哭出來了！這個城市多美啊！」路人半是生氣半是感動地走開了。這個奇怪老人走進了最神聖的教堂。迎接他的是焚香的香氣和一片金棕色的朦朧霧氣。

他一動也不動地站在一座聖像前。年輕時他特別愛這位聖母，常常來拜望她。她歪向一側，流露出痛苦表情的、有著一雙大眼睛的面容變得更暗了嗎？事實上，她看起來幾乎是黑色的了，只有臉頰和額頭上還閃著淺紅和金色的光點。瘦削的雙手交叉成一個優雅的姿勢。聖母沉重的眼瞼下那溫柔的目光沒有去看祈禱者，而是迷失在這座拜占庭的穹頂建築中廣闊的昏暗中。

一小時之後，他同樣一動也不動地在莫斯科河橋上。那下面不是他曾經

——那定是幾百年前的事了——劇烈地打著冷顫、染上一場感冒的地方嗎？因為他想欺騙、想挑戰那威嚴的遙不可及者。當時那河有多冷，但還是不夠冷。可能當時極其惡毒的幽靈就漂浮在他周圍，嘲弄地笑著。安東尼娜，那個不幸的人，坐在家裡，為她不稱職的丈夫準備好一條溫暖的裹布。那以後過了多少年啊！柴可夫斯基呆呆地向被晚霞染成金色的克里姆林宮牆望去。

*　　*　　*

幾天後，10月10日，弗拉基米爾和莫德斯特到火車站來接他們了不起的親戚。

「我們應當馬上去我們的新家！」鮑伯提議說。「它變得可漂亮了。」

「是嗎？」柴可夫斯基說，用指尖匆匆碰了一下這個寵兒光滑的額頭。「你們過得舒服嗎？」

「舒服極了！」莫德斯特熱切地說。「你一定要看看那塊波斯地毯有多漂亮！」

「我發現了一張那麼漂亮的書桌！」弗拉基米爾喊道，「非常沉，你知道，是桃花心木的，一點兒也不貴！」

在他們的新家裡，他讚美著書桌、油畫、地毯和用他的錢買來的每一件家具。

「我真的很高興你們得到這麼好的照顧。」他說，微笑著站在弟弟和可愛的外甥中間。

Peter Ilych Tchaikovsky

「我們不知有多感激你。」莫德斯特說。

「要表示感激的應該總是可以給予的人。」柴可夫斯基非常嚴肅地回答，依然微笑著，再次以一種奇怪的賜福的姿勢用指尖碰了一下弗拉基米爾明亮、年輕的額頭。

第二天上午，《第六號交響曲》的排練開始。「樂團覺得我的新作很奇怪。」事後柴可夫斯基和幾位熟人在飯店裡吃早飯的時候說。「所有樂師都露出驚詫的，甚至有些受傷害的表情，特別是在演奏緩慢的最後一個樂章的時候。所以我盡可能縮短了排練：讓這些先生們感到無聊，我很不舒服。」停了一會他接著說，呆滯的目光直直地看著前方：「另外觀眾同樣會不知道該怎麼理解這部交響曲……我準確地感覺到，觀眾會感到奇怪，還有些厭惡……」

當柴可夫斯基在首演當晚——1893年10月16日——踏上指揮台時，他的臉色非常蒼白，深藍色眼睛裡閃著冷酷的光。聽眾充滿敬意地鼓掌。柴可夫斯基突然短促地鞠了一躬，向人們的掌聲表示感謝。

在指揮過程中，他的動作比最近一段時間觀眾已經習慣的那樣還要笨拙了：他的手勢就像一個神經過敏的牽線木偶，笨重，卻又晃來晃去的。在頻繁亮相的歲月裡，他已經相當會控制自己的拘謹，但現在它似乎又像當初他第一次指揮自己的作品《女鞋》（*The Woman's Shoe*）時那樣難以克服了。

緩慢莊嚴的第一樂章似乎都快讓觀眾感到無聊了，優美的快板也是一樣，其緩慢的節奏讓人失望。第三樂章過於倉促的瘋狂向前的速度在大廳裡引起一絲不安：人們在椅子上動來動去，交換著驚奇的目光。最後一個樂

章，柔板哀歌，在聽眾中引起的詫異反應和樂師們在第一次排練時的反應一樣。這痛苦的終曲散發出一種不會引起任何感激和激情的情緒：聽著這樣的告別與哀訴的音調，通曉藝術的聖彼得堡觀眾感到渾身發冷，有的人甚至不寒而慄。

最後一個音符奏出後，柴可夫斯基邁著沉重的腳步離開指揮台。他再也沒有出來迎接那可憐的掌聲。

與這部有著令人不滿的、幾乎恐怖的結尾的奇怪的新交響曲相比，他久經考驗的《降b小調鋼琴協奏曲》受到了友好得多的歡迎，演奏者阿黛拉·奧斯·德·歐赫小姐，就是在美國贏得二十五萬美元的女鋼琴家，以出色的技藝完成了演奏。這位女藝術家還以李斯特的《西班牙狂想曲》（*Spanish Rhapsody*）令整個大廳興奮不已，以莫札特的各種珍品令其陶醉。歡呼聲無休無止。

奧斯·德·歐赫小姐不得不一次又一次出來謝幕，懷抱著鮮花，成功、優雅、有著強大的生活能力。而此刻柴可夫斯基卻坐在藝術家休息室裡，孤孤單單地，身體挺直，側耳傾聽著。他的耳朵在追逐什麼聲音，竟如此緊張地聚精會神，如此地貪婪？到底是什麼樣的呼喚正向他傳來呢？

弗拉基米爾悄悄走進來，他小心翼翼地朝柴可夫斯基走了幾步。後者似乎沒有發現他，仍然失神地盯著前方，絲毫沒有察覺他的到來。

「非常美。」男孩怯生生地說。「可是結尾為什麼這麼悲哀啊？」他靠到老人身邊，用手指觸摸著他灰白的頭髮。

「因為它是獻給你的。」柴可夫斯基說。

「爲什麼？」鮑伯說，有些害怕地微笑著，露出了他美麗的牙齒：「你這是什麼意思，彼埃爾？爲什麼你獻給我的音樂要這麼悲哀？」

「我沒有任何所指。」老人解釋說。「我累了。我們回家吧。」

十二小時之後，在吃第一頓早餐時，在漂亮的新家裡，莫德斯特邊倒茶邊說：「這部新交響曲是種偉大而不平常的東西。觀眾沒有理解它。但它將是你最著名的作品，彼得。我們得爲它找到一個非常確定的標題，光是叫《第六號交響曲》還不夠。」

柴可夫斯基穿著長長的駝絨睡袍，坐在擺得非常漂亮的餐桌邊，似乎感覺非常舒服，心情好極了。他也認爲應該找一個特別的標題。柴可夫斯基、莫德斯特和弗拉基米爾一邊吃著烤麵包和櫻桃果醬，一邊爲第六號交響曲尋找一個合適且令人印象深刻的稱號。

「《標題交響曲》，」莫德斯一邊嚼著東西，一邊提議。「《標題交響曲》或許是個不錯的名字。」

「不是特別好。」鮑伯說。

「它之所以不能用首先是因爲，」柴可夫斯基解釋著，一邊暗自輕聲笑著，「這部交響曲雖然有一個標題，但是這個標題非常神秘，其意義和內容將永遠也不會有人知道。」他看著弗拉基米爾，仍然笑著。

他們考慮了各種各樣的題目。鮑伯說：「《不幸交響曲》。」說完卻馬上臉紅了，因爲他覺得這個名字太講究了。

突然莫德斯特猛地敲了一下桌子，茶杯一陣響。「《悲愴交響曲》！」他喊道。

三個人立刻知道，這是最合適的題目。「你還是我們之中最聰明的！」柴可夫斯基笑著表揚他。「以後每當為紀念我而演出這部《悲愴交響曲》時，節目單上都要寫上：此曲由莫德斯特命名！」

　　白天柴可夫斯基都在做自己的事：他要到皇家劇院經理室進行一次協商，要接待一位德國樂評家。晚上他在莫德斯特的陪伴下去觀看一次由很平常的業餘愛好者演出的安東·魯賓斯坦的《馬卡貝恩》（*Maccabaeus*）。在回家的路上，他不厭其煩地向弟弟道歉，因為自己不該把弟弟一起拖去。「但這是我欠老魯賓斯坦的。」他說。「這是人生的義務。」

　　他邀請莫德斯特、弗拉基米爾、呂特克兄弟和漂亮的布克斯霍夫頓第二天晚上去亞歷山大劇院，當天演出的是奧斯特洛夫斯基的《熾熱的心》（*A Burning Heart*）。柴可夫斯基的包廂裡的一群人在整個演出中都很吵鬧，非常引人注目，尤其是呂特克兄弟，他們在最感傷的地方哈哈大笑；鮑伯也特別快活，和樓下前排座位上的所有漂亮女士調情，而這又引得他的朋友們不斷大笑。

　　在中場休息時，柴可夫斯基到更衣室去看主要演員瓦拉莫夫（Varlamov）先生，用最熱烈的奉承話來讚美他的表演。「您真出色，我的朋友！」柴可夫斯基說，「沒人趕得上您！」作為回答瓦拉莫夫先生只是露出一個陰鬱的微笑。「但今天晚上我特別想快點演完。」他說，同時用一支眉筆勾畫著眉毛：「我還想參加一個唯靈論會議（spiritualist seance）。」

　　演員瓦拉莫夫研究唯靈論，這讓柴可夫斯基覺得非常有趣。兩位先生在整個幕間休息中都極為興奮地談論著幽靈顯現、死後的生活和普遍意義上的

死亡。最後柴可夫斯基說（他多次發出響亮的笑聲）：「希望我們兩個，在相當長時間以後才遇上那個讓人不快的塌鼻子！我總是這樣稱呼死神，哈哈！」

演出結束後，柴可夫斯基帶著他那令人興奮的組曲去離劇院幾步之遙的萊納餐廳。餐廳裡的人相當多。一個管弦樂團正在演奏，飯桌邊傳來笑聲和混雜的談話聲。各式各樣的熟人和柴可夫斯基打著招呼，莫德斯則帶著一伙人先去找一張空桌子。

一位蒼老憔悴、穿戴華麗的女士，一位高官的夫人，奉承地對柴可夫斯基說：「看呢，大師來了！我們可以祝賀成功了！」

「什麼成功？」柴可夫斯基問，此刻他還穿著皮衣，突然覺得熱起來。

「好了，好了！」女士說，打趣地用食指威脅著，彷彿她是在暗示什麼有傷風化的事情。「您當然知道——最新的交響曲！效果非常強烈，親愛的大師，有些悲哀、有些吵，但是給人的印象極其深刻！」

柴可夫斯基試圖微笑，但最後出來的只是一個怪相。「我怎麼能擺脫這個人？」他在想：「一個地道的傻瓜，為什麼她現在這麼大聲地笑？而她或許偶然說出了幾乎是正確的東西。也許這重要的懺悔真的是效果太強了——愚蠢的觀眾只是還沒有發現，這個愚蠢的女士似乎是一不小心把它說出來了。也許這部交響曲沒有達到目的，不夠堅定、不夠準確，太過自私自利，太過傷感，純粹是虛榮、不正直、空洞的噪聲。威嚴的主啊，請寬恕我這卑微的靈魂。我無法離真理更近，無法把它表達得更準確……」

就在他穿著皮大衣站在那裡痛苦思索的時候，小樂團的指揮認出了他。

柴可夫斯基剛告別那個討厭的女士，細心的樂團就演奏起了柴可夫斯基的一段音樂——《胡桃鉗》中的《花之圓舞曲》。

柴可夫斯基渾身一震，在突然而至的怒火中他大吼道：「停下！」並用手臂做了一個強烈的大動作，那隻套在皮大衣厚厚的衣袖裡的手臂看起來就像熊一樣笨拙，彷彿想用一隻爪子撲打。「停下！」憤怒的柴可夫斯基再次叫道。

音樂停下來了。餐廳經理快步走來。「我真誠地請您原諒。樂師們是好意。大師您有些激動，這是非常可以理解的。能把您的皮衣給我嗎？您的弟弟已經找到座位了。」

柴可夫斯基脫下皮衣，無聲地把它遞給餐廳經理，對方則用一種既謙卑又莊嚴的姿態緩慢地接過來，隨即把它交給衣帽間的服務生。「我們非常、非常高興能夠再次在這裡向您表示問候。」這個糾纏不休的經理說，用明亮的沒有睫毛的眼睛觀察著這位聲名卓著的客人。

柴可夫斯基說：「我想喝一杯清水。」

「大師大概要的是一杯礦泉水。」餐廳經理緩緩一笑，露出一口顏色難看的兔牙。「大師知道，我們聖彼得堡正流行一種輕微的霍亂。」他慢慢地說，用一種喃喃低語的鄭重口氣強調著每一個字。「喝清水是非常、非常不正確的。」

「我說了，一杯清水！」柴可夫斯基嚴詞斥責道。

餐廳經理用朦朧的眼睛看了他幾秒鐘，恭順而神秘地微笑著，然後鞠躬退了下去。

柴可夫斯基這個拘謹的名人，表情非常呆滯，他走到莫德斯特和年輕人落座的桌邊，在弗拉基米爾的椅子後面站住。呂特克伯爵正在講一段內容下流的法國逸事，當他講到精采處時，眾人哈哈大笑起來。這時那位餐廳經理拿著一杯水來了。他微微縮著頭，臉上掛著一個甜甜的嘲弄的微笑，用一只銀托盤把水杯遞給柴可夫斯基。

　　弗拉基米爾一邊笑著呂特克出色的笑話，一邊朝柴可夫斯基半扭過身來說：「你站在那幹什麼，彼埃爾，坐下吧！」

　　「再一分鐘，」柴可夫斯基回答。「我先喝杯水，我很渴。」

　　他用一隻手摸摸弗拉基米爾的肩頭，另一隻手把杯子端到嘴邊。餐廳經理帶著極其好奇的、幾乎是不懷好意的表情觀察著他，鼻子緊緊地皺縮著，雙手假裝虔誠地交叉放在胃的上方。

　　柴可夫斯基喝了一大口。水溫吞吞的，乏味，讓人想吐。

　　他想：「親愛的母親嘴裡也有過這種味道。我的舌頭上，上下顎和喉嚨裡都有種讓人不舒服的味道，這味道一定讓你感到噁心，我親愛的母親。你很勇敢，大膽地喝了下去。如果孩子不聽話，不肯吃藥，人們就說：乖啊，想想你的母親！你們應該要聽媽媽的話！我馬上再把杯子放到嘴邊。」

　　柴可夫斯基看著弗拉基米爾柔軟的深色鬈髮。

　　「今天晚上我又聽你咳嗽了好幾次。」他說，仍把一隻手放在鮑伯的肩上，另一隻手拿著喝了一半水的杯子。「你必須非常注意自己的身體，我親愛的！希望你成為一個強壯的人，非常幸福地活到59歲！」

　　「啊，我已經很小心了！」鮑伯說。「我感覺好極了。你現在喝完你的

礦泉水了吧？」

「是的。」柴可夫斯基回答說。「現在我喝完了。」

他把杯裡的水一飲而盡。

一個賣花的女人從旁邊走過。柴可夫斯基讓她給自己拿了一束紫羅蘭。這個女人寬大的臉上有一雙毫無光澤的悲哀的眼睛。柴可夫斯基看出她即將分娩。她隆起的肚子讓他害怕。他把臉扭向一邊，給了她一筆很高的小費。這個女人說著祝福的話，聽起來就像咒語。

柴可夫斯基把這束紫羅蘭放在弗拉基米爾的餐具旁邊。同時把喝光的杯子放到桌布上，挨著鮑伯的香檳酒杯。

最後的決定由「最高法院」來做。它可以像當初一樣宣布決定。在莫斯科河裡那次冰冷的冷水浴之後，它對這犯罪的挑釁的回答只是一次感冒。這次它的反應不同。疾病第二天早晨就開始了。

柴可夫斯基抱怨說身體非常不舒服，莫德斯特就建議他喝蓖麻油（castor oil）。弗拉基米爾問是否要去找貝爾騰遜醫生（Dr. Bertenson），柴可夫斯基激烈地表示反對。「我既不要蓖麻油，也不要貝爾騰遜醫生。」他的聲音聽起來很沙啞。他不去看弗拉基米爾和莫德斯特，而是把目光投向窗外。這個秋日晴朗而溫和。

「我要走一走。」柴可夫斯基說。「另外我和納普拉夫尼克還約好在歌劇院咖啡館裡見面。」

弗拉基米爾溫柔地打量著他。

「你看起來真的有些病了。」他說，一邊把美麗的涼涼的手放到柴可夫

斯基的手上。「你應該愛惜自己。別走得太久了。」

柴可夫斯基把剛剛點燃的一支香煙在煙灰缸裡按滅。他一邊慢慢站起身，一邊說：「我沒什麼。」

他讓拿薩把大衣拿來。這個來自鄉下的年輕人幫他穿上大衣。

生病的人半個小時後就散步回來了，也沒去找納普拉夫尼克先生。他對擔憂的莫德斯特說，他的頭痛和噁心有點加重了。不過他現在還不想找什麼醫生。「無關緊要！」他倔強而激動地重複說。不過他還是讓拿薩給自己拿了一條法蘭絨巾纏到肚子上。他躺在沙發上寫了兩封短信和一張卡片。當他想寫第三封信的時候，他不得不站起來。他匆忙地、步履有些搖晃地走進浴室。嚴重的腹瀉開始了，伴有嚴重的嘔吐。當柴可夫斯基再次出現在起居室裡時，已是臉色蒼白，雙手顫抖。「現在我去找貝爾騰遜！」鮑伯說，而莫德斯特又叨唸起蓖麻油。

「我不許你去。」柴可夫斯基說話的口氣不容任何反駁。「我覺得現在好多了。也許我可以睡了。」

大家再次讓他在沙發上躺下。莫德斯特認為：「消化不良有時非常討厭。好好睡，老彼得！」

弗拉基米爾為躺著的他把枕頭放好，把被子蓋好。

「謝謝。」柴可夫斯基說，眼睛盯著天花板。

「我們讓你一個人待幾個小時，你好好睡個夠。」弗拉基米爾說，一邊用手指撫弄著柴可夫斯基輕柔的灰白頭髮。「莫德斯特和我必須去買點東西，家裡還是少這少那的。」

「好，我親愛的。」柴可夫斯基回答。

當莫德斯特和弗拉基米爾晚上八點左右回來時，迎接他們的是拿薩一張驚慌失措的臉。「主人情況惡化了。」他報告說，恐懼使他沉重的舌頭變得靈活了。「他臉色非常蒼白，我想他還在發燒。他一次又一次地嘔吐，當他想去那個地方的時候，我就得扶著他……他頻繁地去那個地方……」

弗拉基米爾伸手用力抓住莫德斯特的手臂。兩個人一句話沒說就沿著走廊跑下去了。弗拉基米爾拉開起居室的門，沙發上空蕩蕩的。依然站在房門口的拿薩喊道：「我把主人送到床上去了。」弗拉基米爾和莫德斯特立刻小跑著穿過走廊回來。在柴可夫斯基的臥室門口，他們喘息著站住。他們走進去，一下驚呆了。

病人的臉發生了可怕的變化。在好弟弟和心愛的外甥為他們的單身漢之家去採購的這段時間裡，他已經變得很衰弱了。兩隻眼睛似乎在眼窩裡陷得更深了；半張著的腫脹的嘴唇幾乎和有些蓬亂的鬍子一樣白。這張臉已經打上了死亡的記號。「最高法院」對他進行過打擊，使他憔悴而扭曲：這就是祂對柴可夫斯基這個大地之子，放肆地向祂發出大膽而絕望的挑戰的回答。

半小時後，家庭醫生貝爾騰遜來了。他還沒為病人做檢查，只是看了看就可以從他的表情上看出那個不幸的診斷了。醫生說病人的情況非常嚴重，他不想單獨承擔責任，因此請他們允許他讓他受人尊敬的哥哥雷奧·貝爾騰遜（Leo Bertenson）教授，一起來進行診斷。一刻鐘後，教授就趕過來了。

醫生們發現床上的病人渾身都很髒。他現在腹瀉的太頻繁了，拿薩不敢每次都把痛苦的人從床上搬起來。

檢查的時間不太長。弗拉基米爾和莫德斯特等在門口。這時兩位博學的兄弟邁著莊嚴的腳步走出了病人的房間。

　　「情況很糟糕嗎？」鮑伯輕聲地問，一雙美麗的眼睛裡充滿了淚水。

　　貝爾騰遜兄弟同時點點頭。

　　這時莫德斯特大膽地說出了自己的問題：「是霍亂嗎？」

　　黑鬍子再次動了動。

　　這是1893年10月21日晚上九點左右。

　　病人高大的身體對那個死纏住自己的神祕力量進行了三天多的反抗，柴可夫斯基如此熱切地爲它的到來做好準備，而且最終還是自己把它喚來的。現在，當它真的出現，而且搖晃著他，再也不放手時，它的面容就再也不像以往那樣溫柔而充滿誘惑了：在許許多多個夜裡，在入睡前那甜蜜的一刻鐘裡，它曾帶著既像年輕男子、又像母親的面具在房間裡漂浮。現在它再也沒有必要把自己裝扮得那麼有誘惑力了；它無情、醜陋而殘酷地到來了。親愛的母親所遭受的不幸沒有一樣倖免地降臨到兒子身上，他終於聽從了她引誘的命令，痛苦地重複著她不幸的命運，再次經歷著她的所有痛苦，再次喊叫著她曾經發出的喊叫，流出她流過的淚。

　　我們敬畏而同情的目光帶著多少痛苦和憐惜看著這個令人感動的人之子，這個非常堅強的人——現在他終於不想再堅持了，我們的朋友和英雄彼得·伊里奇·柴可夫斯基。現在我們看著他遭受每一分痛苦的打擊，渾身爲糞便和嘔吐物玷污；他臥病在床，飽受痙攣的折磨。在他臉上，威嚴的主已經在上面做了標記，已經出現淺黑色的斑點。他的手臂和腿也變成了淺黑

色，拿薩和一個強壯的女護理員辛辛苦苦地爲他的手臂和腿按摩。痛苦中的柴可夫斯基無聲地忍受著一切，衰弱的臉上一雙藍眼睛哀訴著睜得大大的。只是當弗拉基米爾想近前來做這樣的事情，就會被趕走。「不，不！」病人喊。「我不願意你碰我！我不許你這樣做！你會被傳染的！我身上的味道也很難聞⋯⋯」

於是鮑伯就從病床邊走開，淚水順著臉頰流下來。在這可怕的日子裡，他的臉更瘦了。

「出去！」受盡折磨的人在床上喊。「我的樣子很可怕。我不願意你這麼看著我。快走！」

哭泣的鮑伯不得不離開這個房間。

柴可夫斯基單獨和護理員及拿薩待在一起，被痙攣折磨得翻來覆去。他帶著一種可怕的好奇心打聽道：「霍亂最後是不是總這樣？手臂和腿都變成這樣的淡青色？」

僕人和護士不知道該怎麼回答。「可是您根本沒得霍亂啊。」最後拿薩試圖這樣說。柴可夫斯基一聽不由得暗自發笑。

「那你們爲什麼都穿著這樣可笑的外套！爲什麼這裡有一股消毒水的味道？大概是因爲我有討厭的消化不良症？啊？」他笑個不停，僕人和護士都害怕起來。

「給我一面鏡子！」經過一次特別可怕的發作之後，得到幾分鐘安寧和輕鬆的柴可夫斯基要求道。「我臉上肯定也像我母親那樣有深色的斑點。」人們不情願地猶豫著把鏡子遞給他，他立刻饒有興趣地研究起額頭和臉頰上

的藍黑標記。

這場戰鬥持續了三天三夜，在此期間他的情況多次發生變化。有時出現欺騙性的短暫的好轉，有時是嚴重的危機；突然的心臟病發作和恐懼使病人一下子坐起來，大聲叫喊：「這是死神！再見，莫迪；上帝賜福予你，鮑伯！」但那依然還不是死亡。貝爾騰遜醫生來給他打了一針。

我們敬畏而同情的目光不得不看著我們的英雄和朋友在這張骯髒的病床上走向死亡，抵抗著，倒下去，在他周圍，許多穿著白色外套的人工作著。他們壓低聲音交談，踮著腳尖在房間裡走過，在一個垂死者身邊常見的全套莊嚴而有些荒誕的啞劇都在此上演。醫生們輪流值班，三個人或四個人進行長時間的商談。貝爾騰遜兄弟在病情發作的第二天，當柴可夫斯基的臉上第一次出現深色斑點時，便把卡馬諾夫醫生（Dr. Kamanov）找來了。在輪到卡馬諾夫醫生值夜班的時候，他又把一位德國先生桑德爾醫生（Dr. Sanders）叫來。

柴可夫斯基有時會頭腦混亂、神志昏迷，這時候他就誰都不認識，還向身邊亂打，發狂地亂說話。在這種狀態中他就把強壯的護士稱為「黛絲麗」或者「安東尼娜」；由於她總是拿著灌腸器走近他，他就衝她喊叫：「噢，我本會愛上你的啊！」這一表示令這個正派的女人非常吃驚；不然就是：「我為什麼娶了你，你這個不幸的人？多麼愚蠢的行為啊！怎樣的恥辱啊！你本該嫁給那個男中音的，他叫什麼來著……？」可憐的女護士手拿著灌湯器直發抖。

這個發燒的人突然要求拿薩把那塊美麗的錶還給他。「你拿了它！」他

固執地說。「我知道，是你偷走了它，我的護身符，最美麗的東西！當時，在巴黎，是你把它從我口袋裡拿出去的，在那個該死的酒館裡，在克里希林蔭道。是娜婕達讓你這麼做的，我知道，我非常清楚地知道……啊，你真不該這樣做！娜婕達和阿普赫亭一起計畫對付我——他們結成了一個可怕的聯盟來對付我！把錶給我！我必須知道現在幾點了！時間在流逝，我誤車了，我去得太晚了，有人在等著我，我必須指揮演奏，阿特蘭提拒絕了，我應該得到榮譽博士稱號，被人顛來顛去——把錶給我！一切都取決於我是否能拿回我的錶！」

可憐的拿薩恐懼而無助，只好遞給這個發燒的人一個放在床頭櫃上又大又難看的鬧鐘。「這是您最美的東西，彼得‧伊里奇！」這個農家孩子在同情和絕望中也變得狡猾了。

柴可夫斯基把這個平常的鬧鐘抱在懷裡。「我又擁有它了！」大滴大滴的眼淚順著他的臉頰流下來。「啊，娜婕達，娜婕達，我的心靈之友，我知道，你會原諒我的！這麼長時間以來，你和我開了一個多麼過分的玩笑啊！你給我們倆的傷害有多大啊，我的女人！現在和解的時刻到了！護身符又回來了！我們又是一個整體了——護身符、你和我。如果我獲得解脫，你也不會再活得很長時間了，我心愛的娜婕達！」

這個胡言亂語的人用各式各樣的名字來稱呼弗拉基米爾。他叫他「親愛的科泰克」或者「我漂亮的司羅迪」，也叫他「可憐的薩莎」。他聲稱：「是我生了你。你是我的兒子，我的繼承人。我做錯的一切，你都會做得很好。你將成為一個了不起的人，我把我所有的榮譽都送給你，我收集它們只是為

了你，我的王子！到我這來！」這個痛苦的、迷亂的人邊喊邊在床上坐起來，向男孩伸出雙臂：「到我這來，我賜福予你！」護士不得不把他按倒，貝爾騰遜醫生幫著她。弗拉基米爾卻直不起腰了，這混亂的場面既使他深受震撼，又令他恐懼。一陣啼泣、痙攣使鮑伯癱倒在一把沙發椅裡。另外他已經四十八小時沒睡覺了，而且幾乎一點東西也沒吃。這時垂危的人在床上對著他喊：「讓我看看你的臉，我的死亡天使！別再躲著我，時間已經到了！把你流滿淚水的臉送到我身邊來，讓我摸摸它！到我這來，我親愛的母親！你已經等我很長時間了，也誘惑我很長時間了！現在我們終於可以融為一體了！」

鮑伯再也受不了了；這一切太恐怖了。這個大男孩哭彎了腰，蒼白的臉扭曲著，大步跑出了這個可怕的病人房間。柴可夫斯基卻在床上大鬧著，用力揮動雙臂，彷彿要把死神拉到自己身邊。在一陣瘋狂的、令周圍站立的人不寒而慄的混亂中，他稱死神是自己的母親，稱自己的母親是兒子，稱自己的兒子是情人，稱自己的情人是不祥天使——這個發狂的人似乎已經擅自決定把不祥天使逼到自己的床上來完成亂倫的致命的結合。

幾分鐘之後他平靜些了，人們聽到他低聲地向蒙特貝里亞德聖潔的范妮祈禱。這雖然讓周圍的人感到奇怪，但與剛才的過分激動相比，它幾乎讓人感到安慰了。

在最後一次最可怕的發作之後，病危者進入一種筋疲力盡的狀態，此後他再也沒有恢復過來。他迷糊了一會兒。當他醒來時，他的頭腦又很清醒了，只是非常疲憊。

他認出了從克林趕來的阿列克賽、哥哥尼古拉，是莫德斯特的一封告急電報使他們來到聖彼得堡的。柴可夫斯基以疲憊的微笑向兩人表示問候。

10月24日中午時分，貝爾騰遜醫生認為有必要給病人洗一個熱水浴。「好刺激腎臟運作。」柴可夫斯基毫不反抗地任人給自己脫衣服，抬到浴缸裡。當他坐在溫暖的水裡時，他閉著眼睛微笑了。「非常舒服……」他微笑著低語，「真溫暖，真舒服……我母親在人們把她放到溫水裡後就死了……這樣做大概是合適的……」

休憩的臉上，眼睛緊閉，露出一絲動人的尊嚴，有一種高貴的美。他的額頭上似乎發出一種光。在這張臉上，一切都變得放鬆，痙攣和痛苦似乎離開了他。

心臟的跳動非常微弱。幾分鐘之後，人們不得不把這個幾乎失去知覺的人從水裡抬出來。他臉上依然帶著完全滿足及平和的表情，清楚的意識再也沒有回來。

在此期間，這個生命垂危、即將結束生命旅程、走向彼岸的人的房間裡擠滿了人，就像來參加一個盛大的招待會。阿列克賽和拿薩兩人都無聲地哭著。弗拉基米爾和全然支持不住的莫德斯特坐在床邊，哥哥尼古拉和三位在場的醫生、護士討論著什麼。

快到晚上的時候，呂特克兄弟、布克斯霍夫頓和大提琴手開始感到甚為無聊。伊薩克斯大教堂牧師的到來為這個病人的房間帶來了一點調劑。幾個小時以來，這裡除了垂死者均勻的呻吟和醫生、僕人偶爾發出的竊竊私語聲以外，什麼聲音都沒有。牧師走進這個傷感且默默無語的人群。他留著一副

漂亮的大鬍子，穿著華麗的法衣，身上的聖器叮噹作響。當然，在他咕噥了幾段短短的祈禱之後，他就很快又退出去了，因為要給這個幾乎失去意識的人發聖餐，似乎不合適，於是這小小的插曲很快就過去了。

呂特克兄弟變得不安起來，他們的椅子很不舒服。布克斯霍夫頓伸展著長長的運動員身體，一次又一次看錶，打哈欠。柴可夫斯基一動也不動。他靜靜地躺著，雙眼緊閉，均勻的喘息有著一種催眠的節奏。又過了幾個小時，在場的幾個人真的睡著了。

午夜過後，病人的情況似乎沒有改變，拿薩做了一份快餐。

尼古拉的表情緊張而莊重。桌上有茶、伏特加、一些火腿、水煮蛋和果醬。大多數客人的胃口都相當好。自然有幾個人是什麼也嚥不下去的，如不斷被哭泣撼動的莫德斯特。心情憂鬱、緘默不語的拿薩帶著一絲近乎放肆的不快看著吃東西的人。

布克斯霍夫頓為他的朋友弗拉基米爾做了一個火腿麵包，壓低聲音勸他吃下去。「你得想想自己的身體，弗拉迪！」他說。「至少吃掉一半，我請求你！為了你了不起的舅舅，你應該這樣做。你看起來已經很可憐了！」鮑伯英俊而敏感的鴨蛋臉在這些日子裡驚人地消瘦下去。

「那就為了你吧。」弗拉基米爾說，拿起火腿麵包。

這時門開了，被柴可夫斯基稱為「黛絲麗」和「安東尼娜」的護士出現了。她對弗拉基米爾揮手，喊道：「您過來！他不行了！要見您！」

弗拉基米爾呆呆地站了一秒鐘，好像變成了石頭；隨即他衝出餐室。到了走廊裡他才把麵包扔掉。

當他來到病人的房間時，他發現護士已經又伏到了床上——她比他還快。年輕人在房間正中站住，這時護士站起身，「太晚了。」她說。

弗拉基米爾朝床邊走了兩步，卻不敢看柴可夫斯基的臉；他轉過身，跟跟蹌蹌地撲到牆邊。

此時莫德斯特已經癱倒在床前，房間裡響起他尖利的喊聲：「彼埃爾！你回答啊！彼埃爾！你回答啊！」

尼古拉和醫生們站在敞開的門裡，擠在他們後面的是僕人和年輕人，他們之中有幾個人嘴裡還在嚼著東西。

鮑伯把臉靠著牆。這個房間裡還沒有壁紙，石灰刷的牆相當粗糙冰冷。鮑伯突然感到很冷，忍不住咳嗽起來。他的身體被咳嗽和哭泣同時搖撼著。

他什麼時候會鼓起勇氣轉過身去看他了不起的朋友，那個偉大的愛著的人的臉呢？弗拉基米爾靠在牆上，有著痛苦的姿態——他真想在牆邊變成哀訴的雕像嗎？沒有了他已經習慣的愛的鼓勵，他不會感到無助嗎？他不會跌倒嗎？

他已經快跌倒了。為了站住，他把晃動的身體緊靠在石頭上，嘴貼著粗糙的牆，彷彿想把他那麼長時間都沒有給出的柔情全都補回來。

Peter Ilych Tchaikowsky

柴可夫斯基生平事略

年 代	生 平 事 略	時 代 背 景	藝 術 與 文 化
1840	5月7日，彼得·伊里奇·柴可夫斯基生於俄國佛根斯克。	中、英爆發鴉片戰爭。拿破崙一世的骨灰運至巴黎殘老軍人院。路易·拿破崙在布洛涅圖謀發動政變未遂。	俄國作曲家柴可夫斯基誕生。法國印象派畫家莫內誕生。左拉誕生。泰納：「日出與海怪」。
1850	開始研究作曲。就讀聖彼得堡法律學校，並住宿校內。	1848年革命後，法國建立保守的第二共和國。普軍從奧爾米茨撤退。奧地利和普魯士締結奧爾米茨條約。	夏多布里昂完成「墓畔回憶錄」。狄更斯：「塊肉餘生錄」。杜米埃：「拉達普阿」。
1855	隨昆丁格學習鋼琴。這時期開始試寫歌曲。	俄國尼古拉一世駕崩，亞歷山大二世繼位。巴黎舉行萬國博覽會。	庫爾貝的「畫室裡的藝術家」遭萬國博覽會的拒絕。德拉克洛瓦在萬國博覽會展出「獵獅」。龔古爾兄弟：「都政府」。
1859	自法律學校畢業，奉派在司法部擔任書記。	拿破崙三世聯合撒丁王朝反對奧地利。蘇伊士運河挖鑿工程開始。	威爾第《假面舞會》在羅馬公演。達爾文：「物種起源」。波特萊爾：「信天翁」。狄更斯：「雙城記」。
1861	進入俄國音樂協會附屬音樂教室就讀。隨查倫巴、凱爾特學習樂理。	義大利宣布統一，成立王國。俄羅斯頒佈農奴解放令。美國南北戰爭爆發。	德弗札克：《A小調弦樂五重奏》。次年法國作曲家德布希誕生。莫內：「苦艾酒徒」。波特萊爾：「人為的天堂」。艾略特：「弗洛斯河上的磨坊」。
1863	向司法部提出辭呈，四年後才獲准離職。	法蘭西第二帝國進入自由階段。普魯士和俄國簽訂軍事條約。林肯宣布解放美國黑奴。	法國浪漫派畫家德拉克洛瓦去世。莫內：「草地上的午餐」引起爭議。安格爾：「土耳其浴室」。維奧萊·勒·杜克：「建築論述」。托爾斯泰開始寫「戰爭與和平」。
1864	寫作作品七十六的《暴風雨》序曲。音樂院求學中，認識拉羅什。	紅十字會在日內瓦成立。路易二世任巴伐利亞國王。第一國際在倫敦成立。	德國作曲家理查·史特勞斯誕生。羅丹的「爛鼻子的男人」在沙龍落選。阿萊阿爾迪：「歌謠集」。
1865	自聖彼得堡音樂院畢業，在畢業典禮的公開面試中，演奏清唱劇《快樂頌》。譜寫作品八十之《升C小調鋼琴奏鳴曲》。	義大利政府統一立法制度。佛羅倫斯成為義大利首都。美國南北戰爭結束，林肯遇刺。	芬蘭作曲家西貝流士誕生。孟德爾提出遺傳定律。利文斯敦：「比西河探險報告」。門格尼布置米蘭維托里奧·伊馬紐爾畫廊。

年 代	生 平 事 略	時 代 背 景	藝 術 與 文 化
1866	應尼古拉·魯賓斯坦之聘，前往莫斯科，就任新開辦的莫斯科音樂院作曲系教授。正式踏入作曲生涯，並認識好友卡希金。譜寫第一號交響曲《冬之夢》等。	義大利與普魯士聯合對奧地利作戰，普奧七星期戰爭爆發，奧國戰敗。諾貝爾發明黃色炸彈。	法托利：「巴麥島的圓亭」。杜斯妥也夫斯基：「罪與罰」。德·桑克蒂斯：「批評文集」。龔古爾兄弟：「所羅門的參考」。
1868	二月，第一號交響曲在莫斯科首演。寫作鋼琴曲《浪漫曲》，獻給阿爾多。譜寫交響詩《命運》。	英國工聯成立。西班牙革命。	義大利歌劇作曲家羅西逝世。俄國小說家高爾基誕生。西·勒加：「訪問」。
1871	編寫《和聲學的實踐之研究入門》。發表《D大調第一號弦樂四重奏》（包括著名的《如歌的行板》）。譜寫鋼琴曲《夜曲》及《詼諧曲》。	巴黎之圍解除。巴黎公社社員起義並遭殘酷鎮壓。法國與德國議和，簽訂法蘭克福合約。日耳曼帝國誕生，德皇威廉一世登基。羅馬成為義大利首都。	達爾文：「人類的由來」。威爾第：《阿依達》。諾曼·蕭建造貝德福德公園。
1874	發表三幕歌劇《鐵匠瓦古拉》、F大調第二號弦樂四重奏。完成B小調第一號鋼琴協奏曲，試彈給尼古拉·魯賓斯坦聽後，被批評得一無是處。前往義大利旅行。	日本假台灣生番殺琉球漂流民，出兵侵台。法蘭西共和國制訂憲法。西班牙王室復辟。雷敏頓公司開始製造打字機。	奧地利作曲家荀白克誕生。印象派第一次畫展。穆索爾斯基譜寫鋼琴曲《展覽會之畫》。
1875	把第一號鋼琴協奏曲改獻畢羅，10月，畢羅在美國波士頓首演此曲，獲得佳評。完成憂鬱小夜曲、芭蕾舞劇《天鵝湖》、鋼琴曲集《四季》，開始譜寫D大調第三號交響曲《波蘭》，次年完成。	德法戰爭陷入危機。德國社會民主黨成立。	比才歌劇《卡門》首演。比才逝世。約翰·史特勞斯的喜歌劇《蝙蝠》首演。布拉姆斯寫作第三號弦樂四重奏。德國詩人兼小說家黎爾克、德國小說家托瑪斯曼誕生。
1877	與安東尼娜結婚，不久離異。梅克夫人開始每年給柴可夫斯基豐厚的資助。辭去教職。	俄土戰爭爆發。愛迪生發明留聲機。	德國小說家赫塞誕生。福樓拜：「三個故事」。
1879	歌劇《尤金·奧涅金》在莫斯科公演。發表歌劇《奧爾良的少女》、D大調第一號管弦樂組曲、G大調第二號鋼琴協奏曲。	英、阿富汗協定，英控制阿富汗。英國將俾路支併入印度。德奧同盟。俄皇刺殺陰謀。愛柏特發現腸霍亂菌。	杜斯妥也夫斯基：「卡拉馬助夫兄弟們」。次年，馬拉梅成立象徵派詩社。

年 代	生 平 事 略	時 代 背 景	藝 術 與 文 化
1885	搬到鄉間麥達諾沃村居住，在那裡譜寫曼佛列德交響曲、A大調即興曲、俄羅斯鄉村景色等。被推舉為俄羅斯音樂協會莫斯科分會理事。	挪威開始實行議會制。戴姆勒・朋馳公司開始生產汽車。印度國大黨成立，代表印度與英國交涉。帕斯特發明狂犬病疫苗。	雨果逝世。梵谷：《食薯者》。史蒂文森：「化身博士」。莫泊桑：「俊友」。
1888	前往歐洲各地旅行，並結識布拉姆斯、葛利格、德弗札克等許多音樂名流。完成E小調第五號交響曲、幻想序曲「哈姆雷特」，並開始寫作芭蕾舞劇《睡美人》。	瑞士社會民族黨成立。通過有關英格蘭和威爾斯的地方政府法案。塞西爾・羅得斯獲得後來的羅得西亞（今天的津巴布韋）的金礦和鑽石礦。	T. S. 艾略特誕生。土魯茲・羅特列克：「弗南多的馬戲團：女騎師」。奇・維爾加：「唐・杰蘇阿多師傅」。埃米爾・維爾哈倫：「瓦解」。塞札爾・佛蘭克：《小調交響曲》。法國獨立派畫家團體成立。
1889	完成芭蕾舞劇《睡美人》。	巴黎舉萬國博覽會。義大利併吞索馬利亞。巴西脫離葡萄牙統治，成立共和國。	高更：「黃色基督」。柏格森：「論知覺的直接資料」。鄧南遮：「尋歡作樂」。法國愛菲爾鐵塔建成。
1891	在4、5月裡，初次訪問美國，5月在卡內基音樂廳指揮自己的作品。開始寫作芭蕾舞劇《胡桃鉗》。	教皇公布有關社會問題的聖諭「新禁令」。西伯利亞鐵路開始修建。第二國際成立。	秀拉和蘭波逝世。王爾德：「道林・格霍的肖像」。高更：「在沙灘上」。俄國作曲家普羅高菲夫誕生。
1892	完成芭蕾舞劇《胡桃鉗》、獨幕抒情歌劇《尤蘭塔》等作品。	巴拿馬運河醜聞曝光。比利時向剛果擴張。法俄同盟形成。	塞尚：「玩紙牌的人」。哈代：「黛絲姑娘」。日本作家芥川龍之介誕生。
1893	赴英國接受劍橋大學授與的名譽音樂博士學位。寫作著名的B小調第六號交響曲《悲愴》、降E大調第三號鋼琴協奏曲，以及《沈思曲》。11月6日罹患霍亂症，死於聖彼得堡。	英國獨立工黨成立。西西里的工人因對飢荒不滿而發生暴亂。	左拉以「帕斯卡醫生」結束有關魯貢・瑪卡家族的長篇系列小說。古諾：《安魂曲》。

柴可夫斯基重要作品一覽表

樂曲種類	作品編號	通　　稱	完成年代	管弦樂曲	作品編號	通　　稱	完成年代
歌劇		《混亂》	1867		Op. 76	暴風雨	1864
	Op. 12	《白雪少女》	1873		Op. 15	丹麥序曲	1866
	Op. 24	《尤金·奧涅金》	1877-1878		Op. 77	交響詩《命運》	1868
		《奧爾良的少女》（聖女貞德）	1878/9			幻想序曲《羅密歐與朱麗葉》	1869
		《女靴》	1885		Op. 18	交響幻想曲《暴風雨》	1873
		《女巫》	1885/7				
	Op. 68	《黑桃皇后》	1890		Op. 31	《斯拉夫進行曲》	1876
	Op. 67a	《哈姆雷特》	1891		Op. 32	交響幻想曲《里米尼的弗蘭切斯卡》	1876
	Op. 69	《尤蘭塔》	1892		Op. 43	組曲第一號	1878/9
		《羅蜜歐與茱麗葉》	1893		Op. 45	義大利隨想曲	1880
芭蕾舞劇	Op. 20	《天鵝湖》	1875/6		Op. 48	C大調弦樂小夜曲	1880
	Op. 66	《睡美人》	1888/9		Op. 49	《1812序曲》	1880
	Op. 71	《胡桃鉗》	1891/2			加冕進行曲	1883
交響曲	Op. 13	第一號交響曲《冬之夢》	1866		Op. 53	組曲第二號	1883
					Op. 55	組曲第三號	1884
	Op. 17	第二號交響曲《小俄羅斯》	1872		Op. 61	組曲第四號	1887
	Op. 29	第三號交響曲《波蘭》	1875		Op. 67a	幻想序曲《哈姆雷特》	1888
	Op. 36	F小調第四號交響曲	1878	宗教歌曲	Op. 71a	胡桃鉗組曲	1892
	Op. 58	曼弗雷德交響曲	1885			歡樂頌	1865
	Op. 64	E小調第五號交響曲	1888			自然和愛	1870
	Op. 78	省長交響曲	1891			清唱劇	1872
		第七交響曲	1892		Op. 41	聖約翰克利索斯通的禱告文	1878
	Op. 74	第六號交響曲《悲愴》	1893				
樂曲種類				樂曲種類			

	作品編號	通　　稱	完成年代		作品編號	通　　稱	完成年代
協奏曲	Op. 52	晚禱	1881/2		Op. 28-3	為什麼總是夢見你	1875
		莫斯科清唱劇	1883		Op. 38-1	唐璜小夜曲	1877
		天使在叫喊	1887		Op. 38-3	在熱鬧的舞會裡	1878
		金色的雲睡著了	1887		Op. 47-7	我好比是田野裡的小草	1880
	Op. 54	傳說	1889		Op. 57-2	越過金黃色的麥田	1884
		夜鶯	1889		Op. 57-3	請不要問	1884
室內樂	Op. 23	鋼琴協奏曲第一號降B小調	1874/5		Op. 60-7	吉卜賽之歌	1884
					Op. 60-9	夜	1884
	Op. 33	洛可可主題變奏曲	1876		Op. 60-12	柔和的星光照著我們	1884
	Op. 35	D大調小提琴協奏曲	1878		Op. 63-6	小夜曲	1887
	Op. 44	鋼琴協奏曲第二號G大調	1880		Op. 65-2	失望	1888
	Op. 56	G大調幻想協奏曲	1884	鋼琴曲	Op. 73-2	夜	1893
	Op. 75	鋼琴協奏曲第三號降E大調	1893		Op. 73-6	像從前我又孤獨了	1893
	Op. 11	D大調第一號弦樂四重奏	1871		Op. 80	升C小調鋼琴奏鳴曲	1865
					Op. 40	D大調狂想曲	1868
	Op. 22	F大調第二號弦樂四重奏	1874		Op. 37b	四季	1875/6
					Op. 37	G大調鋼琴奏鳴曲	1878
	Op. 30	E小調第三號弦樂四重奏	1876		Op. 59	輓歌	1886
				器樂曲	Op. 72	十八首樂曲	1893
	Op. 50	A小調鋼琴三重奏《偉大藝術家的回憶》	1882		Op. 2-3	無言歌	1867
					Op. 5	浪漫曲	1868
	Op. 70	D小調弦樂六重奏《佛羅倫斯的回憶》	1890		Op. 19-4	夜曲	1873
聲樂曲	Op. 6	六首歌曲選曲	1869		Op. 26	憂鬱小夜曲	1875
	Op. 16-1	催眠曲	1872		Op. 34	詼諧圓舞曲	1877
樂曲種類	Op. 25-4	金絲雀	1874		Op. 42	曲調	1878

國家圖書館出版品預行編目資料

悲愴交響曲：柴可夫斯的人生四樂章／克勞斯·
曼(Klaus Mann)著--初版.--臺北市：信實文化行
銷，2008〔民97〕
　　　　面；　　公分
　　　譯自：Pathetic symphony
　　　ISBN 978-986-83917-8-9　（平裝）
857.57　　　　　　　　　　　　　　97001609

悲愴交響曲：柴可夫斯基的人生四樂章

作　者：克勞斯·曼（Klaus Mann）

總編輯：許麗雯

主　編：胡元媛

文　編：林文理

美　編：陳玉芳

行銷總監：黃莉貞

發　行：楊伯江

出　版：信實文化行銷有限公司

地　址：10696台北市大安區忠孝東路四段341號11樓之3

電　話：（02）2740-3939

傳　眞：（02）2777-1413

http://www.cultuspeak.com.tw

E-Mail：cultuspeak@cultuspeak.com.tw

郵撥帳號：50040687 信實文化行銷有限公司

製版：慈展製版（02）2246-1372
印刷：松霖印刷（02）2240-5000

圖書總經銷：大衆雨晨圖書有限公司

　　　　　電話：(02)3234-7887　　傳眞：(02)3234-3931

2008年1月出版
定價：新台幣350元整